광막한 사르가소 바다

광막한 사르가소 바다

Jean Rhys

Wide Sargasso Sea

진 리스 소설

웅진 지식하우스

차례

1장 쿨리브리 · 6
2장 그랑부아 · 83
3장 손필드 · 271

작품해설 · 294
주해 · 318

1장 쿨리브리

 '문젯거리가 생기면 대열을 좁힌다.'라는 말이 있듯이, 위기가 닥치자 백인들은 결속을 강화했다. 그러나 우리는 그 무리에 끼지 못했다. 자메이카 여인들은 어머니를 받아들이지 않았다. 크리스토핀은 어머니의 미모가 너무나 뛰어난 때문이라고 그 이유를 설명했다.

 어머니는 아버지의 후처였다. 사람들은 어머니가 아버지에 비해 나이가 너무 어리다고 생각했다. 게다가 어머니는 마르티니크[1] 태생이었다. 내가 어머니에게 "우리 집에는 왜 손님이 안 와요?"라고 물으면, 어머니는 "스패니시타운[2]에서 우리가 사는 쿨리브리까지 오는 길이 너무 나빠서 그래. 그러나 지금 같아선 길을 고칠 생각 따위는 할 수도 없구나."라고 말씀하셨다. 아버지, 손님, 말, 침대에 누우면 들던 안전한 느낌, 이 모든 것들은 과거의 일이 되어버렸다.

어느 날 나는 어머니가 우리의 이웃이자 어머니의 유일한 친구인 러트렐 씨와 담소하는 것을 들었다.

"물론 영국 사람들도 그들 나름대로 불운을 겪은 셈이지요. 노예해방안이 의회를 통과했을 때 영국 정부가 우리에게 약속한 보상금이 있잖아요. 나는 아직 그것을 기다리고 있어요. 어떤 사람들은 더 오래 기다릴 수도 있겠지만."

보상을 기다리다 지친 첫 번째 사람이 러트렐 씨가 될 줄이야 어머니가 어찌 짐작이나 했겠는가? 어느 조용한 저녁, 러트렐 씨는 기르던 개를 총으로 쏴 죽이고, 먼바다까지 헤엄쳐 나가 다시는 돌아오지 않았다. 그의 부동산을 처분하기 위해 영국에서 오는 사람은 없었다. 그의 저택은 '넬슨스 레스트'라고 불렸다. 처음 보는 사람들이 스패니시타운에서 말을 타고 와 러트렐 씨의 비극에 대해 입을 놀리곤 했다.

"여기서 살라고요? 돈을 준대도 싫어요. 러트렐 씨를 아무리 사랑한대도 못 할 일이지요. 재수 없는 곳이니까."

집은 오랫동안 비어 있었다. 바람이 불면 덧창들이 탁탁 소리를 내며 닫혔다 열렸다 했다. 곧 흑인들 사이에서 그 집에 귀신이 산다는 소문이 퍼졌고, 아무도 그곳에 가까이 가려 하지 않았다. 그리고 우리 집에도 사람의 발길이 끊겼다.

나는 고독한 생활에 익숙해졌다. 그러나 어머니는 아직도 무언가를 계획했고 희망을 버리지 못하는 듯했다. 어쩌면 거울 앞을 지날 때마다 어머니는 희망을 되새겼는지 모른다.

어머니는 매일 아침 말을 타고 달렸다. 흑인들이 몇몇씩 모여 어머니의 낡은 승마복을 보고 놀려댔지만 어머니는 개의치 않았다. 그들은 옷을 보면 돈이 있는지 없는지 금세 알아차렸다.

그러던 어느 날, 매우 이른 아침 나는 어머니의 말이 협죽도나무 밑에 누워 있는 것을 발견했다. 가까이 가보니 말은 아파서 드러누운 것이 아니라, 죽은 채였다. 눈에 파리 떼가 까맣게 붙어 있었다. 나는 도망을 쳤고, 내가 발견한 것에 대해 입을 열지 않았다. 나만 입을 다물면 모든 것은 사실이 아닌 게 될 것만 같았다.

"이제 우린 기동성을 잃었어. 우린 고립된 거야. 이제 끝장이구나."[3)]

어머니가 말했다.

"이제 우리는 어떻게 되는 거지?"

"제가 어떻게 밤낮으로 말을 지킵니까? 저도 이제 너무 늦었다고요. 좋던 시절이 가면 그냥 가게 두세요. 그걸 붙잡고 늘어져 봐야 무슨 소용이 있겠어요. 주님께서는 백인과 흑인을 차별하지 않으시지요. 검둥이고 흰둥이고 주님께는 다 똑같으니까요. 그저 마음을 편안히 가지세요. 하느님은 선한 사람을 버리지 않으시니까요."

고드프리의 말에도 어머니는 마음의 평정을 지킬 수가 없었다. 그러기에는 어머니가 아직 너무 젊었다. 어머니는 사납게 말했다.

"장님이 되고 싶으면 아무것도 안 보이는 거라고. 귀머거리가 되고 싶으면 아무것도 안 들리는 거고. 이 늙은 위선자야."

어머니는 쉴 새 없이 퍼부었다.

"저 늙은이는 그놈들이 무슨 일을 저지를지 미리 다 알고 있었다니까. 악마 같으니라고."

고드프리도 한마디 던졌다.

"이 세상은 오래가지 못할 겁니다."

어머니는 잘 걷지도 못하고 말도 똑똑히 하지 못하는 내 남동생 피에르를 진단해 달라고 스패니시타운에서 의사 한 분을 모셔왔다. 의사가 어머니나 피에르에게 무슨 말을 했는지 나는 모른다. 그러나 의사가 다녀간 후부터 어머니의 태도는 갑자기 바뀌었다. 서서히 바뀐 게 아니라 너무도 급작스럽게 바뀌어버린 것이다. 어머니는 점점 여위어갔고 말수도 줄어들었다. 그리고 드디어는 집 밖으로 나가는 것조차 거부했다.

우리의 정원은 크고 아름다웠다. 마치 성경에 나오는 그 정원처럼. 그곳에는 생명의 나무가 자라고 있었다. 그러나 정원은 이미 피폐해진 지 오래였다. 산책로는 웃자란 풀로 덮여버렸고 죽은 꽃들의 냄새가 새로 피는 꽃의 향기와 섞여 있었다. 삼림 속의 수목처럼 키가 큰 양치식물과의 나무들 아래에선 햇빛이 초록색으로 빛났다. 난초들은 너무도 무성히 자라 손이 닿지 않았거나, 무슨 이유에서인지 손을 대면 안 된다고 어른들이 말했다. 어떤 난초는 휘어져 나온 뿌리로부터 잎사귀 하나 없이 매달린 모양이 마치 길고 가느다란 갈색의 촉수를 가진 문어 같았다. 일 년에 두 번씩 문어 난초가 꽃을 피웠다. 그때는 촉수가 보이지 않았다. 꽃은 흰색, 자주색, 진보라색의 종 모양으로 뭉쳐서 피어났다. 문어 난초 꽃의 향기는 달콤하고 진했다. 나는 그 꽃 가까이에 가본 적이 없다.

엉망이 된 정원처럼, 쿨리브리 저택은 어디를 가나 성한 곳이 없었다. 노예제도가 없어졌으니 '누가' 일을 하겠는가? 이런 모습이 나를 슬프게 하지는 않았다. 우리 집이 번성했던 시절을 나는 모르니까.

어머니는 지붕이 덮인 테라스를 따라 걷곤 했다. 테라스는 집의 길이만큼 길게 뻗어 있었고, 그 한끝은 대나무 숲이 있는 곳까지 경사져 올라가 있었다. 대나무 숲에서 어머니는 바다를 물끄러미 바라다보곤 했다. 그러나 지나가는 사람들이 거기에 그렇게 서 있는 어머니를 발견하고 뚫어지게 쳐다보거나 때로는 낄낄대기도 했다. 웃음소리가 사라진 한참 후에도 어머니는 주먹을 움켜쥔 채 두 눈을 꼭 감고 서 있었다. 어머니가 눈살을 찌푸리면 양미간 사이에 마치 칼로 벤 자국처럼 주름이 졌다. 나는 어머니의 검은 눈썹 사이에 생긴 이 주름이 싫었고, 한번은 내 손으로 그 주름을 만져 펴주고 싶어서 어머니의 이마에 손을 댄 적이 있었다. 그러나 어머니는 나를 가볍게 밀쳐 냈다. 거칠게 밀친 것은 아니었지만 냉정하게, 말 한마디 없이, 마치 어머니의 인생에서 나는 아무짝에 쓸모없는 인간이라고 완전히 결정 내렸다는 듯이 그렇게. 어머니는 아무의 방해도 받지 않고 피에르와 함께 앉아 있거나 어머니가 좋아하는 곳에서 피에르와 산보하기를 즐겼다. 어머니가 원하는 것은 고요와 평화였다. 나는 나 자신을 돌볼 수 있을 만큼 자랐으니까.

"제발 나를 좀 가만 둘래."

어머니는 늘 이렇게 말씀하셨다.

"날 건드리지 마라."

어머니가 혼자 큰 목소리로 중얼거린다는 걸 알고 난 후부터 난 어머니가 무서워졌다.

그래서 나는 바깥채에 있는 부엌에서 대부분의 시간을 보내곤 했다. 내 유모 크리스토핀은 부엌 옆에 딸린 작은 방에서 잠을 잤다.

저녁에 혹 기분이 좋으면 크리스토핀은 내게 노래를 불러주었다. 파투아[4]로 노래를 부르기 때문에 그 내용을 모두 알 수는 없었지만, '어린아이들은 자라서 우리를 떠났어요. 그들이 다시 돌아올까요?'라는 가사의 노래를 나는 크리스토핀에게서 배웠다. 그 외에도 나는 '하루밖에 피지 못하고 지는 삼나무 꽃'에 관한 노래도 배웠다.

크리스토핀이 불러주는 노래의 곡조는 대개 경쾌했지만 가사는 매우 슬펐다. 높은음에 가면 그녀의 목소리는 떨리고 갈라지기도 했다. "아듀(안녕)." 크리스토핀은 아듀의 첫 음절에 강한 악센트를 주었기에, 꼭 '아 디우(주님께)'처럼 들렸다. 세월이 지나고 보니 그게 훨씬 더 의미가 있는 것 같기도 하지만. "사랑하는 남자는 고독하고, 여자는 배반당했으며, 떠난 아이들은 결코 돌아오지 않는구나. 아듀."

크리스토핀이 부르는 노래는 자메이카의 노래와 달랐다. 그리고 그녀는 다른 어떤 여자들과도 달랐다.

그녀의 얼굴은 다른 사람들보다 훨씬 까맸다. 푸른빛이 도는 검은 얼굴은 갸름했으며 몸은 꼿꼿했다. 크리스토핀은 검은색 옷을 즐겨 입었고 묵직한 금귀고리를 달고 있었다. 머리에 쓴 노란색 수건은 머리 앞쪽으로 두 개의 쫑긋한 리본을 만들며 얌전히 묶여 있었다. 어떤 흑인 여인도 검은색의 옷을 즐겨 입지 않았고, 그녀처럼 머릿수건을 마르티니크 스타일로 매지 않았다. 크리스토핀의 목소리는 나직했고, 웃을 때도 조용히 웃곤 했다. 영어와 프랑스어를 유창하게 말할 수 있었지만 크리스토핀은 파투아를 고집했다. 영어도 프랑스어도 그녀와는 상관이 없다는 듯이. 그녀는 스패니시타운에서 일하는 아들을 만나러 가는 법이 없었다. 그녀의 유일한 친구 메일로트도 자메이카 여인이 아니었다.

때때로 해변가에 사는 여인들이 우리 집의 빨래며 청소를 해주었다. 그들은 크리스토핀을 두려워했다. 내가 곧 알게 된 사실이지만, 그들이 수고비 한 푼 안 받고 우리 집에 와서 일하는 것은 크리스토핀을 두려워하기 때문이었다.

그래서 나는 어느 날 어머니에게 크리스토핀에 대해서 물었다.

"크리스토핀이 몇 살이나 됐어요? 나이가 아주 많아요? 옛날부터 줄곧 우리와 함께 살았어요?"

"네 아버지가 주신 결혼 선물 가운데 하나였단다. 네 아버지는 내가 마르티니크 여자를 선물로 받으면 좋아할 거라고 생각했나 봐. 사람들이 크리스토핀을 자메이카로 데려왔을 때가 몇 살이었더라. 아주 젊었지. 지금도 그 사람 나이가 몇인지 모르겠구나. 나이가 무슨 문제겠니? 왜 너는 옛날 일들을 가지고 나를 성가시게 하니? 크리스토핀이 떠나지 않고 나와 함께 사는 것은 그 사람이 원해서야. 나름대로의 합당한 이유가 있겠지만. 만약 크리스토핀이 우리에게 등을 돌렸더라면 우린 죽었을 거다. 죽었다면 더 팔자가 좋았겠지만. 죽어버려 남들의 기억에서 사라지고 평화롭게 된다면 훨씬 행복했을 텐데. 버림받은 줄도 몰랐을 것이고, 온갖 거짓말의 주인공이 되지도 않았을 테고, 이렇게 무력하게 살지도 않았을 것 아니니? 죽은 사람들을 생각해 보렴. 누구 하나 그들에 대해 좋은 말을 하는 사람이 있던?"

"고드프리도 남았잖아요. 그리고 새스도요."

"남기야 남았지."

어머니는 성이 난 듯 말했다.

"잠잘 데가 필요했겠지, 먹을 것도 필요하고. 특히 그 새스 녀석! 그 애 어미가 제 아들을 여기에 남겨놓고 집을 나갔을 때(잘도 자식을 챙겼지.), 그때 새스는 보잘것없이 말라빠져 해골 같았지. 이제 건강한 청년으로 자랐다 했더니 이번에는 제 발로 집을 떠나는군. 이젠 다시 우리를 보러 오지도 않을 거다. 고드프리도 나쁜 인간이란다. 새로 온 백인들이 늙은이들에게 친절하게 대해 주지 않는 것을 알거든. 그래서 우리 집에 머물고 있는 거야. 일은 하나도 안 하면서 말 두 마리가 먹어치우는 양을 먹어대고 있으니. 귀가 안 들리는 척하지만 귀머거리도 아니란다. 그냥 뭐든 듣고 싶지 않은 거야. 저런 악마가 또 있을까!"

"왜, 딴 곳에 살 집을 찾아보라고 말하지 그러세요?"

내가 말하자 어머니는 큰 소리로 웃으셨다.

"절대 안 나갈걸. 되레 우리를 강제로 쫓아내려고 할 거다. 잠자는 개는 건드리지 않는 게 상책이라는 걸 배운 지 오래다."

'크리스토핀도 가라고 하면 갈까?' 나는 생각해 보았다. 그러나 그런 말을 입 밖에 내지는 않았다. 말을 하기가 무서웠다.

그날 오후는 너무 더웠다. 어머니의 윗입술 위에 땀방울이 맺히고 눈 아래가 거무칙칙해 보였다. 나는 어머니에게 부채질을 해드렸지만 어머니는 고개를 돌려버렸다.

"네가 나를 좀 가만히 놔두면 쉴 수 있으련만."

한번은 푸른색 소파 위에서 잠든 어머니를 보기 위해 방 안에 조용히 들어간 적도 있었고, 한번은 어머니가 머리를 빗고 있을 때 어머니 곁에 있으려고 핑계를 꾸며댄 적도 있었다. 어머니의 머리는 검고 부드러웠다. 어머니의 긴 머리카락 속에 얼굴을 파묻으면, 머리카락은 나를 덮어주고 감추어주고 안전하게 보호해 주는 듯했다.

하지만 더 이상은 아니다.

어머니, 피에르, 크리스토핀, 고드프리, 그리고 우리를 두고 떠난 새스, 이들이 내 인생에서 내가 기억하는 사람들의 전부다.

나는 낯선 흑인들은 쳐다보지도 않았다. 그들은 우리를 미워했고 흰 바퀴벌레라고 불렀다. 잠자는 개는 건드리지 말라고 했던가. 어느 날 꼬마 검둥이 계집애가 나를 쫓아오며, "가버려라, 이 흰 바퀴벌레야. 사라져라, 사라져라. 네가 좋다는 사람은 하나도 없으니까. 사라져버려."라고 노래 부르듯 종알거렸다.

안전하게 집에 도착하자 나는 정원이 끝나는 쪽에 있는 낡은 담장에 바짝 붙어 앉아 있었다. 벨벳같이 부드러운 초록색 이끼로 덮인 담에 기대앉아 있으면 결코 다시 움직이고 싶지 않았다. 내가 움직이면 모든 것이 지금보다도 더 나쁜 상황으로 바뀔 것만 같았기 때문이었다. 어두워져서야 크리스토핀이 나를 찾아냈다. 어찌나 몸이 뻣뻣해졌던지 크리스토핀이 나를 부축해 일으켜 세워야 했다. 크리스토핀은 아무 말도 하지 않았다. 다음 날 아침 크리스토핀의 친구인 메일로트의 딸 티아가 부엌에 와 있었다. 티아는 곧 내 친구가 되었다. 우리는 거의 매일같이 강으로 가는 길목에서 만났다.

 때때로 우리는 한낮이 될 때까지 헤엄을 쳤고, 어떤 때는 늦은 오후까지 강에서 놀았다. 헤엄치기가 끝나면 티아는 불을 지피곤 했다. (단 한 번도 티아가 불을 지피지 못하는 경우는 없었다. 예리하게 모진 돌들도 티아의 맨발을 상처 내지 못했다. 티아가 우는 것을 나는 본 적이 없다.) 우리는 낡은 쇠 냄비에 초록색 바나나를 삶아 냄비째 놓고 손가락으로 집어 먹었다. 그걸 다 먹고 나면 티아는 곧 잠들어 버렸다. 나는 낮잠을 잘 수가 없었다. 나는 나무 그늘 아래 누워 우리가 헤엄치던 강물을 몽롱히 바라보곤 했다. 나무 그림자 밑에서 물은 깊고 어두운 초록색이 되고, 비라도 올라치면 녹갈색으로 변하며, 태양 아래서는 밝은 녹색으로 반짝였다. 물이 어찌나 깨끗한지 수심이 얕은 곳에서는 강바닥의 조약돌이 다 보였다. 푸른색, 하얀색 그리고 알락달락 빨간 줄이 난 예쁜 조약돌들. 우리는 길이 굽어지는 지점에서 헤어지곤 했다. 어머니는 내가 하루 종일 어디에 있었는지 무엇을 했는지 묻지 않으셨다.

크리스토핀이 내게 반짝이는 새 동전을 몇 개 준 적이 있었다. 그것을 나는 호주머니에 간직했다. 어느 날 아침 동전이 주머니에서 떨어져 나오자 나는 그것들을 돌 위에다 올려놓았다. 새 동전은 햇빛을 받자 금처럼 빛났고 티아는 그것에서 눈을 떼지 못했다. 티아의 눈은 작고 아주 까만색인 데다 쏙 들어가 있었다.

그러자 티아는 3페니를 걸고 내기를 하자고 말했다.

"네가 할 수 있다고 했지? 만약 네가 물속에서 물구나무서기를 못하면 내가 3페니를 먹는 거야."

"물론 할 수 있지."

"네가 정말 하는 걸 한 번도 못 봤는데, 말뿐인 거지?" 티아가 말했다.

"있는 돈을 다 걸게." 내가 말했다.

물구나무서기를 한 번 하고 또 한 번 한 후 나는 숨이 막혀 물 위로 나왔다. 티아는 내가 물에 빠져 죽은 줄 알았다고 말하더니 웃으며 돈을 집어 들었다.

숨을 쉴 수 있게 되자 나는 "정말 했다니까."라고 말했다. 그러나 티아는 고개를 가로저었다. 내가 제대로 하지 못했으며, 3페니로는 살 수 있는 것도 별로 없다고 했다. 그러고는 나

더러 왜 저를 빤히 쳐다보느냐고 물었다.

"그래, 가져라, 이 속임수쟁이 검둥이 계집애야."

나는 지쳐 있었고, 물구나무서기를 할 때 삼킨 물 때문에 배가 아픈 것 같았다.

"원하면 난 또 얻을 수 있거든."

"내가 듣기로는 그렇지 않을 텐데. 너희 집은 거지처럼 가난하다던데. 너희는 신선한 생선을 살 돈이 없어 소금에 절인 생선[5]을 먹지? 비가 오면 낡은 집은 비가 새서 비를 받느라 양동이를 들고 여기저기로 뛴다며? 자메이카에는 이제 백인들이 아주 많이 살아. 나는 그 사람들이 진짜 백인이라고 생각해. 금화를 가졌으니까. 진짜 백인들은 너희를 쳐다보지도 않는다더라. 그들이 너희 곁에 가는 것을 본 사람도 없다던데? 전부터 살던 흰둥이는 이제 흰 검둥이야. 그러니 검은 검둥이가 흰 검둥이보다 훨씬 낫다니까."

나는 찢어진 타월로 몸을 감싸고 티아에게 등을 돌린 채 바위 위에 앉아 있었다. 몸이 벌벌 떨릴 정도로 추웠다. 햇볕도 나를 녹여 주지는 못했다. 나는 집에 가고 싶었다. 티아는 벌써 가버렸는지 눈에 띄지 않았다. 한참이나 옷을 찾아 헤맨 후에야 나는 티아가 내 옷을 입고 갔다는 것을 알았다. 그날 아침에 새로 빨아 풀 먹여 잘 다린 내 옷을. 속옷은 제자리에 있었다. 티아는 원래 속옷을 입지 않는 애다. 티아는 제 옷을 두고 갔고 나는 결국 티아의 옷을 입고 집으로 돌아왔다. 몸은 아프고 티아는 미웠다. 집 뒤쪽으로 해서 부엌으로 갈 생각이었지만, 마구간을 지나다 전에 보지 못한 말 세 필이 있는 게 눈에 띄어 발을 멈추었고, 나를 본 어머니가 내 이름을 불렀다. 어머니는 젊은 숙녀 두 분, 젊은 신사 한 분과 함께 테라스에 있었다. 손님이 온 것이었다. 나는 내키지 않아서 층계를 어슬렁거리며 올라갔다. 우리 집에도 손님이 왔으면 하고 소망했었지만 그건 벌써 일 년 전 일이다.

손님들은 아주 세련돼 보였고 좋은 옷을 입고 있었다. 그들이 나를 보고 크게 웃음을 터뜨릴 때 나는 저 아래 돌바닥으로 시선을 떨어뜨렸다. 남자 손님이 제일 큰 소리로 웃고 있었다. 나는 집 안으로 뛰어들어가 침실에 숨었다. 방문에 등을 대고 서 있자니 가슴이 쿵쿵거려 온몸에 울려 퍼지는 듯했다. 나는 그들이 얘기하는 소리도 떠나는 소리도 들을 수 있었다. 방 밖으로 나오니 어머니는 푸른색 소파 위에 앉아 있었다. 어머니는 잠시 나를 쳐다보더니, 오늘 내 행동이 이상했고 옷도 다른 때보다 훨씬 더럽다고 말했다.

"이건 티아의 옷이에요."

"그런데 네가 왜 티아의 옷을 입고 있니? 티아가 누구지?"

부엌에서 우리의 대화를 듣고 있던 크리스토핀이 냉큼 나오자 어머니는 깨끗한 옷을 찾아다 입히라고 말했다.

"저건 내다 버려요. 태워버리라고요."

어머니와 크리스토핀이 실랑이를 벌였다.

"앙투아네트에게 갈아입힐 옷이 어디 있다고 그러세요? 옷이라고는 딱 두 벌인데, 하나 빨면 하나 입고. 깨끗한 옷이 하늘에서 떨어지는 줄 아는 모양이군요. 정말 정신 나갔어." 크리스토핀이 말했다.

"어딘가에 분명 다른 옷이 있다니까요." 어머니가 말했다.

크리스토핀이 큰 소리로 말했다.

"애가 제멋대로 야생마처럼 돌아다니고 쓸모없는 애로 자라고 있으니 정말 부끄러운 일이야. 원, 애한테 관심을 가져주는 사람이 있어야지."

어머니는 창가로 갔다. ("낭패구나." 어머니의 등은 꼿꼿하고 좁았으며 동그랗게 똬리를 틀어 잘 빗어 올린 머리는 아름다웠다. "낭패야.")

"전에 입던 모슬린 옷이 있어요. 찾아보세요."

내 얼굴을 씻기고 땋은 머리를 새 끈으로 묶어주면서, 크리스토핀은 아까 왔던 사람들이 '넬슨스 레스트'의 새 주인이라고 알려주었다.

"저희들 말로는 러트렐 가의 사람들이라고 하지만, 영국 사람이건 아니건 우리가 알던 러트렐 씨 같지는 않더구먼. 그 사람들이 네 얼굴을 뚫어져라 쳐다보던 모습을 러트렐 씨가 보았더라면 그것들 얼굴에 침을 뱉었을 거다. 문젯거리가 오늘 그 집으로 걸어 들어온 게야. 골칫거리가 걸어 들어왔어."

크리스토핀이 내가 전에 입던 모슬린 옷을 드디어 찾아내 내게 입히려 하자 옷은 그만 찢어졌다. 그러나 어머니는 알아채지 못했다.

"노예제도가 사라졌다고? 웃기지 말라고 그래! 새로 온 사람들이 가져온 법조문을 보라지. 아주 똑같아. 집정관이 생겼고, 벌금제도라는 걸 만들었다고. 이젠 유치장도 세우고, 쇠사슬에 묶인 죄수도 생겼지. 발로 밟아 돌리는 죄수용 바퀴도 가져왔다니까. 새로 온 백인들은 전에 있던 백인들보다 더 나쁘고 더 간교해." 크리스토핀이 말했다.

그날 저녁 내내 어머니는 내게 한마디도 하지 않았고 쳐다보지도 않았다. '내가 부끄러우신 거야. 티아 말이 맞아.' 나는 생각했다.

그날 밤 나는 일찍 잠자리에 들었고 금방 잠에 곯아떨어졌다. 나는 꿈속에서 숲 속을 걷고 있었다. 혼자가 아니었다. 나를 증오하는 누군가가 나와 함께 있었다. 그 사람의 얼굴은 보이지 않았지만 아주 무거운 발걸음으로 내게 가까이 오는 소리를 들을 수 있었다. 그곳에서 빠져나오려고 몸부림을 치고 소리치기도 했지만 조금도 움직일 수 없었다. 나는 울며 잠에서 깼다. 내가 덮고 있던 시트가 땅에 떨어져 있고, 어머니가 나를 내려다보고 있었다.

"악몽을 꾸었나 보구나."

"응. 아주 나쁜 꿈이었어요."

어머니는 한숨을 깊이 쉬며 시트를 덮어주셨다.

"네가 소리를 크게 질렀단다. 피에르에게 가봐야겠어. 너 때문에 그 애가 놀랐을 거다."

나는 누워서 생각했다. '나는 안전해. 저쪽 구석에 방문이 있고 눈에 익은 장롱도 있잖아. 정원에는 생명의 나무가 있고, 초록색 이끼로 덮인 울타리도 있어. 골짜기와 산들이 방어벽이 되어줄 거야. 그리고 또 바다가 방패막이가 돼주니까 나는 안전해. 모르는 사람들로부터 안전할 수 있어.'

내가 다시 잠들 때까지 피에르 방의 촛불은 켜져 있었다. 다음 날 아침 잠이 깼을 때, 나는 모든 것이 전과는 같지 않을 거라고 생각했다. 모든 것은 변할 것이고, 변화는 계속될 것이다.

어머니가 어디서 돈이 생겨 흰색, 분홍색 모슬린 옷감을 사셨는지 나는 모른다. 모슬린을 몇 자씩 사들일 돈이 어디서 났을까? 아마도 마지막 남은 반지를 파신 모양이다. 반지 하나가 남아 있었거든. 마지막 남은 반지를 어머니의 보석 상자에서 본 적이 있어. 그것과 로켓 하나. 로켓 안에는 행운의 네잎 클로버가 들어 있었지. 여인들이 아침부터 바느질을 하기 시작하더니 내가 잠자리에 들 때까지도 손을 멈추지 않았다. 일주일 후에 어머니는 새 옷을 입게 되었고, 나도 덩달아 새 옷이 생겼다.

러트렐 씨네 사람들이 어머니에게 말을 빌려주었기 때문에, 어머니는 이른 아침부터 말을 타고 나가 아주 늦은 밤에야 돌아왔다. 댄스파티, 달밤 피크닉 등에 참석하느라 집에 올 때쯤 해서 어머니는 녹초가 되어 있었다. 어느 때보다 어머니는 젊어 보였고, 명랑했고, 잘 웃었다. 어머니가 집에 없으면 온 집 안이 슬프게 느껴지기까지 했으니까.

나도 집에 있지 않고 어두울 때까지 여기저기를 쏘다녔다. 우리가 수영을 하던 강가에는 오래 머물지 않았다. 그때 이후로 티아는 한 번도 볼 수가 없었다.

나는 전에 다니지 않던 길을 골라서 다녔다. 설탕 공장을 지나고 몇 년째 돌지 않는 물레방아를 지나서, 내가 여태 가본 적이 없는 쿨리브리 저택 사유지의 구석구석을 돌아다녔다. 그곳엔 사람이 다니도록 만들어놓은 길은 물론, 동물들이 지나다닌 흔적조차 없었다. 면도날처럼 날카로운 풀잎이 내 팔과 다리를 베어도 나는 '그래도 사람들보다는 나아.'라고 생각하곤 했다. 까만 개미, 빨간 개미 그리고 새 둥지를 갉아먹으려고 붙어 있는 흰개미 떼를 보았고, 비를 맞아 살 속까지 젖는 듯하긴 했지만, 참, 뱀을 본 적도 있었지. 모두가 사람들보다는 훨씬 나았다.

훨씬, 훨씬 낫고말고.

아무 딴생각 없이, 그저 태양 아래 피어 있는 붉고 노란 꽃들을 보고 있노라면, 마치 어떤 문이 열리고 내가 알지 못하는 어떤 장소에 들어와 있는 것 같은 착각이 들었다. 뿐만 아니라, 내가 아닌 다른 사람이 되어 있는 것같이 느끼기도 했다.

나는 날씨가 아직 덥고 하늘이 푸른색이라 할지라도, 하늘이 무서운 표정을 지으면 지금이 몇 시구나 하고 알아맞힐 수 있었다.

어머니가 스패니시타운에서 메이슨 씨와 결혼식을 올릴 때 내가 들러리를 섰다. 크리스토핀은 내 머리를 곱슬거리게 해주었다. 나는 손에 부케를 들었고, 몸에 걸친 모든 것은 빠짐없이 새것이었다. 예쁜 구두까지도. 수군거리던 사람들은 내가 흘겨보자 시선을 돌렸다. 그러나 겉으로는 미소를 짓는 사람들도 어머니가 듣지 않는 곳에서는 어머니에 대해 입방아를 찧고 있었다. 그들은 내가 듣고 있다고 생각지 않는 모양이었다. 나는 사람들 눈에 띄지 않게 쿨리브리 정원에 숨어 그들이 떠드는 소리를 다 들을 수 있었다.

"정말 환상적인 결혼식이지요? 그러나 메이슨 씨는 후회하게 될 거예요. 왜 저렇게 돈 많은 남자가, 아마도 그 정도 재력이면 영국 여자나 서인도제도의 어떤 여자도 자기 맘대로 골라잡을 수 있었을 텐데."

"'아마도'라니 그게 무슨 말씀이세요? '당연히' 어느 여자건 골라잡을 수 있지요."

"그런데 자기 명의로 된 돈 한 푼 없는 과부인 데다 쿨리브리는 폐허가 다 되었는데, 왜 그런 여자와 결혼을 할까요? 노예해방 때문에 코즈웨이 씨가 사망한 줄 아세요? 말도 안 돼. 코즈웨이 씨가 사망하기 전부터 농장은 망하기 시작했다니까요. 그렇게 술을 마셔대더니 과음으로 자기 명을 재촉했지요, 뭐. 그게 한두 번이에요? 게다가 그 셀 수도 없이 많은 여자들! 그런데도 아네트는 남편의 난봉기를 막으려는 노력이라곤 안 했다니까요. 크리스마스가 되면 많기도 많은 서자들한테 웃음을 지으며 선물을 했잖아요. 그렇게 하는 게 영국 관습이라지만, 어떤 관습들은 없애 버리고 땅에다 좀 묻어버렸으면 좋겠어요. 사람이 들어가 살 만하게 집을 고치려면, 새 남편이 돈깨나 써야 할 것 같아요. 집이라고 원, 비가 오면 물 주루처럼 새니. 거기다 마구간도 고쳐야지, 마차 차고도 손봐야지, 하인 행랑채도 고쳐야 하고. 지난번에 아네트를 방문하러 거길 갔었는데, 한 자는 될 만한 뱀이 옥외 화장실을 휘감고 있지 않겠어요? 내 눈으로 똑똑히 보았어요. 그 뱀도 어떻게 처리를 해야 할 거예요. 놀랬냐고요? 물론이지요, 소리를 막 질러댔지요. 아네트가 데리고 있는 그 흉측한 늙은이가 배를 잡고 웃더군요. 게다가 또 애들은 어떤데요. 백치 아들이 있잖아요, 그 애는 사람들의 눈을 속이느라 숨겨놨잖아요. 딸아이는 제 엄마 팔자를 그대로 닮을 것 같아요. 아네트의 가치를 오히려 '더 끌어내리는' 존재들이지 뭐유."

"제 생각도 마찬가지랍니다. 그렇지만 아네트야 워낙 예쁘고, 춤은 또 얼마나 잘 추는지. 아네트가 춤추는 걸 보면 이 노래가 생각난다니까요. 「바람에 날리는 목화송이」. 그게 '바람'이 아니라 '대기'였나? 잊어버렸네."

그랬다. 어머니는 정말 기가 막히게 춤을 잘 췄다. 트리니다드로 신혼여행을 갔다 돌아온 날 어머니와 메이슨 씨는 테라스에서 음악도 없이 춤을 추었다. 어머니가 춤을 출 때는 음악도 필요 없었다. 어머니는 메이슨 씨의 팔에 기대어 몸을 뒤로 젖혔다. 어머니의 까맣고 아름다운 머리가 돌바닥을 스쳤는데도 어머니는 몸을 뒤로 더욱더 젖힐 수 있었다. 그러더니 웃으며 재빨리 원위치로 몸을 세웠다. 그런 것은 아무나 다 할 수 있는 식은 죽 먹기라는 듯. 메이슨 씨가 어머니의 입에 오랫동안 키스했다. 나도 그 자리에 있었지만 어머니도 메이슨 씨도 나는 아랑곳하지 않았고, 나도 두 분에 대해 신경 쓰지 않았다. 나는 결혼식 날 여인네들이 '춤'에 대해 말했던 것을 기억하고 있었다.

"메이슨 씨가 서인도제도에 춤추러 왔겠어요?"

대농장들이 헐값에 시중에 나왔고, 불행한 자들의 손실은 언제나 영리한 자들의 이익이 되었다.

"아니야, 모든 것이 신기하게 돌아가고 있어. 집에 마르티니크 여인이 살더니 그게 유용하게 작용했나 봐, 틀림없어요."

그건 크리스토핀을 두고 하는 말이었다. 그때 그 부인은 비웃듯 말했지만 그래도 장난으로 하는 말이었는데, 곧 사람들은 그게 사실인 것처럼 수군거렸다.

집을 수리하는 동안 어머니와 메이슨 씨는 트리니다드에 머물렀고, 나와 피에르는 스패니시타운에 있는 코라 이모 집에서 살았다.

메이슨 씨는 코라 이모가 노예주의 아내였는데도 하느님의 섭리를 피해 도망쳤다고 코라 이모를 싫어했다.

"너희 식구들이 고생할 때 네 이모가 왜 도와주지 않았니?"

나는 이모부가 영국 사람이고 우리를 싫어했다고 메이슨 씨에게 설명했다. 그러자 메이슨 씨는 "말도 안 되는 소리."라고 일축했다.

"말이 안 되다니요? 이모와 이모부는 당시 영국에 살았고, 이모가 우리에게 편지를 쓰는 것도 이모부가 싫어했대요. 이모부는 서인도제도를 싫어했거든요. 얼마 전 이모부가 돌아가시고 나서야 이모가 고향으로 오게 된 거예요. 이모가 뭘 할 수가 있겠어요. 부자도 아닌데."

"그거야 네 이모의 말이고, 나는 그런 이야기는 믿지도 않는단다. 경망스러운 여자야. 내가 네 엄마라면 이모를 비난했을 거다."

'영국 사람들 중 어느 누가 우리 문제를 이해하겠어.' 나는 생각했다.

내가 돌아왔을 때 쿨리브리는 옛 모습 그대로였다. 단지, 아주 깨끗해지고 정돈되었으며 길에 깐 판석 사이로 비집고 나왔던 풀들도 다 정리되어 있었다. 새는 곳도 없었다. 그런데도 웬일인지 내 집 같은 기분이 나지 않았다. 새스가 돌아온 것이 나는 정말 좋았다. 그들은 돈 '냄새'를 맡을 수 있는 사람들이다. 메이슨 씨는 새 하인들을 고용했다. 그중 나는 매니를 제외하고는 모두 마음에 들지 않았다. 그들은 쿨리브리를 변화시킨 것이 집 수리와 새 가구 때문이 아니라 크리스토핀 때문이라고 숙덕거렸다. 크리스토핀과 그녀가 행하는 오베아[6]가 변화를 가져왔다는 이야기였다.

나는 크리스토핀의 방을 잘 알고 있었다. 성가족을 그린 성화가 있었고, 행복한 죽음을 소망하는 기도문도 있었다. 색깔이 선명한 조각 이불보도 있었고, 거의 다 부서진 옷장과 내 어머니가 주신 흔들의자도 있었다.

그러나 어느 날 그곳에서 크리스토핀을 기다리고 있을 때 나는 갑자기 무서워지기 시작했다. 방문이 열려 있어 햇빛이 들어왔고, 누군가가 마구간에서 휘파람을 불고 있었는데도 나는 무서웠다. 방 어딘가에, 혹 옷장 뒤인지 몰라도, 죽은 사람의 말라빠진 손이나 흰닭의 털이 있을 것만 같고, 목이 잘린 수탉이 천천히 죽어가고 있으리라는 생각이 들었기 때문이다. 수탉의 피가 방울방울 대야 속으로 떨어지는 소리가 내 귀에 들리는 듯했다. 아무도 내게 흑인들의 주술, 오베아에 대해 얘기해 준 사람은 없다. 그러나 나는 내가 감히 찾아볼 용기만 있다면 그 방에서 오베아의 흔적을 찾을 수 있으리라고 생각했다. 그때 크리스토핀이 웃으며 들어와 나를 반겨주었다. 나를 놀라게 할 어떤 일도 벌어지지 않았고, 나는 나 스스로 오베아에 대해 완전히 잊어버렸다고 생각했다.

내가 크리스토핀의 방에서 얼마나 무서웠는지 메이슨 씨에게 말한다면 아마 그는 한참 동안 웃을 것이다. 어머니가 쿨리브리를 떠나고 싶다고 말했을 때도 메이슨 씨는 큰 소리로 웃었다.

쿨리브리를 떠나고 싶다는 말은 결혼 후 약 일 년이 되면서부터 나오기 시작했다. 어머니와 메이슨 씨는 똑같은 내용의 대화를 반복해서 나누고 있었고, 나는 이제 그들의 말싸움에 귀를 기울이지도 않았다. 나도 우리가 증오의 대상이라는 것쯤은 알고 있었지만, 여기를 떠나 딴 데로 간다고……? 나는 양부와 처음으로 의견이 일치했다. 여기를 떠난다니, 그건 불가능한 일이야.

"도대체 이유가 뭐요?"

메이슨 씨가 물었다. 그러면 어머니는 "변화가 필요해요."라든지, "리처드를 방문하고 싶어요."라고 말했다.(리처드는 메이슨 씨의 아들이었다. 그는 그때 바베이도스에서 학교에 다니고 있었다. 리처드는 영국으로 떠날 예정이었고 우리는 그를 본 적이 몇 번 되지 않았다.)

"쿨리브리는 누구에게 부탁해 돌보도록 해요. 잠깐 동안만이라도. 여기 사람들이 우리를 미워해요. 나를 미워하는 건 확실한 사실이에요."

어느 날 어머니는 단도직입적으로 털어놓았다. 그때 메이슨 씨는 못 참겠다는 듯이 껄껄대며 웃었다.

"아네트, 좀 이치에 맞는 말을 해요. 당신은 노예주의 딸이요, 노예주의 아내인데 나를 만날 때까지 혼자서 애들을 데리고 오 년간이나 무사히 살았지 않소. 그때가 최악의 시기였을 텐데. 그때 이곳 사람들이 당신과 애들에게 해코지를 하고 괴롭힙디까?"

"내가 해를 입었는지 어쨌는지 당신이 무얼 안다고 그러세요? 우리는 그 시절 형편없이 가난했어요. 조롱의 대상이었지 위협의 대상은 아니었어요. 그러나 지금 우리는 가난하지 않아요. 당신은 가난한 사람이 아니잖아요. 당신이 트리니다드와 안티구아에 부동산을 많이 가지고 있다는 것을 이곳 사람들이 모른다고 생각하세요? 사람들은 우리에 대해 쉴 새 없이 떠들고 있답니다. 당신에 대해서도 그렇고, 나에 대해선 온갖 거짓말을 꾸며대고 있어요. 우리가 매일 무엇을 먹는지도 알아내려고 안달이라니까요."

"그거야 호기심 때문이지. 자연스러운 것 아니오? 당신이 아무래도 혼자 너무 오래 산 것 같군. 있지도 않은 적개심을 혼자 상상하고 있으니. 왜 그렇게 극단적인 생각을 하는 거요? 내가 검둥이라고 하면 펄펄 뛰며 들고양이처럼 덤비던 사람이 바로 당신 아니오? 검둥이라고 부르지 마라, 흑인이라고도 하지 마라. 원주민이나 아프리카계 사람이라고 해라."

"당신은 이 사람들에게 좋은 점이 있다는 것을 알지 못할 뿐만 아니라 알려고도 하지 않고, 게다가 그와 정반대의 기질 또한 있다는 것도 믿지 않는군요." 어머니가 말했다.

"하도 게을러서 위험한 인간이 되기는 틀렸다는 건 내가 알지." 메이슨 씨가 받았다.

"게으르건 아니건, 당신보다 훨씬 원기 왕성한 사람들이에요. 그리고 당신은 절대 이해할 수 없는 이유들 때문에 위험하고 잔인할 수 있는 인간들이고요."

"그래, 나는 전혀 이해할 수 없소." 메이슨 씨는 항상 이렇게 말했다. "나는 전혀 이해할 수 없다니까."

그러나 어머니는 이곳을 떠나야 한다고 끈질기게 주장했다. 때로는 화까지 냈다.

그날 저녁 집으로 돌아오는 길에 메이슨 씨는 텅 빈 오두막들 앞에서 말을 세웠다.

"댄스파티에 갔나? 늙은이고 젊은이고 하나도 없네. 동네가 텅 비었어."

댄스파티가 있으면 북소리가 들릴 텐데. 나는 메이슨 씨가 빨리 마차를 집으로 몰았으면 좋겠다고 생각했지만, 그는 오두막 곁에 마차를 세우고 태양이 저무는 광경을 바라보고 있었다. 우리가 버트런드 만을 떠날 때쯤 하늘과 바다는 온통 붉게 물들어 불타오르는 듯했다. 먼발치에서 나는 돌 축대 위에 높이 자리 잡은 우리 집을 볼 수 있었다. 양치식물들의 향기가 나고 강물의 냄새가 내 코를 스치자 나는 다시 안전한 느낌을 가질 수 있었고 우리가 마치 선량한 사람들인 것처럼 느껴지기도 했다.(고드프리는 어느 날 술에 취해 내게 이렇게 말했다. "너희는 모두 저주받았어. 기도를 해봤자 소용없다니까.")

"이렇게 무더운 날 밤을 댄스파티 날로 정하다니."

메이슨 씨가 말했다. 그러자 코라 이모가 테라스로 나오며 물었다.

"무슨 파티가 있다고 그래요? 어디서요?"

"동네에 무슨 축제가 있나 봐요. 집들이 다 텅텅 비었어요. 결혼식이 있나?"

메이슨 씨가 말했다.

"결혼식은 아닌 것 같아요. 결혼식은 절대 아니에요."

내가 말했다. 메이슨 씨가 나를 쳐다보며 눈살을 찌푸렸다. 그러나 코라 이모는 내게 미소를 지었다.

메이슨 씨와 이모가 안으로 들어가자 나는 테라스의 차디찬 쇠 난간에 팔을 걸친 채 메이슨 씨를 절대 좋아하지 못할 것이라고 생각했다. 나는 속으로는 아직도 그를 메이슨 씨라고 불렀다. 내가 어느 날 저녁, "안녕히 주무세요, 백인 아빠."[7]라고 했을 때 메이슨 씨는 화내지 않고 그냥 웃었다. 그가 우리 식구를 빈곤과 불운에서 '제때' 구해 준 것은 사실이다. 하지만 어떤 면에서 볼 때 어머니가 메이슨 씨와 결혼하기 전이 더 좋았던 점도 있었다. 우리가 가난할 때 흑인들은 우리를 그리 미워하지는 않았다. 우리는 백인이었지만 노예해방이 초래한 불행을 피하지 못했다. 돈 한 푼 없이 가난했으니 그들은 우리가 곧 죽으리라고 생각했을 것이다. 우리를 증오할 이유가 어디에 있었겠는가?

이제 우리를 향한 분노는 다시 시작되었다. 전보다 더 심하게. 어머니는 이를 알았던 것이다. 그러나 메이슨 씨를 이해시킬 도리가 없었다. 여기가 영국 사람들이 생각하는 자메이카가 아니라고 메이슨 씨에게 설명해 주고 싶었다. 나라도 설명할 수 있었다면 좋았으련만.

어머니와 메이슨 씨가 이야기하는 소리가 들리고, 코라 이모의 웃음소리도 들렸다. 이모가 우리와 함께 있을 수 있어서 좋았다. 그런데 바람이 불지도 않는데 대나무 숲이 흔들리고 나무가 부러지는 소리가 났다. 며칠간 날씨는 무더웠고 메말랐으며 바람도 불지 않았다. 하늘을 수놓던 색채도 다 사라지고 빛은 푸른색으로 변해 버렸으며, 그나마도 오래가지 않아 어둠이 내릴 것이었다. 크리스토핀은 밤이 되면 테라스에 있지 말라고 가르쳐주었다. 내가 안으로 들어갔을 때 어머니는 상당히 흥분된 어조로 말하고 있었다.

"그래, 좋아요. 여길 떠나야 한다는 제 의사를 당신은 무시해 버리는군요. '저'는 꼭 떠나겠어요. 피에르를 데리고 갈게요. 반대하지 않길 바라요."

"네 말이 맞다."

이모가 말했다. 이모의 그런 태도에 나도 놀랐다. 왜냐하면 이모는 어머니와 메이슨 씨가 실랑이를 할 때 끼어드는 법이 없었기 때문이다.

메이슨 씨도 놀란 모양이었고, 기분 나쁘다는 표정을 지었다.

"당신의 말투가 거칠군. 당신이 잘못 생각하는 거요. 물론 잠깐 여길 떠나 있겠다면 보내주리다. 약속해요."

메이슨 씨는 한숨을 쉬었다.

"나는 여기가 아주 좋아. 그렇지만 계획을 세워봅시다. 될수록 빨리."

"쿨리브리에 조금도 더 머물고 싶지 않아요. 위험해요. 피에르에게 위험하다고요."

코라 이모가 고개를 끄덕끄덕했다.

시간이 꽤 늦었기 때문에 나는 늘 혼자서 저녁을 먹던 버릇 대신 어른들과 함께 식사를 하기로 했다. 새로 들어온 하인 중 하나인 마이라가 식탁 옆에 서서 접시들을 새로 바꾸어주었다. 우리는 이제 영국 음식을 먹었다. 소고기, 양고기, 여러 가지 파이와 푸딩도 먹었다.

이제 나는 영국 아이가 된 것 같았고 그게 싫지 않았다. 그러나 나는 크리스토핀이 만드는 음식이 그리웠다.

식사 도중 양아버지가 동인도제도에서 노동자들을 수입해야겠다는 계획을 말씀하셨다.

마이라가 방을 나가자 이모가 입을 열었다.

"나 같으면 그런 얘기는 삼가겠어요. 마이라가 듣고 있었는데."

"그렇지만 이곳 사람들은 통 일을 안 하니 어쩝니까? 일을 하고 싶지 않은 거예요. 쿨리브리만 보아도 그래요. 가슴이 아플 정도예요."

1장 쿨리브리

37

"가슴 터지는 일이야 이미 겪었지요. 그러나 꼭 말조심을 해야 돼요. 잘 알아서 하겠지만."

"그러면 저보고……."

"나는 별말 안 했어요. 단지 제부의 계획을 마이라 앞에서 터놓지 않는 게 좋다는 거지요. 말조심이 꼭 필요해요. 그래야 우리에게도 해가 없고요. 나는 마이라를 전혀 믿을 수 없다고 생각해요."

"아니 평생을 이곳에 살다시피 하시고는 아직도 여기 사람들을 그리 모릅니까? 정말 놀랍군요. 여기 사람들은 애들 같아요. 파리 한 마리도 죽일 능력이 없다고요."

"애들도 파리를 죽인답니다."[8]

이모가 말했다.

마이라가 다시 들어왔다. 항상 그랬듯이 아주 슬픈 표정을 짓고 있었다. 마이라는 지옥에 대해 말할 때는 미소를 짓곤 했다. "사람들은 죽으면 모두 지옥에 간단다. 구원받으려면 내가 믿는 종교를 믿어야 해. 그렇다고 구원을 보장받는다는 확신도 없어." 마이라는 가느다란 팔뚝에 큼직한 손과 발을 가진 여자였다. 머리에 맨 수건은 늘 흰색이었다. 줄무늬가 있거나 색깔이 있는 수건을 사용하는 적이 없었다.

나는 내가 좋아하는 그림으로 시선을 옮겼다. 「밀러 씨의 딸」이라고 이름 붙은 그림이다. 그림 속의 여자아이는 컬이 흐드러진 갈색 머리에 파란 눈동자를 하고 있었고, 한쪽 어깨 아래로 옷이 살짝 미끄러져 내려와 있었다. 이어서 나는 흰색 식탁보와 노란 장미가 꽂힌 꽃병을 가로질러 메이슨 씨의 얼굴로 시선을 돌렸다. 영국인임을 조금도 의심할 수 없는 얼굴. 다시 눈을 돌리자 어머니의 얼굴이 보였다. 영국인이라고는 결코 말할 수 없는 얼굴. 그러나 결코 흰 검둥이는 아니고, 흰 검둥이가 될 수도 없는 어머니의 얼굴이다. 만일 어머니가 메이슨 씨를 만나지 못했다면 어머니는 돌아가셨을 것이다. 생각이 거기에 미치자 나는 처음으로 메이슨 씨에게 고마운 마음이 생겼다. 행복해지는 방법은 한 가지가 아니다. 지금처럼 마음이 평화롭고, 만족하며, 보호받을 수 있는 것. 이것이 어떤 행복보다 나은 것이다. 이대로 평화로운 세월이 지속되면, 한참 후에 나는 마이라가 말했듯이 구원받을 수 있을까? ("사람이 죽으면 어떻게 되는 거야?"라고 크리스토핀에게 묻자 그녀는 "알고 싶은 게 어찌 그리도 많을까?"라고 했었지.) 나는 잠자러 가기 전에 양아버지에게 뽀뽀를 해야 한다는 것을 기억했다. 한번은 코라 이모가 "네가 뽀뽀를 안 하니까 네 양아버지가 섭섭해하더라."라고 말해 준 적이 있었기 때문이다.

"하나도 섭섭해하지 않으시던데요."

나도 지지 않고 말했다.

"겉으로 보아서는 모르는 거란다."

이모가 대답했다.

나는 피에르의 침실로 들어갔다. 내 방 바로 옆에 있는 피에르의 침실은 우리 집에서 제일 끝 방이었다. 창문 밖에는 대나무 숲이 있어 손을 뻗치면 대나무를 만질 수 있었다. 피에르는 아직도 아기 침대를 사용했고, 점점 자는 시간이 길어져 요즈음에는 거의 하루 종일 잠만 잤다. 동생은 어찌나 말랐는지 나도 쉽게 안아줄 수 있었다. 메이슨 씨는 동생을 영국으로 데려가 병을 고쳐주겠다고 약속했었다. 영국에 가면 피에르는 다른 사람처럼 될 것이다.

'좋겠다.' 나는 동생에게 잘 자라고 뽀뽀를 해주면서 그렇게 생각했다. '정상적인 사람들과 똑같이 되면 좋겠지?' 잠자고 있는 동생의 얼굴은 행복해 보였다. '그러나 영국에 가서 병을 고치는 일은 좀 더 기다려야 해. 나중에. 지금은 그냥 잠을 잘 자면 돼.' 바로 그때 나는 대나무가 부러지는 소리와 사람이 속삭이는 소리를 들었다. 나는 창문 밖을 내다보았다. 휘영청 밝은 달만 떠 있었고 아무도, 아무것도 볼 수 없었다. 나는 그저 대나무의 그림자만 보았다.

나는 의자 위에 촛불을 켜두고 크리스토핀이 들어오기를

기다렸다. 잠들기 전 마지막으로 보고 싶은 것이 크리스토핀의 얼굴이었으니까. 그러나 유모는 들어오지 않았고, 초는 자꾸 작아졌다. 안전하고 평화로운 느낌이 서서히 사라졌다. 커다란 쿠바산 개 한 마리가 내 침대 곁에 누워 나를 보호해 주었으면, 대나무 숲에서 나는 소리가 들리지 않았으면, 내가 다시 어려졌으면 하고 생각했다. 어릴 때는 나무 막대기가 나를 지켜줄 수 있다고 믿었는데, 그것은 막대기가 아니라 좁고 긴 널빤지였다. 나무 끝에 못들이 박혀 있었다. 지붕을 이을 때 사용하던 너와인지도 모른다. 어머니의 말이 독살당한 뒤에 나는 이것을 주웠다. 싸울 때 무기로 사용할 수 있겠다고 생각했기 때문이다. 최악의 경우가 닥치면 나는 죽을 때까지 싸울 것이다. 선한 사람들은 항상 싸움에서 지도록 되어 있지만. 사실 이 말은 내가 배운 노래의 가사였다. 크리스토핀이 못을 빼고 내게 가지라고 주었다. 이것을 지니고 있는 한 아무도 나를 괴롭히지 못할 것이라고 생각해 나는 널빤지를 좋아했다. 그것을 잃어버렸으니, 내겐 불행한 일이다. 생각해 보니 모두 지나간 옛일이다. 그때는 모든 것이 생명을 가지고 있었지. 강이나 비뿐만 아니라 의자도, 거울도, 유리잔들도, 컵 받침도. 그래, 모든 것들이 살아 있었어.

내가 잠에서 깨었을 때는 아직도 밤이었다. 그런데 어머니가 내 방에 와 있었다.

"일어나서 옷 입어라. 아래로 빨리 내려와."

어머니가 말했다. 어머니는 옷을 다 입고 있었지만 머리를 매만지지 못했는지 양 갈래로 땋아 위로 올린 머리 중 하나가 아래로 늘어져 있었다.

"빨리."

어머니가 다시 말했다. 그러고는 바로 곁에 있는 피에르의 방으로 갔다. 나는 어머니가 마이라에게 이야기하는 음성도 마이라가 대답하는 소리도 들었다. 작은 방에서 의자가 넘어지는 소리가 들릴 때까지 나는 침대에 누워 반쯤 깬 상태로 서랍장 위에 놓인 촛불을 보고 있었다. 나는 벌떡 일어나 옷을 입었다.

우리 집은 여러 층으로 되어 있었다. 내 방과 피에르의 방에서 계단을 세 개 내려오면 식당이 있었고, 다시 세 개를 내려오면 우리가 '아래층'이라고 부르는 곳이 펼쳐졌다. 식당과 응접실 사이를 가로막는 여닫이문이 열려 있어 응접실을 가득 메운 사람들을 볼 수 있었다. 메이슨 씨, 어머니, 이모, 크리스토핀, 그리고 매니와 새스도 거기에 있었다. 코라 이모는 검은 옷을 입고 의자에 앉아 있었는데, 동글동글하게 컬이 된 머리는 잘 정돈되어 있었다. 나는 이모의 모습이 아주 당당하다고 생각했다. 그러나 고드프리, 마이라, 요리사 그리고 나머지 하인들은 보이지 않았다.

내가 응접실로 들어가자 "놀라지 마라." 하고 메이슨 씨가 말했다. "한 떼의 술 취한 검둥이들이야." 메이슨 씨는 문을 열고 테라스로 나가서는 "왜들 그러는 거야?" 하고 소리쳤다. "너희들이 원하는 게 뭐야?" 무시무시한 아우성이 들렸다. 동물들이 으르렁거리는 소리 같았다. 아니 그보다 더 끔찍한 소리라고 해야 옳다. 테라스 바닥에 돌들이 날아와 떨어졌다. 방 안으로 들어와 쇠 빗장을 지르는 메이슨 씨의 얼굴은 창백했다. 그러나 그는 웃어 보이려고 노력했다.

"생각보다는 숫자가 많네. 그리고 성이 많이 났어. 내일 아침이 되면 모두 후회하게 되겠지. 시럽에 담근 타마린드 콩에다 말린 생강을 선물로 가져올 게 뻔해."

"내일이면 너무 늦어요. 생강이고 뭐고, 너무 늦었어요."

코라 이모가 말했다. 어머니는 두 사람의 말을 전혀 듣고 있지 않았다.

"피에르는 자고, 마이라가 함께 있거든요. 피에르를 이 끔찍한 소리가 들리지 않는 방에 그대로 두는 게 낫다고 생각하는데, 잘 모르겠어요."

어머니는 두 손을 비틀고 계셨다. 결혼반지가 손에서 떨어지더니 데굴데굴 층계 쪽으로 굴러갔다. 양아버지와 매니가 반지를 주우려고 몸을 굽혔다. 고개를 든 매니가 소리쳤다.

"하느님 맙소사, 저놈들이 집 뒤편을 공격하네요. 뒤쪽에다 불을 질렀어요."

매니가 내 방을 가리켰다. 내가 나오면서 문을 닫았는데도, 연기가 문 아래 틈새로 뭉게뭉게 새어 나오고 있었다.

나는 어머니가 움직이는 것을 보지 못했다. 어머니가 정말 잽싸게 행동했기 때문이다. 어머니가 내 방문을 여셨다. 나는 아무것도 볼 수 없었다. 단지 연기만 자욱했다. 매니가 어머니의 뒤를 따랐다. 메이슨 씨도 따라갔지만 매니보다는 천천히 움직였다. 코라 이모가 두 팔로 나를 감싸고 말했다.

"무서워하지 마. 너는 안전해. 우리 모두 다 안전하단다."

잠깐 동안 나는 눈을 감고 이모의 몸에 기대어 있었다. 지금 생각하니 그때 이모에게서는 바닐라 냄새가 났다. 나는 다른 냄새도 맡았다. 무엇이 타는 냄새였다. 눈을 뜨니 어머니가 피에르를 안고 계셨다. 어머니의 늘어진 머리털이 타 누린내가 났다.

나는 피에르가 죽었다고 생각했다. 꼭 죽은 사람 같았다. 얼굴은 하얗고 전혀 소리를 내지 않았다. 어머니의 팔 너머로 고개는 젖혀져 있었고 생명의 기미는 전혀 없었다. 눈을 홉뜬 때문인지 눈동자가 모두 위로 몰려 흰자위만 보였다. 양아버지가 "아네트, 다쳤군. 당신 손이……."라고 말했으나 어머니는 그를 쳐다보지도 않았다.

"피에르의 침대가 불타고 있었어요."

어머니가 이모에게 말했다.

"그 방에 불이 났다니까요. 그리고 마이라는 없었어요. 가버린 거예요."

"그랬을 거다. 놀랄 일도 아니구나."

이모가 말했다. 어머니는 피에르를 소파 위에 눕히고는 치마를 걷어 올려 흰색 페티코트를 벗더니 그걸 조각조각 찢기 시작했다.

"마이라가 피에르를 혼자 두었어. 죽으라고 혼자 내버려 두고 도망간 거야."

어머니는 중얼거렸다. 그러던 어머니가 메이슨 씨에게 갑자기 소리치며 욕설을 퍼붓기 시작하자 나는 한층 겁에 질렸다.

"바보, 이 잔인하고 어리석은 바보. 내가 무슨 일이 벌어질지 모른다고 수없이 말했잖아."

목소리가 끊어지고 갈라졌지만 어머니는 쉬지 않고 소리쳤다.

"내 말은 전혀 듣지 않으려고 했지. 당신은 나를 비웃었어, 이 위선자야. 만일 피에르가 죽는다면 당신도 살아 있어서는 안 돼. 이곳 사람들에 대해 그리도 잘 아는 체하더니. 왜, 밖에 나가서 당신은 아무 죄도 없으니 당신 하나만은 좀 보내달라고 그러지그래. 당신은 항상 저놈들을 믿어왔다고 말해 보시지."

나는 어머니의 모습을 보고 어찌나 충격을 받았는지 얼이 빠졌다. 모든 것은 순식간에 일어난 일이었다. 매니와 새스가 창고에 있던 두 개의 커다란 물동이로 물을 날라 내 침실에 부었지만, 바닥에 검게 고인 물 위로 연기가 구르듯 몰려나왔. 그러자 어머니의 침실로 물 주전자를 가지러 달려갔던 크리스토핀이 뛰어나오며 뭐라고 이모에게 말했다.

"저놈들이 집의 다른 쪽에도 불을 지른 모양이다."

이모가 말했다.

"정원에 있는 저 나무를 타고 넘어왔나 보군. 이제 집이 불쏘시개처럼 탈 텐데, 어떻게 손을 쓸 길이 없구나. 빨리 집 밖으로 나가기라도 해야 해."

매니가 새스에게 물었다.

"너도 무서워?"

새스가 고개를 가로저었다.

"그럼 이리 와. 메이슨 씨는 좀 비켜주세요."

매니가 메이슨 씨를 옆으로 밀쳤다. 좁은 나무 층계를 내려가면 식품저장고가 있고, 그곳을 통해 딴채로 갈 수 있었다. 거기서 부엌과 행랑채를 지나면 마구간으로 나가는 길이 있었다. 매니와 새스는 마구간을 향해서 움직였다.

"피에르를 안고 나를 따라와."

코라 이모가 크리스토핀에게 말했다.

화염 때문에 테라스도 뜨거웠다. 우리가 집 밖으로 나오자 폭도들이 "와아!" 하고 소리쳤다. 우리 뒤쪽에서도 또 다른 폭도들의 고함이 들렸다. 내 눈에는 화염이 직접 보이지 않았지만, 연기와 불똥은 볼 수 있었다. 그러나 이제 대나무 숲에 불이 붙으면서 어마어마한 불길이 하늘로 치솟았다. 가까이에 푸르고 싱싱한 양치식목들이 있었는데 그 나무들도 이제 불에 타고 있었다.

"빨리 와라."

이모가 내 손을 잡은 채 앞장을 섰다. 크리스토핀이 피에르를 안고 우리 뒤를 따랐다. 우리가 테라스 층계를 내려올 때 폭도들은 아주 조용했다. 뒤를 돌아보니 메이슨 씨가 어머니를 끌고 오려고 애를 쓰고 있고, 어머니는 가지 않겠다고 안간힘을 쓰는 모습이 보였다. 메이슨 씨의 얼굴은 불길 때문인지 벌겋게 물들었다. 나는 메이슨 씨가 어머니에게 "안 된다니까.

이제 너무 늦었소."라고 말하는 소리를 들었다.

"보석함을 가지러 불 속으로 들어가겠다는 거예요?"

코라 이모가 물었다.

"보석함이오? 그랬으면 말이라도 되겠어요."

메이슨 씨가 퉁명스럽게 말했다.

"이 사람이 글쎄 저놈의 앵무새를 가지러 가겠다는군요. 절대 안 된다니까."

어머니는 대답하지 않았다. 단지 몸을 고양이처럼 이리저리 비틀고 악문 이를 드러내 보이면서 메이슨 씨와 몸싸움을 할 뿐이었다.

우리 집 초록 앵무새의 이름은 코코였다. 코코는 말을 잘 못했다. 앵무새는 "거기 누구예요? 거기 누구 있어요?"라고 말하고는 제가 제 물음에 대답했다. "사랑하는 코코예요. 사랑하는 코코." 메이슨 씨가 날개를 잘라버린 이후 코코는 성질이 고약해졌다. 저는 어머니의 어깨에 앉으면서 누구든 어머니 곁에 오면 날아가 발을 쪼아댔다.

"아네트. 사람들이 너를 보고 비웃는다. 저들의 놀림감이 되지 마라."

이모가 말했다. 어머니가 몸싸움을 멈추었고, 메이슨 씨는 폭도들에게 큰 소리로 욕을 퍼부으면서 어머니를 부축하고 끌며 우리 뒤를 따랐다.

폭도들의 수가 어찌나 많은지 사람들 사이로 나무도 풀도 보이지 않았다. 강가에 사는 사람들이 많은 모양이지만 내가 알아볼 수 있는 얼굴은 하나도 없었다. 그들의 얼굴은 모두 똑같아 보였다. 눈은 번뜩이고 소리를 지르려고 입을 반쯤 벌린 똑같은 표정의 얼굴들이 연속적으로 반복하여 나타나는 것 같았다. 우리가 말을 탈 때 밟고 오르려고 삐죽 올라오게 박아 놓은 마석을 막 지났을 때 매니가 모퉁이를 돌아 마차를 몰며 나타났다. 새스가 그 뒤를 이어 말을 타고 나타났다. 새스가 이끄는 또 한 마리의 말에는 여성용 안장이 놓여 있었다.

누군가가 소리쳤다.

"영국인들에게 빌붙어 아부하는 영국 검둥이 놈들아!"

"저 백인 검둥이들을 봐라!"

그러자 폭도들이 함께 소리쳤다.

"백인 검둥이들아! 저주받을 하얀 검둥이들아."

돌멩이 하나가 매니의 머리를 살짝 비켜서 떨어졌고, 매니가 뒤돌아보며 그들에게 욕을 퍼부었다. 말들이 놀라 벌떡 일어서자 폭도들은 뒤로 물러섰다.

"자, 빨리. 마차에 타자. 말에 올라타."

메이슨 씨가 말했다. 그러나 폭도들이 점점 조여왔기 때문에 우리는 전혀 움직일 수가 없었다. 어떤 사람들은 웃고 있었고 어떤 사람들은 막대기를 휘둘러댔으며, 어떤 사람들은 횃불을 들고 있어서 주위는 낮처럼 밝았다. 이모가 내 팔목을 꼭 쥐고 뭐라고 말을 하는지 입술이 움직였지만, 소음 때문에 나는 한마디도 알아들을 수 없었다. 나는 정말 무서웠다. 왜냐하면 웃고 있는 사람들이 사실은 더 나쁜 사람들이라는 것을 알고 있었기 때문이다. 나는 눈을 꼭 감고 기다렸다. 메이슨 씨가 욕지거리를 그만두고 매우 신성한 목소리로 크게 기도를 하기 시작했다.

"전지전능하신 하느님, 저희들을 보호하여 주옵소서."

기도가 끝났다. 하느님께서는 정말 신비로운 분이시다. 자고 있는 피에르를 저들이 불태우려고 할 때는 전혀 아는 체도, 작은 천둥 소리 한 마디도, 희미한 번갯불 한 번도 번쩍하지 않으신 분께서 메이슨 씨의 기도는 즉각 들으시고 응답해 주시다니. 폭도들의 아우성이 갑자기 조용해진 것이다.

나는 눈을 떴다. 모든 사람들이 위를 쳐다보고 있었다. 테라스의 쇠 난간 위에서 깃털에 불이 붙은 코코가 펄떡거리고 있었다. 코코는 날아보려고 안간힘을 썼지만 잘려나간 날개 때문에 땅에 떨어져 꽥꽥 소리만 쳤다. 코코는 완전히 불덩어리였다.

나는 울기 시작했다.

"보지 마라, 쳐다보지 마."

코라 이모가 말했다. 이모는 몸을 굽혀 나를 안아주셨고 나는 얼굴을 가렸다. 나는 사람들이 내게서 멀어지는 느낌을 받았고, 누군가가 "재수 없다."라고 말하는 소리도 들었다. 그 순간 나는 앵무새를 죽이거나 심지어 앵무새가 죽는 것을 보면 불행이 온다는 미신이 있음을 기억했다. 그래서 그들은 조용히 아무 말 없이 가버린 것이다. 아직 남아 있는 사람들도 옆으로 슬슬 피하더니 우리가 잔디밭을 가로질러 걸어갈 때 쳐다보고만 있었다. 그들도 이제 전혀 웃지 않았다.

"마차로 가자, 빨리."

메이슨 씨가 말했다. 그가 앞장서 걸었다. 어머니의 손을 잡은 채. 크리스토핀이 피에르를 안고 그 뒤를 따랐다. 코라 이모가 맨 마지막이었다. 내 손은 아직도 이모의 손안에 있었다. 아무도 뒤돌아보지 않았다. 마차는 자갈을 깐 길 위에 있었다. 우리가 가까이 가자 매니가 폭도들에게 고함치는 소리가 들렸다.

"당신네들이 도대체 뭐요? 야수들이오?"

매니는 마차 주위를 뺑 둘러싼 한 떼의 남녀 흑인들에게 소리치고 있었다. 날이 넓은 칼을 든 남자가 말고삐를 잡고 있었다. 새스와 두 마리의 말은 어디로 갔는지 보이지 않았다.

"타라, 어서. 저 사람들에게 신경 쓰지 말고. 이모님도 빨리 타세요."

메이슨 씨가 말했다. 그러자 칼을 든 남자가 안 된다고 막았다. 우리가 경찰서에 가서 온갖 거짓말을 둘러댈 거라며. 흑인 여자 하나가 말했다.

"가게 둡시다. 오늘 일어난 일은 우발적 사고이고 이를 증명할 증인도 여럿 있잖아요. 마이라가 증인이에요."

"입 닥치지 못해."

남자가 말했다.

"지네를 밟아 죽일 때는 완전히 죽여야 해. 한 부분이라도 남기면 그 부분이 다시 자라나는 거야. 경찰이 누구 말을 믿을 거라고 생각해? 우리 말이야? 흰 검둥이들의 말이야?"

메이슨 씨가 그 사람을 뚫어지게 쳐다보았다. 메이슨 씨는 두려워하지는 않았지만 상당히 놀란 표정이었다. 매니가 말채찍을 집어 들자 얼굴이 좀 더 검은 남자가 덤벼들어 그 채찍을 뺏더니 자신의 무릎에 대고 뚝 분질러 옆으로 집어 던졌다.

"여기를 떠나라, 이 시커먼 영국 놈아. 진짜 남자들이 그랬듯이 숲 속에 들어가 숨어. 그게 너한테 좋을 거다."

코라 이모가 앞으로 나서며 말했다.

"어린애가 많이 다쳤어요. 의사의 도움을 못 받으면 이 애는 죽을 겁니다."

"검둥이나 흰둥이나 결국은 지옥 불에서 타게 되는군."

남자가 말했다.

"그리 되겠지. 여기서 불타건 죽어서 지옥에서 불에 타건, 금방 알게 될 걸세."

이모가 말했다.

그는 이모의 얼굴에 아주 가깝게 제 얼굴을 들이대더니 말고삐를 놓아주었다.

"내게 저주를 했다간 두고 봐라. 불구덩이에 집어 던져주지."

그 남자는 이모를 늙어빠진 하얀 귀신이라고 불렀다. 이모도 전혀 지지 않았다. 그 사람의 눈을 똑바로 쳐다보며 그가 지옥 불에서 영원히 헤어나지 못하리라고 조용한 목소리로 위협했다.

"네 타오르는 혀를 식히기 위한 단 한 방울의 과즙도 못 얻어먹을 거다."

그 남자도 계속 저주를 퍼부었지만 결국은 뒤로 물러났다.

"자, 빨리 타."

메이슨 씨가 말했다.

"크리스토핀, 애를 안고 빨리 타라니까."

크리스토핀이 마차에 올랐다.

"당신도 타요."

메이슨 씨가 어머니에게 말했다. 그러나 어머니는 고개를 돌려 불타는 쿨리브리 저택을 바라보고 있었다. 메이슨 씨가 어머니의 팔을 건드리자 어머니는 비명을 질렀다.

"저는 무슨 일이 벌어지고 있는지 그냥 보러 나왔어요."

흑인 여자 하나가 말했다. 또 다른 흑인 여자는 울기 시작했다. 날이 휜 단검을 든 흑인 남자가 여자에게 소리질렀다.

"아니 저 여자를 위해 눈물을 흘려? 저 여자가 언제 우리를 위해 울어준 적이 있어? 어디 말해 봐!"

나도 이제 고개를 돌렸다. 우리 집은 활활 타오르고 있었다. 하늘은 황혼이 지는 것같이 노랗고 빨간 색으로 물들었다. 다시는 쿨리브리를 볼 수 없으리라고 나는 생각했다. 모든 것은 다 타버리고 아무것도 남지 않겠지. 금색 은색으로 빛나던 양치식물도, 양란들도, 생강 내를 풍기던 백합도, 장미들도, 흔들의자도, 푸른색 소파도, 재스민도 엉겅퀴도 그리고 밀러 씨의 딸을 그린 그림도. 불이 꺼지고 나면, 시꺼멓게 탄 벽과 마석 밖에는 아무것도 남는 것이 없겠구나. 벽이나 돌은 누가 훔쳐 가지도 않을 것이고 또 타서 없어지지도 않을 테니까.

바로 그때, 별로 멀지 않은 곳에 서 있는 티아와 메일로트를 발견한 나는 티아를 향해 뛰어갔다. 왜냐하면 내 인생에서 남은 것은 오로지 티아밖에 없다고 생각했으니까. 우리는 똑같은 음식을 먹었고 나란히 누워 잤으며 같은 물에서 헤엄치지 않았던가? 티아를 향해 뛰면서 나는 생각했다. '티아와 함께 살아야지. 그리고 나는 티아처럼 될 거야. 쿨리브리를 떠나지 않을래. 결코 떠나지 않을래. 결코.' 티아에게 가까이 갔을 때 나는 티아가 울퉁불퉁한 돌을 하나 들고 있는 것을 보았다. 그렇지만 티아가 그것을 내게 던지는 것은 보지 못했다. 돌을 맞았다고 생각하지도 않았다. 단지 뭔가 축축한 것이 내 얼굴을 타고 흘러내린다고 생각했다. 나와 눈이 마주치자 티아의 얼굴이 갑자기 일그러지더니 울음을 터뜨렸다. 우리는 마주 서서 바라보고 있었다. 내 얼굴에서는 피가, 그리고 티아의 얼굴에서는 눈물이 흐르는 채로. 티아의 얼굴을 바라보며 나는 내 얼굴을 보는 것 같다고 느꼈다. 마치 거울 속의 나를 내가 보듯이.

*

"이모, 서랍 속에서 리본으로 묶인 내 땋은 머리를 찾아냈어요. 처음에는 뱀인 줄 알았어요."

"네 머리칼을 잘라야 했단다. 네가 계속 아팠어. 그러나 이젠 나와 함께 있으니 안전해. 내가 우리는 모두 안전하리라고 말했었지? 침대에서 몸조리를 해야 한다. 왜 방 안을 왔다 갔다 하니? 네 머리는 잘 자랄 거다. 더 길게, 그리고 숱도 더 많아질 거야."

"그렇지만 색이 짙어지겠지요?"

"짙어지면 어때서?"

이모가 나를 안아 침대에 뉘어주셨다. 부드러운 침대의 감촉도 시원한 시트로 몸을 감싸는 기분도 좋았다.

"이제 칡 달인 것을 마실 시간이네."

내가 다 마시자 이모는 컵을 치워놓고는 나를 내려다보셨다.

"내가 있는 여기가 어딘지 알아보려고 일어났어요."

"이젠 다 알았지?"

이모가 염려스러운 목소리로 말했다.

"네. 그런데 제가 어떻게 여기에 왔어요?"

"러트렐 씨네 사람들이 우리에게 참 잘해 주었단다. 매니가

'넬슨스 레스트'에 도착하자마자 그 사람들이 해먹 한 개에 일꾼을 넷씩이나 보내주었어. 너도 충격을 많이 받았지? 어쨌든 러트렐 씨네 사람들이 최선을 다하더구나. 러트렐 청년이 말을 타고 네 곁을 줄곧 지키며 여기까지 왔단다. 정말 친절하지?"

"네."

내가 대답했다. 이모는 늙고 말라 보이는 데다 머리까지 잘 빗지 않은 상태였다. 나는 이모의 그런 모습을 보고 싶지 않아 눈을 감았다.

"피에르는 죽었지요?"

"피에르는 여기로 오는 도중에 죽었단다. 가엾은 녀석."

'그 전에 죽었어요.'

나는 생각했다. 그러나 너무 피곤해서 말을 잇지 못했다.

"곧 엄마를 보게 될 거야. 시골에서 요양 중이란다. 곧 건강해지겠지."

"나는 몰랐네요, 이모. 그런데 왜 시골로 가셨어요?"

"네가 거의 육 주 동안이나 아팠어. 그래서 넌 아무것도 모르지?"

어머니가 "거기 누구 없어요? 거기 누구 없어요?"라고 소리치는 소리를 다 들었다고 말한들 무슨 소용이랴. 어머니는 "내게 손대지 말라니까. 내게 다시 손대기만 해봐. 죽여 버리겠어, 이 겁쟁이 위선자야. 내가 당신을 죽여 버릴 거야."라고 소리쳤다. 어머니가 악을 쓰는 소리가 너무도 크고 무서워서 나는 두 손으로 귀를 막고 있었다. 다시 한잠을 자고 깼을 때 주위는 너무나 조용했다.

아직도 코라 이모는 내 침대 곁에 앉아 나를 바라보고 있었다.

"머리에 붕대를 감아서 너무 더워요, 이모. 이마에 흉터가 남겠지요?"

"아니야."

이모가 오랜만에 미소를 지었다.

"지금 잘 낫고 있으니까 흉터가 남지는 않을 거다. 결혼하는 데는 아무 지장이 없을 거야."

이모는 몸을 굽혀 내게 뽀뽀해 주었다.

"뭐 필요한 거 없니? 시원한 마실 걸 줄까?"

"아니, 싫어요. 노래나 불러주세요. 그게 좋아요."

이모는 떨리는 목소리로 노래를 부르기 시작했다.

밤마다 여덟 시 삼십 분이 되면
탁 탁 탁 문을 두드렸어요.

"아니 그거 말고. 나 그 노래 싫어요.「내가 자유의 몸이 되기 전에」라는 노래 있잖아. 그거 불러주세요."

이모는 내 곁에 앉아 아주 부드럽게 노래를 부르기 시작했다. "내가 자유의 몸이 되기 전에." 나는 이모가 "내 가슴에 차오르는 슬픔."이라고 부르는 대목까지만 들었다. 그날은 노래를 끝까지 듣지 못했지만 전에 들은 적은 있었다.

어머니를 만나러 가는 날이었다. 나는 크리스토핀과 함께 가겠다고 졸랐다. 내 몸이 아직 성치 못한 때문인지 어른들이 내가 원하는 대로 하라고 허락했다. 마차를 타고 가는 도중 멍하니 아무 생각도 할 수 없었던 내 모습을 지금도 기억한다. 그때 나는 어머니를 다시 볼 수 있으리라고 기대하지 못했다. 어머니는 쿨리브리의 일부이니 쿨리브리가 사라지면 어머니가 사라지는 것은 당연하다고 믿었으니까. 어머니가 사는 조그맣고 잘 정돈된 예쁜 집에 도착했을 때 나는 잔디밭을 가로질러 뛰어갔다. 베란다가 보이도록 문이 열려 있었다. 나는 노크도 없이 방 안으로 들어가 그곳에 있는 사람들을 둘러보았다. 흑인 남자와 흑인 여자가 있었고, 백인 여자 하나가 의자에 앉아 있었는데 머리를 어찌나 깊이 숙이고 있는지 얼굴을 볼 수가 없었다. 그러나 나는 양 갈래로 땋아 내린 머리 중 하나가 짧은 것과 입고 있는 옷을 보고 그 여자가 어머니인 것을 금세 알아차렸다. 어머니가 나를 어찌나 꼭 껴안았는지 나는 숨을 쉴 수도 없었다. '이건 내 엄마가 아니야.' '아니야, 엄마가 맞아. 틀림없는 내 엄마야.' 어머니가 문 쪽으로 시선을 돌리더니 다시 나를 바라보았고, 그러고는 또 문 쪽을 바라보았다. 나는 감히 "피에르는 죽었어요."라고 말할 수 없어 고개만 가로저었다.

"그렇지만 나는 여기 있잖아요. 나는 여기 있어요."

내가 이렇게 말하자 어머니는 "이럴 수는 없어. 안 돼, 안 돼."라고 조용히 중얼거리더니 나를 사납게 밀쳤다. 나는 칸막이에 부딪혀 넘어졌고 몸을 조금 다쳤다. 흑인들이 어머니의 양팔을 하나씩 잡았고 크리스토핀도 거기에 있었다. 흑인 여자가 크리스토핀에게 말했다.

"애는 왜 데려와서 말썽이에요? 그거 아니래도 문젯거리투성인데."

코라 이모네 집으로 돌아오는 길에 나도 크리스토핀도 입을 열지 않았다.

수녀원으로 가는 날 나는 코라 이모를 꽉 껴안고 놓지 못했다. 인생을 정말 사랑하는 사람이 그 인생에 죽어라고 매달리듯이 나는 그날 이모에게 죽어라고 매달렸다. 결국 이모가 좀 귀찮아하는 것 같아 나는 할 수 없이 포옹을 풀었다. 정원의 작은 길을 지나 계단을 몇 개 내려오면 곧 도로가 있었다. 내가 예상했던 대로 그들이 등대나무 밑에서 나를 기다리고 있었다. 이상하게 생긴 남자아이와 흑인 여자아이였다. 남자아이는 열네 살 정도로 보였는데, 나이에 비해 키는 훌쩍 컸다. 피부는 보기 흉한 칙칙한 흰색이었고 주근깨가 얼굴에 가득했다. 흑인의 입술을 가진 이 아이는 눈이 아주 작고 눈동자는 녹색 유리 조각을 끼워놓은 것 같았지만, 생기가 없는 게 마치 죽은 생선 같은 눈빛을 하고 있었다. 가장 끔찍했던 것은 이 소년의 고불고불 오그라 붙은 붉은색 머리칼이었다. 게다가 눈썹과 속눈썹도 붉은색이었다. 흑인 여자아이는 머리에 수건을 쓰지 않았다. 그래서 내가 그들을 바라보며 코라 이모의 깨끗하고 정겨운 집 앞에 서 있는데도, 그곳까지 여자아이의 잘게 땋은 머리에서 풍기는 진한 머릿기름 냄새가 코를 찔렀다. 그들은 전혀 위험해 보이지 않았기 때문에 아무도 그 남자애의 눈에 살기가 번득이고 있으리라고는 생각지 못했을 것이다.

흑인 여자아이가 실실 웃으며 손가락의 마디를 꺾기 시작했다. 손마디를 꺾는 소리가 들릴 때마다 나는 놀라서 가슴이 덜컹 내려앉았고, 손바닥에서는 땀이 나기 시작했다. 나는 오른손에 들고 있던 책 몇 권을 겨드랑이 밑으로 옮겨 끼었다.

그러나 책의 표지에는 벌써 땀에 젖은 손가락 자국이 나 있었다. 여자아이가 아주 조용히 웃기 시작했다. 그때 나는 증오가 서서히 일며 용기가 생겼다. 나는 그들을 쳐다보지도 않고 그냥 지나쳐 걸어갔다.

그들이 나를 쫓아오고 있다는 것은 알았다. 그러나 이모 집이 보이는 한 그들은 좀 떨어져 나를 따라올 뿐 어떤 짓도 하지 않으리라는 것 또한 알고 있었다. 그들이 내게 가까이 접근할 지점이 어디인지도 짐작할 수 있었다. 내가 언덕을 오르기 시작하면 내게 덤빌 것이다. 언덕 양쪽으로는 쭉 늘어선 담장들과 정원뿐이기 때문에 이른 아침 이런 시간에 누가 나와 있을 리가 없었다.

언덕을 반쯤 올라갔을 때 그들이 가까이 오면서 종알거리기 시작했다.

"저 미친 계집애를 좀 보라지. 네 엄마처럼 너도 미쳤지? 네 이모가 너를 왜 수녀원에 보내는지 알아? 너를 집에 두기가 무서운 거야. 수녀님들이 너를 수녀원에 가두어두라고 보내는 거란다. 네 엄마는 미쳐서 신발도 양말도 안 신고, 게다가 속바지도 안 입고 돌아다닌다며? 네 양아빠를 죽이려 했고 네가 시골집으로 찾아갔을 때는 너도 죽이려고 했다더라. 네 엄마 눈도 네 눈도 유령의 눈이야. 왜 나를 똑바로 못 보는 건데?"

괴상하게 생긴 남자아이가 말했다.

"어느 날 너 혼자 있을 때 내가 너를 붙잡을 거야. 기다려, 내가 너 혼자 있을 때 붙잡을 테니까."

내가 언덕 꼭대기에 오르자 그들이 나를 난폭하게 떠밀었다. 나는 그때도 진한 머릿내를 맡을 수 있었다.

수녀원으로 가는 길은 길고 인적이 없었다. 단지 수녀원의 담장과 나무로 만든 육중한 대문이 보일 뿐이었다. 수녀원으로 들어가기 전에 나는 초인종을 눌러야만 했다. 여자아이가 말했다.

"내 얼굴을 보기 싫으신 모양이지? 그럼 볼 수 있게 만들어 주지."

그 아이가 나를 떠미는 바람에 내 겨드랑이에 끼워둔 책들이 땅에 떨어졌다.

나는 책을 집으려고 몸을 숙였다. 길 건너편을 따라 걷던 키가 큰 청년이 우리 쪽을 바라보았다. 그 사람은 길을 건너 우리에게로 뛰어왔다. 긴 다리 때문인지 뛰어올 때 발이 거의 땅에 닿지 않는 듯했다. 나를 못살게 굴던 두 아이들은 그 사람을 보더니 몸을 돌려 딴 데로 가버렸다. 청년은 이해하지 못하겠다는 표정을 지으며 그들을 바라보았다. 그들이 내 곁에 있을 때 나는 뛰어 도망칠 수가 없었다. 차라리 빨리 죽는 게 낫다고 생각했을 뿐이었다. 이제 그들이 사라지자 나는 뛰기 시작했다. 떨어뜨린 책 중 하나는 줍지 못한 채였다. 청년이 나를 따라오고 있었다.

"이걸 떨어뜨렸어."

그가 웃으며 말했다. 나는 그가 누구인지 알고 있었다. 알렉산더 코즈웨이의 아들 샌디다. 언젠가 내가 메이슨 씨에게 "내 사촌 샌디."라고 말하자 메이슨 씨는 내가 흑인 친척을 가진 것을 부끄럽게 생각할 만큼 훈계를 한 적이 있었다. 나는 "고마워요." 하고 나지막하게 중얼거렸다.

"내가 그 애들에게 말을 잘 할게. 다시는 널 괴롭히지 못할 거야."

나의 적 빨강머리 소년이 담장을 따라 저쪽으로 뛰어가는 게 보였다. 그러나 모퉁이를 돌아서기도 전에 샌디에게 붙잡혔다. 흑인 여자아이는 벌써 사라져버렸다. 나는 샌디가 그 소년에게 어떻게 하는지 보지 못했다. 단지 초인종만 정신없이 눌러댔다.

드디어 수녀원 대문이 열렸고, 흑인 수녀님이 고개를 내밀었다. 그러나 수녀님은 기분이 상한 모양이었다.

"초인종을 그렇게 눌러대서는 안 된다. 나도 벨 소리를 들으면 최대한 빨리 달려오는 거란다."

나는 등 뒤로 육중한 수녀원의 대문이 닫히는 소리를 들을 수 있었다.

안으로 들어오자 나는 주저앉아 울기 시작했다. 수녀님이 어디가 아프냐고 물었지만 나는 대답할 수 없었다. 수녀님은 혀를 끌끌 차며 기분이 언짢은 듯 뭐라고 중얼거리면서 내 팔을 잡고 이끌었다. 우리는 정원을 지나 덩치 큰 나무의 그늘을 지나서 돌이 깔린 시원하고 큰 방으로 들어갔다. 벽에는 냄비들이 걸려 있었고, 돌로 만든 벽난로도 있었다. 방 저쪽에 다른 수녀님 한 분이 계셨다. 초인종이 울리자 나를 데려온 수녀님이 문을 열러 나갔다. 두 번째 수녀님이 대야에 물을 떠왔다. 수녀님이 스펀지에 물을 적셔 내 얼굴을 씻어주자 나는 다시 울음이 북받쳤다. 수녀님은 내 손을 보자 넘어져 다쳤느냐고 물었다. 내가 고개를 가로젓자 수녀님은 조심스럽게 내 손을 닦아주었다.

"무슨 일이니? 왜 우는 거야? 무슨 일이 생긴 거니?"

그러나 나는 대답할 수가 없었다. 수녀님이 내게 우유 한 잔을 가져다주셔서 마시려 했지만 목이 메어 넘어가지 않았다.

"저런, 저런."

수녀님은 어깨를 으쓱하더니 밖으로 나갔다.

그 수녀님은 또 다른 수녀님과 함께 들어왔다.

"많이 울었지? 이젠 뚝 그쳐야 해. 손수건 가지고 있니?"

세 번째 수녀님이 말했다.

나는 그제야 내가 손수건을 떨어뜨린 것을 기억했다. 세 번째 수녀님이 커다란 손수건으로 내 눈물을 닦아주더니, 그걸 내게 건네며 이름을 물었다.

"앙투아네트예요."

"아, 그렇지. 그래, 나도 안다. 네가 앙투아네트 코즈웨이지? 아니, 그게 아니라 앙투아네트 메이슨. 누가 네게 무섭게 굴던?"

"네."

"자, 나를 봐. 나를 무서워하지 마라."

나는 수녀님을 바라보았다. 큰 갈색 눈에 흰옷을 입은 상냥한 수녀님은 다른 수녀님들처럼 풀 먹인 앞치마를 두르고 있지 않았다. 얼굴 주위를 감싼 밴드는 흰색 무명이었고, 밴드 위로 머리를 덮은 검고 얇은 천이 접혀져 내려 등 뒤로 찰랑거렸다. 뺨은 붉었고 웃음을 머금은 얼굴에는 보조개가 있었다. 작은 두 손은 부어올라 둔해 보였으며 몸과 균형이 안 맞는 것 같았다. 한참 후에야 알게 됐지만, 수녀님의 손은 류머티즘으로 불편한 상태였다. 수녀님이 나를 온화한 분위기라곤 전혀 찾아볼 수 없는 방으로 데려갔다. 등받이가 빳빳한 의자들과 광을 잘 낸 식탁 때문인지 방은 딱딱한 느낌을 주었다. 수녀님과 얘기를 몇 마디 주고받은 뒤에 나는 내가 왜 울었는지 털어놓았고, 학교까지 혼자 걸어오는 것이 정말 싫다고도 말씀드렸다.

"혼자 오지 않도록 조치를 취해야겠구나. 내가 네 이모님께 편지를 쓰마. 원장님이신 저스틴 수녀님께서 너를 기다리신다. 이곳에서 일 년 정도 살고 있는 학생을 하나 오라고 했어. 그 애 이름은 루이즈란다. 루이즈 드 플라나. 뭐든지 어색하고 모르는 게 있거든 그 애한테 물어보거라."

루이즈와 나는 포장된 좁은 길을 따라 교실까지 걸어갔다. 길 양쪽으로 잔디밭이 있고, 나무가 심겨 있었으며, 나무 그림자가 시원하게 드리워 있었고, 여기저기 밝은 색깔의 꽃들도 피어 있었다. 루이즈는 아주 예뻤다. 그 애가 나를 보고 웃어 주면 나는 불행했던 과거를 잊을 수 있었다.

"우리가 저스틴 원장 수녀님을 뭐라고 부르는지 알아? 라임주스 원장님이라고 해. 별로 머리가 좋은 분은 아닌 것 같아. 너도 알게 될 거야."

빨리, 내가 떠올릴 수 있을 때, 그 덥던 교실을 생각해 내야만 한다. 교실 안은 찌는 듯 더웠지. 소나무로 만들어 까맣게 칠한 책상들이 생각난다. 걸상으로부터 더운 김이 팔과 다리를 거쳐 온몸에 퍼지는 교실. 그러나 밖을 내다보면 푸르고 서늘해 보이는 나무의 그림자들이 흰색의 벽 위로 그림을 그리고 있었지. 바늘은 땀 때문에 끈적끈적했고, 옷감을 통과할 때는 뽀득뽀득 소리를 냈다. "내 바늘이 땀을 흘려." 나는 곁에 앉은 루이즈에게 말하곤 했다. 우리는 그때 밝은 색 옷감 위에다 비단 실로 십자수를 놓고 있었다. 십자수로 만든 비단 장미들. 우리는 자신이 원하는 색깔로 장미를 수놓을 수 있었고, 나는 나의 장미를 초록색, 파란색, 보라색으로 수놓았다. 그 장미꽃 밑에 나는 불타오르는 빨간색으로 이렇게 적어 넣어야지. 앙투아네트 메이슨, 원래 성은 코즈웨이. 갈보리산 수녀원, 스패니시타운, 자메이카, 1839년.

우리가 작업을 하는 동안 원장 수녀님이 성인들의 일대기를 읽어주셨다. 성녀 로사, 성녀 바바라, 성녀 아그네스의 이야기들이다. 우리도 우리만의 성녀가 있었다. 성당 제대 밑에 누워 있는 14세 된 어린 소녀의 해골, 아니 유골이라고 해야지. 그런데 어떻게 성당에다 갖다 놨지? 시체를 담을 수 있는 트렁크가 있나? 시체를 오래 보관하며 볼 수 있도록 특별히 포장을 했나? 어떻게 했지? 어쨌든 이곳에 성녀가 누워 있고, 이름은 이노센치아다. 우리는 성녀 이노센치아에 대해 알지 못한다. 그녀에 관한 이야기가 없는 모양이다. 저스틴 원장님이 읽어주시는 성녀님들은 하나같이 아름답고 부유하다. 뿐만 아니라, 돈 많고 잘생긴 남자들에게 사랑을 듬뿍 받은 분들이다.

"……그가 여태까지 보았던 그녀의 모습과는 비교할 수 없을 정도로 아름답고 값비싼 옷으로 치장한……."

저스틴 원장님은 단조로운 목소리로 읽어 내려갔다.

"테오필루스, 여기 제가 장미를 한 송이 가져왔어요. 당신은 믿지 않는 그리스도, 나의 영원한 배우자의 정원에 피어 있던 꽃이에요. 테오필루스는 침대 곁에 둔 장미가 전혀 시들지 않는 것을 보고 기독교로 개종했습니다."

원장님은 이제 빠른 속도로 책을 읽고 있었다.

"그 장미는 아직도 살아 있어요. (와, 그런데 어디에? 어디에 있어요?) 그리고 테오필루스는 신성한 순교자 중 한 분이 되셨습니다."

원장님은 탁 소리를 내며 책을 덮었다. 원장님은 이제 우리가 어떤 몸가짐을 해야 하는지 다양하게 일러주었다. 손을 씻을 때는 손톱뿌리의 얇은 피부를 아래로 미세요. 몸은 늘 정결히 하고, 올바른 태도를 갖고, 하느님의 불쌍한 양들에게 친절하게 대해야 해요. 말은 끝도 없이 흘러나왔다. ("저 나이가 되면 하실 말씀이 많아지나 봐." 엘렌 드 플라나가 말했다. "당신도 어찌할 수 없으신가 봐. 가엾지?")

"가난하고 불쌍한 사람들을 모욕하는 것은 우리 주 그리스도를 모욕하는 것과 같아요. 그들이 바로 주님께서 선택하신 분들이니까요."

원장님은 지나가는 말처럼 아주 형식적으로 이 말을 하고는 질서 정연한 삶과 정조 관념으로 주제를 바꿨다. 흠이라고는 전혀 없는 수정 그릇이 있다고 생각해 봅시다. 그러나 이 그릇도 한 번 깨지면, 결코 원상회복이 가능하지 않다는 것을 알지요? 다음은 자세에 대해 이야기할 차례였다. 누구나 그렇듯이 저스틴 원장님도 플라나 자매들에게 매혹되어 있었고, 학생들이 본받아야 할 모범으로 그들을 내세웠다. 나도 그들의 태도를 닮고 싶었다. 다음으로 원장님은 머리 모양에 대해 설명했다. 엘렌이 거울을 보지 않고도 머리 손질을 훌륭히 해낸다고 원장님이 칭찬하는 동안 플라나 자매들은 몸을 꼿꼿이 세우고 쉽사리 동요하지 않는 냉정한 모습으로 앉아 있었다.

"엘렌, 머리를 어떻게 손질하는 건지 좀 가르쳐줘. 나도 어른이 되면 너처럼 하고 싶거든."

"아주 쉬워. 우선 머리를 모두 위로 올리고, 이렇게 말이야. 앞으로 좀 잡아당겨. 그러고는 핀을 여기저기에다 찌르면 돼. 그렇다고 핀을 너무 많이 꽂으면 안 돼."

"그런데 내 머리는 어떻게 빗어도 너처럼 되지가 않는걸."

엘렌은 속눈썹을 한 번 깜빡거리더니 뒤로 돌아서 버렸다. 가장 뻔한 말조차도 다른 사람에게 상처 줄까 봐 하지 못할 정도로 예의 바른 아이라서. 우리 기숙사에는 거울이 없었다. 한번은 아일랜드에서 새로 온 수녀님이 물 항아리를 들여다보며 미소 짓는 것을 보았다. 그분은 보조개가 아직도 있는지 확인하고 싶었던 모양이다. 내가 보고 있는 것을 발견하자 수녀님은 얼굴을 붉혔다. 이제부터 저 수녀님은 나를 싫어하겠다는 생각이 들었다.

　어떤 때는 엘렌의 머리, 어떤 때는 저메인의 흠잡을 데 없는 태도, 그리고 또 어떤 때는 루이즈가 그녀의 치아를 희고 아름답게 가꾸는 방법을 예로 들어 원장 수녀님은 말씀하셨다. 우리는 너무 부럽고 질투가 나서 그들이 허영에 차 있다고 생각하기도 했다. 사실 엘렌과 저메인은 좀 오만한 기가 있고, 다른 학생들과 가깝게 지내지도 않는 듯했지만, 루이즈는 그녀가 태어난 이유가 다른 데 있다는 듯이 허영이나 오만과는 전혀 무관한 학생이었다. 엘렌의 갈색 눈은 예쁘게 깜빡였고, 저메인의 회색 눈은 부드럽고 아름다웠다. 그 애는 말도 천천히 했고 대부분의 크리올[9] 여자들과 달리 성격도 참했다. 그 두 친구들이 남성의 유혹에 넘어가다니, 그러나 그렇게 놀랄 일은 아니다. 그러나 그 한 줌도 안 되는 허리에다 가냘픈 갈색 손을 가졌던 루이즈. 그녀의 검은 머리에선 창포 향기가 났었는데. 성당에서 달콤한 목소리로 겁도 없이 죽음의 노래를 고음으로 부르던 루이즈. 그 애의 노래는 새소리 같았는데. 루이즈, 네게 무슨 일이 생긴 거지? 그렇지? 그렇다 해도 난 놀라지 않을 테지만.

또 다른 성녀님이 있다고 원장 수녀님이 말했다. 그분은 다른 성녀님들보다 후대에까지 사셨는데, 이탈리아에서 사셨다고 했다. 이탈리아가 아니라 스페인이라고 했던가? 이탈리아가 어디지? 흰색 돌기둥들이 있고 물은 초록색이라는 나라? 스페인은 그럼 태양이 뜨겁고 돌이 많은 나라? 프랑스는 검은 머리의 여인들이 흰옷을 즐겨 입는 나라라고 했어. 루이즈도 원래 프랑스에서 태어났다고 했지. 그리고 나의 어머니. 살아 계신데도 죽은 사람처럼 내가 잊어야 하고, 당신을 위해 항상 기도해 드려야 하는 나의 어머니. 어머니도 흰옷을 즐겨 입으셨는데.

이제 크리스토핀도 우리를 떠나 아들과 살고 있기 때문에 어머니의 근황에 대해 말해 주는 사람은 하나도 없었다. 나는 메이슨 씨를 거의 만나지 못했다. 메이슨 씨는 자메이카, 특히 스패니시타운을 싫어했다. 그래서인지 그는 한번 여행을 떠나면 흔히 몇 달씩 돌아오지 않았다.

칠월의 어느 무더운 오후, 이모는 일 년간 영국에 갔다 와야겠다고 말했다. 건강이 나빠져서 환경을 좀 바꾸는 편이 좋을 것 같다는 것이다. 이모는 나와 얘기하는 내내 조각이불보를 만들고 있었다. 다이아몬드 꼴로 자른 형형색색의 비단 옷감들이 연결되면서 다른 색상의 옷감 속으로 녹아드는 것 같았다. 빨강, 파랑, 보라, 초록, 노랑의 각기 다른 색깔이 조화를 이루며 빛나는 하나의 커다란 색상으로 어른거렸다. 이모는 하루에 몇 시간씩 이 일에 매달리더니 이젠 거의 완성 단계에 이르렀다. 이모가 나더러 외롭지 않겠느냐고 물었지만 나는 현란한 색깔들의 잔치를 바라보며, "아니요."라고 대답했다.

수녀원은 내게 피난처였다. 태양 빛과 죽음이 함께 공존하는 피난처. 이른 아침이면 나무를 딱딱 치는 신호에 맞춰 기숙사의 긴 방에서 잠자던 우리 아홉 명의 학생들이 눈을 뜬다. 아침에 일어나 제일 먼저 보게 되는 것은, 나무 의자에 잔잔한 표정으로 정갈하게 앉아 있는 마리 오거스틴 수녀님의 모습이다. 기다란 갈색의 방 안으로 황금빛 햇살이 쏟아져 들어오고 나무들의 그림자가 조용히 움직였다. 나는 다른 학생들이 하듯이 "오늘의 기도와 수고와 고통을 하느님께 바친다."라는 기도를 빨리 말할 수 있게 되었다. 그런데 행복은 어떻게 된 거지? 행복이란 건 존재하지 않는단 말인가? 분명 어딘가에 행복이 있을 텐데. 물론이고말고. 행복? 글쎄.

그러나 나는 곧 행복을 잊어버렸다. 발목까지 내려오는 회색 면 슈미즈를 입은 채, 우리가 물장난을 치곤 하던, 돌로 만든 목욕탕으로 뛰어가면서, 나는 행복을 잊기로 했다. 조심스럽게 슈미즈 안으로 손을 넣어 몸을 씻을 때 나던 비누 냄새, 이것도 내가 배워야 하는 목욕 기술이다. 검소하게 옷 입는 방법을 터득하라고 수녀님들이 가르치셨다. 우리가 교실로 가려고 나무로 된 층계를 뛰어올라 갈 때 햇살이 부서져 내렸지. 갓 끓여 낸 커피, 버터가 녹아내리던 뜨거운 롤빵. 그러나 식사가 끝나면 기도 시간이다.

"지금과 같이 항상, 그리고 죽음의 시간에도 영원히, 아멘."

정오와 저녁 여섯 시에 우리는 꼭 기도를 드렸다. 지금과 같이 죽음의 시간에도 영원히, 아멘. 그들 위에 주님의 빛이 영원토록 빛나게 하소서. 이 기도는 나의 어머니를 위한 것이다. 어머니의 몸을 떠난 영혼이 어디를 방황하고 있든. 그러자 나는 어머니가 강한 햇빛을 싫어했고 선선한 날씨와 그늘을 좋아했던 것을 기억해 냈다. 그러나 주님의 빛은 우리가 알고 있는 햇빛과는 다른 거라고 수녀님들이 말했다. 그래도 나는 어머니가 강한 빛을 싫어했다는 말은 하지 않았다. 곧 우리는 옥외 그늘로 나왔다. 주님의 영원한 빛보다 훨씬 아름다운 그늘이다. 나는 얼마 안 가서 별생각 없이 기도문을 종알거리는 법도 배웠다. 나는 현재의 나보다 더 훌륭한 내가 되게 해달라는 기도도, 그리고 죽음의 시간에 주님의 빛이 임하게 해달라는 기도도 그저 별생각 없이 종알종알 입으로만 외었다.

  모든 것은 밝음 아니면 어둠으로 나뉘어 있었다. 수도원의 벽들, 정원에 피어난 꽃들의 선명한 색깔들, 수녀님들의 흰 제의. 이런 것들이 모두 밝음에 속한다면, 수녀님들이 쓴 베일, 허리로부터 길게 늘어뜨린 묵주 끝의 십자가, 나무의 그림자, 이것들은 모두 어둠이다. 모든 것은 빛과 어둠, 태양과 그림자, 천당과 지옥으로 나뉘어진다. 수녀님 중 한 분은 지옥에 대해 모르는 것이 없었다. 지옥에 대해 모르는 사람이 어디 있단 말인가? 또 다른 수녀님은 천국에 대해 잘 알고 있었다. 뿐만 아니라 축복받는 자들의 특성에 대해서도 알고 있었다. 그 특성 중 가장 시시한 것이 뛰어난 미모라고 말했다. 얼굴만 예쁜 것, 그것이 가장 형편없는 특성이란다. 나는 죽음 후에 맛보게 될 희열을 더 이상 기다릴 수가 없어서 빨리 죽게 해달라는 기도를 오랫동안 바쳤다. 그러나 죽음을 소망하는 것이 대죄라는 사실을 떠올렸다. 우리가 감히 죽음을 갈망하는 것이 주제넘은 행위라서인지, 그렇지 않으면 삶을 절망으로 생각하는 것이 죄인지, 둘 중 어느 쪽인지는 잊었지만 어쨌거나 영혼을 멸하는 죄라는 것이 기억났다. 그래서 나는 죽음을 소망한 죄를 용서해 달라고 기도했다.

기도를 하다가 신기한 생각이 떠올랐다. 기독교에서는 왜 죄가 되는 것이 그리도 많지? 이런 생각을 하는 것도 또 죄가 아닌가? 다행스럽게도 마리 수녀님은 나쁜 생각이라도 그것을 뇌리에서 곧 지워버린다면야 생각만 가지고는 죄가 되지 않는다고 말씀하셨다. 주님께서 영혼을 구해 주신다고 했지요? 그럼 저는 죽을래요. 내가 어떻게 해야 마음이 평안해질까를 정확히 알고 나니 훨씬 마음이 가벼워졌다. 즉 기도를 자주 하지 않는 것이다. 얼마쯤 지나자 나는 숫제 기도를 하지 않았다. 그러고 나서부터 나는 전보다 훨씬 용감해지고 행복해졌으며 더욱 자유로워졌다. 그러나 안전하다는 느낌은 사라졌다.

내가 수녀원에 살던 약 18개월 동안 메이슨 씨가 가끔 나를 보러 왔다. 그는 먼저 원장 수녀님과 면담을 했고, 나는 저녁을 먹으러 가거나 친지를 방문하기 위해 옷을 차려입은 후 응접실에서 기다렸다. 우리가 헤어질 때면 양아버지는 내게 선물을 주었다. 사탕이나 과자 등 단것, 목걸이, 팔찌. 한번은 아주 예쁜 옷을 받은 적이 있다. 물론 수녀원 학생인 나로서는 입을 수도 없는 옷이다.

마지막으로 나를 보러 왔을 때는 무언가가 좀 달랐다. 나는 응접실로 들어서자마자 변화를 금세 알아차렸다. 양아버지는 내게 뽀뽀를 하고는 나를 조심스럽게 그리고 샅샅이 훑어보았다. 그러더니 미소를 지으며 내가 당신이 생각했던 것보다 키가 더 크다고 말했다. 나는 내가 이제 열일곱 살이 좀 넘은 어른이라고 말했다.

"네게 줄 선물을 잊지 않고 가져왔다."

나는 부끄럽고 또 불안해서, "사다 주시는 옷을 저는 입지 못해요."라고 말했다.

"나와 살게 되면 네 마음에 드는 것으로 골라 입으려무나."

"어디서요? 트리니다드에서요?"

"거기 말고. 당분간은 자메이카에서 같이 살자. 나하고 네 이모하고. 코라 이모가 드디어 고향으로 온단다. 영국에서 한 번 더 겨울을 지냈다가는 죽을 거라고 하더라. 그리고 리처드도 함께 살자. 일생 동안 수녀원에서 숨어 살래?"

'그러면 왜 안 되는 거지?' 나는 생각했다.

메이슨 씨는 내가 좀 놀라서 당황해한다는 것을 눈치챘는지, 농담을 하고 칭찬을 하고 우스꽝스러운 질문을 해댔다. 그 때문에 나도 웃기 시작했다. 영국에서 사는 건 어떻게 생각하니? 그러고 나서는 내가 대답도 하기 전에 춤은 잘 추느냐, 수녀님들이 너무 엄격하지는 않으냐고 물었다.

"하나도 안 그러세요. 우리 수도원을 매년 방문하시는 주교님이 수녀님들에게 너무 게으르다고 하세요. 기후 때문인가 보다고요."

"그럼 수녀님들은 '당신 일이나 잘하세요.' 그래야지."

"원장님이 그리 말씀하셨어요. 다른 수녀님들은 무슨 일이 벌어질까 봐 무서웠대요. 수녀님들이 전혀 엄격하지는 않지만 춤추는 건 안 가르쳐주셨는데요."

"그건 배우면 돼. 별문제 아니란다. 앙투아네트, 나는 네가 행복하고 걱정 없이 살기를 바란다. 내가 뭘 좀 주선해 보려고 노력 중인데, 그 얘기는 다음에 하자. 얘기할 시간이 또 있을 거다."

우리가 수녀원 대문을 막 빠져나가려고 할 때 메이슨 씨는 아무 일도 아니라는 듯이 말했다.

"내가 영국 친구 몇 명에게 다음 겨울은 자메이카에서 보내자고 말해 놨다. 너도 심심치 않고 좋을 것 같아서."

"여기로 올까요?"

나는 의심스럽다는 듯이 말했다.

"한 명은 분명히 와. 그건 확실해."

메이슨 씨의 웃는 모습 때문이었을까, 나는 혼란과 슬픔 그리고 상실감에 목이 메었다. 그러나 나는 메이슨 씨에게 내 표정을 보이지 않도록 노력했다. 지금 이 기분은 내가 어머니의 말이 독살당한 것을 발견했을 때의 느낌과 같았다. 아무 말도 말아야지, 그러면 사실이 아닌 게 될 수도 있어.

그러나 수녀원 식구들이 모두 알아버린 거다. 친구들은 호기심에 온갖 것들을 다 물어왔지만 나는 대답하지 않았다. 처음으로 나는 수녀님들의 기뻐하는 얼굴에 거부 반응을 보였다.

그들은 안전하다. 수녀원 '밖'의 세상이 어떠한지 그들이 무얼 알겠는가?

내가 두 번째 꿈을 꾼 것은 바로 이때였다.

또다시, 나는 쿨리브리 저택을 떠나 숲을 향해 걷고 있다. 아직도 깜깜한 밤이다. 나는 긴 드레스 차림에 밑창이 아주 얇은 슬리퍼를 신고 있어 걷기가 힘들다. 나는 치맛자락을 들어 올린 채 어떤 남자를 쫓아가고 있다. 내가 입고 있는 길고 흰 아름다운 드레스. 나는 이걸 더럽히고 싶지 않아. 나는 그 남자를 따라가며 무서워 죽을 것 같다. 그러나 나는 이 상황에서 나를 구할 노력을 하지 않는다. 만일 누군가가 나를 구해 주려고 한다면 거절할 것이다. 이건 반드시 이렇게 되어야만 하는 거니까. 이제 우리는 숲에 당도했다. 우리는 키가 크고 컴컴한 나무 아래 있다. 바람 한 점 없다. "여기예요?" 그가 몸을 돌려 나를 쳐다본다. 그의 얼굴은 증오로 거무죽죽하다. 그런 얼굴을 보자 나는 울기 시작한다. 그가 야릇하게 웃는다. "여기가 아니야. 아직 덜 왔어." 그가 말한다. 나는 울면서 그 남자를 쫓아간다. 이제 나는 내 치맛자락을 들어 올리지 않는다. 나의 드레스가 흙에 질질 끌리고 있다. 내 아름다운 드레스. 우리는 이제 숲에 있지 않고 돌담으로 둘러싸인 정원에 있다. 나무들은 내가 보아온 것들과 다르다. 나는 저런 나무들을 모르는데. 위층으로 올라가는 층계가 있다. 너무 어두워 벽도 층계도 보이지 않는다. 그러나 나는 거기 층계가 있다는 것을 안다. 이 계단을 오르면 거기 그것이 있다. 꼭대기에 그것이 있다. 나는 치맛자락을 밟고 넘어진다. 그런데 일어날 수가 없다. 내 손끝에 나무가 하나 만져진다. 나는 그 나무를 꼭 잡고 매달린다. "여기예요, 여기. 나는 더 이상 가지 않을래요." 나무는 나를 떨어뜨려 버리려는 듯 몸을 흔들고 앞뒤로 움직인다. 그래도 나는 죽어라고 그 나무에 매달린다. 몇 초가 흘렀다. 일초가 수천 년인 듯 길다. "여기야, 여기야." 내 것도 남자의 것도 아닌 다른 사람의 목소리가 말한다. 그러자 나무는 갑자기 흔들기를 멈춘다.

이제 마리 오거스틴 수녀님이 나를 기숙사의 침실에서 데리고 나온다. 내게 어디 아프냐고 묻고, 다른 친구들이 자고 있으니 방해를 해서는 안 된다고 이야기한다. 나는 아직도 몸을 벌벌 떨면서 혹 수녀님이 나를 그 신비한 커튼 뒤 당신의 침대로 데려가려는 것은 아닌지 생각한다. 착각이다. 수녀님은 나더러 의자에 앉으라고 하더니, 잠깐 사라졌다가 뜨거운 코코아 한 잔을 들고 들어오신다.

"제가 지옥에 있는 꿈을 꾸었어요."

"그런 꿈은 악마의 장난이란다. 네 마음에서 지워버리렴. 다시는 생각하지 마라."

수녀님은 나의 찬 손을 비벼서 따뜻하게 해주었다.

수녀님의 모습은 한결같다. 흐트러짐 없는 정갈한 모습이다. 새벽도 되기 전에 벌써 일어난 것인지, 그렇지 않으면 숫제 잠자리에 아직 들지 않은 건지 나는 묻고 싶었다.

"코코아를 마시렴."

코코아를 마시면서 나는 어머니의 장례식이 있었던 날을 떠올린다. 아주 이른 아침이었다, 오늘처럼. 우리는 장례식이 끝난 뒤 집에 가서 뜨거운 코코아와 케이크를 먹었다. 어머니는 작년에 돌아가셨다. 아무도 어떻게 돌아가셨는지 말해 주는 사람이 없었고, 나도 묻지 않았다. 메이슨 씨와 크리스토핀이 참석했다. 그 외에 온 사람은 아무도 없었다. 크리스토핀은 가슴이 찢어지는 듯 애절하게 울었다. 그러나 나는 울 수가 없었다. 기도를 했지만 기도의 말들은 아무 의미 없이 땅으로 떨어졌다.

이제 어머니와 나의 꿈이 한데 섞이고 있었다.

어머니가 나닥나닥 기운 옷을 입고 빌린 말을 탄 채 돌을 깐 길 위에서 내게 손을 흔들고 있는 모습이 눈앞에 어른거려 나는 다시 눈물을 흘렸다.

"그런 끔찍한 일이 벌어지다니, 왜? 왜?"

"너는 그런 인생의 수수께끼에 관심을 두지 마라. 악마가 왜 아직도 활개를 치고 있는지 누가 알겠니. 아무도 모른단다."

마리 오거스틴 수녀님이 말씀하셨다.

수녀님은 다른 수녀님들과는 달리 잘 웃지 않았다. 지금은 전혀 웃음기 없이 말했다. 수녀님은 아주 슬퍼 보였다.

"이제 조용히 침대로 가거라. 온화하고 평화로운 것만 생각하며 잠들도록 해. 곧 기상 신호를 해야 하니까. 이제 조금 있으면 내일 아침이 밝아온단다."

수녀님은 혼잣말처럼 조용히 말했다.

2장 그랑부아

 그래, 이제 모든 것은 끝이 났다. 전진과 후퇴[1]도, 의심도 주저도. 좋든 나쁘든 간에, 어쨌든 모든 것은 끝이 난 거다. 우리는 세찬 비를 피하느라 커다란 망고나무 밑에 서 있었다. 나, 내 아내, 그리고 혼혈 하인 아멜리. 우리의 짐은 굵은 마직포를 덮은 채 다른 나무 아래에 가지런히 놓여 있었다. 짐꾼 두 명과 말 두 필 그리고 말고삐를 잡고 있는 흑인 소년도 거기 함께 있었다. 우리가 신혼을 보내게 될 그랑부아까지 600미터를 산 위로 올라가야 하기 때문에 새로 빌린 말들이다.
 아멜리가 오늘 아침 내게 말했다.
 "그랑부아에서 행복한 시간을 보내시기 바라요, 젊은 주인님."

아멜리는 분명 나를 조롱한 거다. 그게 눈에 보였다. 키가 자그마한 아멜리는 예쁘게는 생겼지만 어쩐지 교활하고 심술궂으며 악의가 있어 보인다. 이 지역의 모든 것이 그래 보이듯.

"한바탕 쏟아지면 금방 그쳐요."

앙투아네트가 염려하는 투로 말했다.

옆으로 기울어 슬픈 모습을 한 야자나무며 해안 자갈밭 위로 끌어올려진 고기잡이배들, 삐뚤빼뚤하게 늘어선 흰 오두막 집들을 바라보며 나는 이 동네의 이름이 무엇이냐고 물었다.

"매서커(대학살)라고 해요."

"여기서 노예들이 학살을 당한 모양이지?"

"네? 아니에요."

충격을 받은 목소리다.

"노예라니요. 절대 아니에요. 아주 옛날에 일어난 일인가 봐요. 아무도 기억하는 사람이 없어요."

빗줄기는 점차 거세져 커다란 잎에 떨어지는 빗방울이 우박 떨어지는 소리를 냈고 멀리 바닷물은 슬그머니 밀려왔다 밀려갔다 하며 출렁거렸다.

그래, 이곳이 매서커구나. 세상의 끝이라고는 할 수 없으나 자메이카에서부터 시작된 지루한 여행길의 종착역쯤이라고 나 할까. 어쨌든 우리의 신혼 살림이 시작되는 곳이다. 태양 아래서 모든 것은 다른 모습으로 그 진면목을 드러내겠지.

결혼식이 끝나는 즉시 스패니시타운을 떠나 그랑부아에서 몇 주를 지내기로 앙투아네트가 계획을 세웠고, 나는 앙투아네트의 소망대로 따랐다. 내가 여태까지 해왔던 그대로. 그랑부아는 윈드워드 군도에 속한 작은 섬에 있으며, 앙투아네트의 어머니 아네트의 사유지이다.

오두막집의 창문들은 모두 닫혀 있었고, 문들은 열려 있었기에 어두컴컴하고 조용한 실내를 볼 수 있었다. 그러자 세 명의 꼬마 녀석들이 슬슬 걸어오더니 나를 뚫어지게 바라보았다. 꼬마 녀석 하나는 벌거벗은 채 목에는 무슨 종교와 관련 있음 직한 메달을 달고 있었고 머리에는 테만 남은 어부의 모자를 쓰고 있었다. 내가 미소를 보내자 그 녀석은 갑자기 울기 시작했다. 오두막집 하나에서 여자가 아이의 이름을 부르자, 녀석은 여전히 큰 소리로 울며 뛰어갔다.

다른 두 녀석도 천천히 그 뒤를 따랐다. 몇 번이고 뒤를 돌아보면서. 마치 이것이 신호였다는 듯이 두 번째 여자가 나타나더니, 연달아 세 번째 여자도 나타났다.

"카로구나."

앙투아네트가 말했다.

"맞아, 카로. 캐롤라인이야."

앙투아네트가 손을 흔들자 그 여인도 손을 흔들었다. 꽃무늬가 화려한 밝은 색 옷에다 머리에는 줄무늬 수건을 매고 금귀고리를 단 이 늙은 인간은 야하고 품위 없어 보였다.

"옷이 젖지 않겠소?"

내가 말했다.

"아니요. 비가 그쳐가는데요, 뭘."

앙투아네트는 승마용 스커트를 양손으로 걷어 올리더니 길을 가로질러 뛰어갔다. 나는 그녀의 모습을 비판적인 눈으로 바라보았다. 쓰고 있는 세모난 모자가 잘 어울렸다. 최소한 그 모자가 너무 커서 당황스럽게 하는 그녀의 눈을 가려주기는 하니까. 내가 보기에 그녀는 눈도 깜빡이지 않는 것 같다. 길게 찢어진, 검은 동자의 눈. 서글픈 이방인의 눈. 그녀가 아무리 영국 순수 혈통의 크리올이라지만, 크리올을 영국 사람이나 유럽 사람이라고 할 수는 없지. 내가 앙투아네트의 얼굴을 이렇게 뜯어보기 시작한 것이 언제부터지? 아마 우리가 스패니시타운을 떠나고 나서부터일 거야. 그렇지 않으면 그전에도 눈에 띄었지만 내가 본 것을 인정하지 않으려고 했을 수도 있어. 내가 무엇을 관찰할 시간이 언제 있었기나 했나? 나는 자메이카에 도착한 뒤 겨우 한 달 만에 결혼을 했고, 그나마도 삼 주 동안은 열병에 시달렸는데.

두 여자는 문밖에 선 채 손짓을 해가며 섬사람들이 사용하는 그 천박한 파투아로 얘기하고 있었다. 내 등줄기를 타고 흐르는 빗방울이 가뜩이나 불편하고 우울한 나의 기분을 더 악화시켰다.

나는 일주일 전에 영국에다 보냈어야 할 편지를 마음속에 쓰기 시작했다. 아버님 보십시오······.

"비가 그칠 때까지 잠깐 자기 집에 들어와 쉬지 않겠냐고 캐롤라인이 묻네요."

내가 거절할 것을 이미 예상하고 있다는 듯이 앙투아네트가 주저하며 말했다. 그러니 거절하기는 아주 쉬웠다.

"그렇지만 당신의 옷이 젖으니까."

"나는 괜찮아."

나는 캐롤라인에게 미소를 보내며 고개를 저었다.

"캐롤라인이 많이 실망할 텐데."

아내는 이렇게 말하더니 또 길을 가로질러 어두운 오두막집 안으로 들어가 버렸다.

우리에게 등을 돌리고 앉아 있던 아멜리가 내 쪽으로 몸을 돌렸다. 그녀는 아주 재미있다는 표정을 짓고 있다. 사악함이 묻어 있는 표정이다. 게다가 지나치게 똑똑하고 무엇보다도 나와 무척 가까운 사람처럼 행동해서 내가 도리어 부끄럽기까지 하다. 나는 그녀로부터 눈을 돌렸다.

'줄곧 열병을 앓았으니까. 아직 완쾌가 안 된 거라고.' 나는 생각했다.

비도 거의 걷혀 갔다. 나는 짐꾼들과 말을 나눌까 하고 그쪽으로 갔다. 첫 번째 짐꾼은 이 섬 출신이 아니었다.

"이 섬은 그야말로 야생 지역이지요. 전혀 문명이 들어오지 않은 곳이니까요. 여기는 도대체 왜 오셨어요?"

그는 자기의 이름이 영 불(젊은 황소)이며, 나이는 스물일곱이라고 말해 주었다. 또 다른 짐꾼의 이름은 에밀이고, 이곳에서 태어나 자랐다고 했다.

"몇 살이냐고 저 사람에게 물어보세요."

영 불이 슬쩍 말했다. 에밀이 확실하지 않다는 듯이 대답했다.

"열네 살인가? 네, 맞아요. 열네 살이에요."

"말도 안 되는 소리."

내가 말했다. 숱이 성근 그의 수염에 흰 털이 듬성듬성 나 있는 게 보였다.

"쉰여섯쯤 됐을까요?"

에밀은 내 비위를 맞추려는 듯이 말했다.

영 불이 큰 소리로 웃었다.

"자기가 몇 살인지도 모르니, 원 참. 도대체 나이 같은 것은 생각도 안 하고 산다니까요. 제가 말씀드렸지요? 이곳 사람들은 문명하고는 통 거리가 멀다고요."

"어머니가 내 나이를 아시는데, 어머니가 돌아가셨으니."

에밀이 중얼거렸다. 그러더니 에밀은 주머니에서 걸레 같은 푸른색 헝겊 조각을 꺼내 비비 틀더니 똬리를 만들어 머리 위에 올려놓았다.

이 동네 여자들이 대부분 문밖에 나와서 우리를 바라보고 있었다. 그들은 전혀 웃지 않았다. 우울한 지역에 사는 우울한 인간들이구나. 남자들이 어선 쪽으로 가고 있었다. 에밀이 뭐라고 소리치자 그들 중 두 명이 우리 쪽으로 걸어왔다. 에밀은 굵고 낮은 목소리로 노래를 부르기 시작했다. 그는 계속 노래를 부르며 고리버들 가지를 엮어 만든 무거운 바구니를 훌쩍 들어 똬리 위에다 올렸다. 에밀은 우선 한 손으로 머리에 인 물건의 균형을 잡더니 손을 대지 않은 채 돌이 울퉁불퉁 솟아난 길을 맨발로 걸어갔다. 그랑부아로 향하는 일행 중에서 제일 명랑한 사람이 에밀이다. 영 불도 짐을 잔뜩 지더니 곁눈으로 나를 바라본다. 제 힘을 자랑이라도 하듯이. 그도 노래를 부르기 시작했다. 그가 부르는 노래는 영국 노래이다.

소년이 말 두 마리를 큰 돌덩이 곁에 세웠고, 앙투아네트도 집 밖으로 나왔다. 다시 얼굴을 내민 태양이 뜨거운 열기를 내뿜기 시작하자 우리 등 뒤의 숲에선 김이 올랐다. 아멜리는 신발을 벗어 끈을 묶더니 목에다 걸었다. 그녀도 작은 짐을 머리에 이고 짐꾼들처럼 몸을 이리저리 흔들며 균형을 잡았다. 우리는 산을 타고 올랐고 마을은 곧 시야에서 사라졌다. 수탉 한 마리가 기세 좋게 울어대자 나는 이곳으로 오는 도중 지난밤 묵었던 작은 마을을 생각했다. 앙투아네트는 너무 피곤하다며 딴 방에서 잠을 잤다. 나는 누워서 밤새 울어대는 수탉의 울음소리에 귀를 기울였다. 이른 아침 일어나서 밖을 내다보았을 때, 나는 여자들이 흰 천을 덮은 광주리를 이고 부엌으로 들어가는 것을 볼 수 있었다. 갓 구워낸 빵을 팔러 온 여자, 케이크를 팔러 온 여자, 과자를 팔러 온 여자들이다. 길에서는 한 여자가 "맛있는 시럽 사세요, 맛있는 시럽이오."라고 외치고 있었다. 그런 광경을 보고 있자니 마음이 평화로워지는 듯했다.

가파르게 경사져 뻗어 있는 길을 따라 우리는 산 위로 올라갔다. 길 한쪽은 무성한 나무들로 초록색 담을 이루고 있었고 또 한쪽은 깎아지른 듯한 낭떠러지였다. 우리는 발을 멈추고 언덕들과 산들과 청록색 바다를 바라보았다. 부드럽고 훈훈한 바람이 불어왔다. 나는 왜 영 불이 이곳을 야생 지역이라고 했는지 이제 알 것 같았다. 이곳은 야생적일 뿐 아니라 위협적이다. 저 언덕들이 죄어와 나를 가두려는 듯하다.

"온통 초록색이군."

나는 달리 할 말이 없었다. 나는 에밀이 어부들을 부르던 모습과 깊고 낮은 목소리로 노래하던 것이 문득 떠올라, 그가 어디에 있느냐고 물었다.

"지름길로 갔어요. 우리보다 훨씬 먼저 그랑부아에 도착할 걸요."

영 불이 말했다.

모든 것이 너무 지나치다. 나는 지친 상태로 그녀의 뒤를 따라가며 생각했다. 세상이 온통 푸르고 온통 보라색이며 온통 초록색 천지이다. 꽃들은 너무 빨갛고 산들은 너무 높으며 언덕은 너무나 가까이 있다. 그리고 여인은 이방인이다. 그녀의 변명하는 말투도 귀찮다. 나는 그녀를 사지 않았다. 그녀가 나를 산 거다. 혹 그녀가 그렇게 생각하고 있는 건 아닐까? 나는 말의 거친 갈기를 내려다보았다. ……아버님 보십시오. 삼만 파운드의 돈은 질문도 조건도 없이 제게 지불되었습니다. 그녀를 위한 어떤 보호 조건도 만들지 않은 채. 이제 저는 꽤 괜찮은 재산을 갖게 되었습니다. 이제 저는 아버님이나 아버님이 사랑하시는 형님께 수치스러운 인물이 되지 않을 것입니다. 둘째 아들의 교활하고 치사한 전술은 이제 없을 것입니다. 제가 자신의 영혼을 팔았군요. 아니 아버님이 파셨다고 해야겠지요. 어쨌든, 아주 나쁜 거래는 아니었다고 봅니다. 여자는 예쁜 편이니까요. 여자는 확실히 예쁩니다. 그렇지만······.

내가 이렇게 생각하는 동안 말들은 무척이나 험한 산길을 뚜벅뚜벅 걷고 있었다. 온도가 점점 내려가며 추워졌다. 새 한 마리가 휘파람을 불듯 노래하더니 목소리를 바꿔 서글픈 소리로 길게 울었다.

"저게 무슨 새요?"

그녀는 나보다 훨씬 앞서 가느라 내가 묻는 말을 듣지 못했다. 새가 또 휘파람을 불었다. 산새들이 날카롭게 때론 사랑스럽게 울고 있지만, 어쨌든 아주 고독하게 들리는 소리다.

그녀가 멈춰 서더니 큰 목소리로 말했다.

"이제 코트를 입으세요."

나는 하라는 대로 했다. 그러나 이제 기분 좋게 시원하던 느낌은 사라져버렸다. 땀에 젖은 옷 속에서 내 몸은 추워 떨리고 있었다.

해는 비스듬히 기울어갔고, 우리는 아무 말 없이 계속 말을 타고 갔다. 아직도 길의 한쪽은 왕성히 자란 숲이고 또 한쪽은 깎아 세운 것 같은 계곡이다. 이제 바다는 차분해졌고 진하고 어두운 푸른빛을 띠고 있었다.

우리는 작은 강 앞에 다다랐다.

"여기가 그랑부아의 경계선이에요."

그녀가 나를 보고 웃었다.

저렇게 단순하고 자연스러운 웃음을 그녀가 내게 보여 준 것은 이번이 처음이다. 그게 아니라 그녀와 함께 있는 것이 자연스럽게 느껴진 게 이번이 처음이라고 말해야 옳다. 대나무 홈통이 절벽에 꽂혀 있고 그곳에서 은청색 물이 흘러나오고 있었다. 그녀는 재빨리 말에서 내리더니 클로버 모양의 잎을 따 컵처럼 접어 물을 마셨다. 그러더니 잎사귀 하나를 다시 따 동그랗게 말더니 내게 물을 가져다주었다.

"마셔보세요. 산에서 흘러나오는 물이에요."

나를 올려다보며 미소 짓는 얼굴을 보니 그녀도 여느 영국 미인이라고 할 수 있을 것 같았다.

나는 그녀를 기쁘게 해주려고 물을 받아 마셨다. 물은 차고 순수했으며 달큰한 맛이 났다. 두꺼운 초록색 잎사귀 안에 담긴 물은 아름다운 색을 띠고 있었다.

"이제 내리막길로 가다 다시 올라가면 거기가 집이에요."

그녀가 말했다.

"여기 땅이 붉은색이라는 걸 알아보셨어요?"

그녀가 말했다.

"영국에서도 어떤 곳은 흙이 붉어요."

"영국, 영국, 만날 영국이라고 하셔."

그녀는 조롱하듯 말했다. 그녀가 뱉은 말들이 내가 듣고 싶지 않은 경고의 말이라도 되듯 메아리쳤다.

곧 산길이 납작한 돌을 박아 꾸민 도로로 바뀌더니 우리는 높은 돌계단 밑에 당도했다. 계단을 중심으로 왼쪽에 거대한 열대 나무 한 그루가 서 있고, 오른쪽에 영국식 여름 별장을 흉내 낸 건축물이 있었다. 네 개의 나무 기둥과 종려나무 잎을 얹은 지붕이 전부다. 그녀가 말에서 내리더니 층계를 뛰어올라 갔다. 층계를 오르니 보기 흉하게 깎은 거친 잔디밭이 펼쳐지고 잔디밭 끝에 흰색을 칠한 낡은 집이 있었다.

"여기가 그랑부아예요."

나는 너무도 파란 하늘을 배경으로 이제는 보랏빛으로 보이는 산들로 시선을 돌렸다.

나무로 만든 지주물 위에 자리 잡은 이 집은 병풍처럼 집을 감싸고 있는 숲에 치여 쪼그라든 듯했고, 학처럼 목을 길게 늘여 빼고 먼바다를 열심히 바라보고 있는 것처럼 느껴졌다. 집의 생김이 보기 싫은 것은 아닌데도 어쩐지 어색한 모습이다.

어찌 보면 슬퍼 보이기까지 했다. 마치 더는 오래가지 못할 것 같은 분위기 때문일까? 몇 명의 검둥이들이 베란다로 오르는 계단 밑에 쭉 늘어서 있었다. 앙투아네트가 잔디밭을 가로질러 뛰어갔고, 나는 그녀의 뒤를 따라가고 있었다. 그때 반대 방향에서 급히 오던 검둥이 녀석과 부딪혔다. 그놈은 놀라서 눈을 휘둥그레 뜨더니 내게 사과의 말도 없이 말들이 있는 곳으로 달려갔다.

"똑바로 서라, 일렬로. 어슬렁거리지 말고."

늙수그레한 검둥이가 말했다. 검둥이들은 모두 네 명이었다. 어른 여자 하나, 계집아이가 하나, 그리고 키가 크고 당당해 보이는 남자도 거기 섞여 있었다. 앙투아네트가 또 다른 검둥이 여자의 몸을 팔로 감은 채 말했다.

"당신을 넘어뜨릴 뻔한 이 청년이 버트런드고요, 저기가 로사하고 힐다, 그리고 여기가 뱁티스트[2]예요."

하인들은 자기의 이름이 불릴 때 수줍은 듯이 웃었다.

"그리고 여기가 제 유모였던 크리스토핀이고요."

뱁티스트가 오늘은 행복한 날이며, 우리가 좋은 날씨를 가지고 왔다고 말했다. 그의 영어는 완벽했다. 그러나 그가 정중히 말하는 동안 힐다가 낄낄거리기 시작했다. 이 아이는 열두 살에서 열네 살 사이로 보였는데 무릎까지 내려오는 흰색 소매 없는 원피스를 입고 있었다. 입은 옷은 아주 깨끗했지만 머릿수건을 쓰지 않은 데다 기름을 발라 여러 갈래로 잘게 땋은 머리가 야만인처럼 보였다. 뱁티스트가 얼굴을 찡그리자 힐다는 더욱 크게 낄낄거리더니 손으로 입을 가리고는 나무 계단을 뛰어올라 가 집 안으로 들어갔다. 그녀의 벗은 발이 베란다를 따라 뛰어가며 내는 소리를 나는 들을 수 있었다.

"귀엽고 사랑스러운 내 새끼."

크리스토핀이 앙투아네트에게 말했다. 나는 그녀를 날카로운 시선으로 바라보았지만 별로 신경 써야 할 중요한 인물은 못 되는 듯했다. 그녀의 얼굴은 다른 검둥이들보다 더 검었고, 그녀의 옷도, 머리를 감싼 수건도 가라앉은 색상이었다. 그녀가 나를 뚫어지게 바라보았다. 내가 보기에 나를 전혀 인정할 수 없다는 표정으로.

우리는 잠깐 동안 서로 마주 보고 서 있었다. 내가 눈을 먼저 돌렸다. 그러자 그녀는 실쭉 웃더니 앙투아네트를 내 쪽으로 가볍게 떠밀고는 집의 뒤쪽으로 사라졌다. 다른 하인들은 벌써 가버리고 없었다.

베란다에 서서 나는 대기를 감도는 달콤한 향기를 들이마셨다. 정향, 계피, 장미 그리고 오렌지 꽃의 향기를 맡을 수 있었다. 어떤 사람도 맡아보지 못했을 이 향기들이 나를 취하게 한다. 앙투아네트가 집 구경을 시켜주겠다고 나를 불렀을 때 나는 즐겁지 않았다. 버려져 황폐해진 집을 구경하고 싶지 않았으니까. 그녀가 나를 커다란 방으로 데리고 들어갔다. 도색이 되어 있지 않은 방이다. 방 안에는 낡아빠진 소파가 있었고, 방 중앙에는 마호가니 식탁과 등받이가 딱딱한 의자들이 몇 개 있었다. 참나무로 만든 낡은 옷장에는 사자의 갈고리 발톱을 닮은 놋쇠 발이 달려 있었다.

내 손을 잡고 앙투아네트는 두 잔의 럼 펀치가 우리를 기다리고 있는 작은 식탁으로 나를 이끌었다. 그녀가 잔을 들어 내게 주더니 "우리의 행복을 위하여."라고 말했다.

"행복을 위하여."

내가 대답했다.

가구가 몇 개 없어 더 커 보이는 저쪽 방에는 문이 두 개 있었는데 하나는 베란다로 나가게 되어 있었고, 또 한 문은 작은 방을 향해 약간 열려 있었다. 방에는 커다란 침대와 둥근 탁자, 의자 둘 그리고 대리석을 깐, 놀랍도록 큰 화장대와 커다란 거울이 있었다. 침대 위에는 협죽도 화환 두 개가 놓여 있었다.

"이거 하나를 내가 목에 걸어야 하는 건가? 언제 하는 거지?"

2장 그랑부아

나는 화환 하나를 머리에 쓰고 거울 앞에서 표정을 지어보았다.

"아무리 보아도 내 이 잘생긴 얼굴하고는 안 어울리는 것 같아. 어떻게 생각하오?"

"그렇게 하니 당신이 임금님 같아요. 황제 같아요."

"하느님 맙소사."

나는 이렇게 말하고 화환을 벗었다. 화환은 바닥으로 떨어졌고, 꽃들은 창문으로 걸어가는 내 무심한 발에 밟혔다. 방 안은 짓밟힌 꽃들의 향기로 가득했다. 거울 속에서 가장자리가 파랑 빨강으로 채색된 작은 야자 잎 부채를 부치고 있는 앙투아네트의 얼굴이 보였다. 나는 갑자기 이마에 땀이 솟는 것을 느끼고 자리에 앉았다. 앙투아네트가 내 곁에 꿇어앉더니 손수건으로 내 얼굴의 땀을 닦아주었다.

"여기가 싫으세요? 여기는 나의 장소이고 모든 것은 우리의 편인데요."

그녀가 말했다.

"제가 어렸을 때 한번은 긴 막대기 하나를 곁에 놓고 잤었어요. 공격을 당하면 그걸로 방어해야 하니까요. 얼마나 무서웠으면 그랬겠어요."

"무얼 그렇게 무서워했다는 거요?"

그녀는 고개를 가로저었다.

"아무것도 안 무서웠어요. 사실 모든 게 다 무서웠어요."

누군가 방문을 노크했고, "크리스토핀이에요."라고 앙투아네트가 말했다.

"당신의 유모였다는 그 늙은 여자 말이오? 당신은 그 사람이 무서운가 봐."

"아니에요. 제가 어떻게 유모를 무서워할 수가 있겠어요?"

"만일 그 사람이 키가 더 크고 멋지게 잘 차려입은 장대한 여자라면, 나도 두려워할 것 같은데."

앙투아네트가 웃었다.

"저 문을 열면 당신이 쓰게 될 작은 방이 있어요. 원래는 옷 갈아입는 방이었어요."

나는 그 방으로 들어가 조용히 문을 닫았다.

휑하니 큰 다른 방들과 비교하면 이 방은 물건들이 많았다. 우선 양탄자가 깔려 있었다. 이 집에서 양탄자가 깔린 유일한 방이다. 무슨 나무인지 몰라도 아름다운 나무로 만든 옷장이 있고, 열린 창문 바로 밑에 작은 책상이 하나 있었다. 책상 위에는 종이, 펜, 잉크병이 있었다. 누군가가 이 방이 메이슨 씨의 방이라고 말해 주었을 때, 나는 이 방을 나의 안식처라고 생각했다.

"메이슨 씨는 이곳에 자주 오시지 않았습니다. 이 장소를 싫어하셨으니까요."

베란다로 나가는 문지방에 뱁티스트가 팔에 담요를 걸친 채 서 있었다.

"모든 게 다 편안하고 좋은데."

내가 말했다. 그는 담요를 침대 위에 놓았다.

"밤에는 추위를 느끼실지도 몰라서."

그러나 안전한 느낌은 이미 나를 떠난 것 같았다. 나는 주위를 의심스레 살펴보았다. 앙투아네트가 있는 방 쪽으로 난 문은 단단하고 우람한 나무 빗장을 지를 수 있게 되어 있었다. 이 방이 이 집에서는 맨 끝 방이다. 베란다에서 나무 층계를 타고 내려가면 또 다른 잔디밭이 나온다. 층계 바로 밑에는 야생 오렌지 나무가 자라고 있었다. 나는 다시 내 안식처로 돌아와 창문 밖을 내다보았다. 높게 자란 나무들이 양쪽으로 늘어선 점토 길은 여기저기 진흙투성이인 채로 뻗어 있었다. 길 저편으로 반쯤 나무에 가려진 바깥채 건물들이 몇 채 눈에 들어왔다. 그중 하나가 취사용이다. 굴뚝은 없고 창문을 통해 연기가 쏟아져 나왔다. 나는 부드럽고 좁은 침대에 누워 귀를 기울였다. 강물이 흐르는 소리 이외에 들리는 것은 아무것도 없었다. 이 집에 나 혼자 있는 것인가? 책상 위에는 널빤지 세 장을 엮어 만든 보잘것없는 책장이 있었다. 나는 거기 꽂힌 책들을 훑어보았다. 바이런의 시집 몇 권, 월터 스콧의 소설들, 『아편중독자의 고백』, 허름한 갈색 장정의 책들, 그리고 맨 마지막 칸에, 『……의 생애와 서간들』이라는 책이 있었다. 그러나 '생애와 서간'의 주인은 그 이름이 세월에 좀먹어 지워져 버리고 없었다.

　　아버님 보세요. 며칠간에 걸친 불편한 여행 끝에 저희는 이곳에 도착했습니다. 윈드워드 군도의 한 섬에 위치한 이곳은 앙투아네트 어머니의 사유지였고, 앙투아네트가 무척 애착을 갖고 있는 장소입니다. 앙투아네트는 결혼식이 끝나자마자 이곳으로 오기를 소망했습니다. 모든 것은 아버님의 계획과 소망대로 잘 진행되고 있습니다. 저는 모든 일을 리처드 메이슨과 의논하여 처리했습니다. 아버님도 아시겠지만 메이슨 씨는 제가 영국을 떠난 직후에 사망하셨습니다. 리처드는 좋은 친구 같습니다. 저를 무척 환대하고 친근하게 대해 줍니다. 저를 좋아하게 된 것 같고, 게다가 전적으로 믿어주니 다행입니다. 이곳은 아주 아름답지만 열병을 앓은 탓에 몸이 곤하여 충분히 즐기지를 못하고 있습니다. 며칠 후에 다시 편지 올리겠습니다.

2장　그랑부아

나는 다 쓴 편지를 다시 읽은 후 추신을 달았다.

너무 오래 소식을 전하지 못한 것 같군요. 결혼식이 치러질 거라는 얘기는 특별한 소식도 못 되는 것 같아서 부러 하지 않았습니다. 저는 스패니시타운에 도착하자마자 열병으로 앓아누워 약 두 주간을 고생했습니다. 심각한 병은 아니었지만 많이 힘들었습니다. 저는 메이슨 씨와 가까이 지내던 프레이저 씨의 집에서 머물렀습니다. 프레이저 씨는 영국 분이시고, 지금은 정년 퇴직을 했지만 한때는 이곳에서 집정관으로 봉사하셨다고 합니다. 프레이저 씨가 집정관으로 봉직할 때 다루었던 여러 가지 판들을 길게 설명해 주셨습니다. 조리 있게 쓰고 생각하는 것도 힘들군요. 이 선선하고 외딴 섬 그랑부아('고산지대의 숲'이라는 뜻이랍니다.)에 오니 몸이 벌써 많이 좋아졌습니다. 다음에 보내드릴 편지는 보다 길고 명확하게 쓰겠습니다.

선선하고 먼 외딴 섬이라……. 그런데 여기서는 편지를 어떻게 부치지? 나는 내가 쓴 편지를 접어 책상 서랍에 넣었다.
내가 받은 이 혼란스러운 인상은 결코 편지에 쓸 수 없을 것이다. 내 마음속에는 채울 수 없는 빈 공간들이 생긴 것 같다.

*

　모든 것이 매우 선명한 색깔들을 뽐내고 있지만, 내게는 한없이 낯설기만 하다. 뿐만 아니라 어떤 것도 내게는 의미가 없다. 내가 결혼하게 될 이 여인도 내겐 아무 의미가 없는 사람이다. 드디어 그녀와 대면을 하고, 인사를 하고, 미소를 짓고, 그녀의 손에 입을 맞추고, 함께 춤도 추었지만, 나는 내가 하기로 되어 있는 역할을 연기했을 뿐이다. 그녀와 나는 아무 상관없는 관계이다. 나의 움직임 하나하나가 다 나의 의지와 노력에 의해 행해진 것이다. 때때로 나는 혹시 누가 나의 연기를 알아차리지 않았을까 하고 궁금해하기도 했다. 나는 내 목소리에 귀 기울이곤 했는데, 그 조용하고 정확하며 감정을 배제한 목소리에 깜짝 놀라곤 했다. 정말 실수 없는 연기를 했음에 틀림없다. 내가 혹 의심과 호기심의 표현을 보았다면 그건 오직 한 명, 검둥이의 얼굴에서였지 백인은 아니었다.

　나는 나의 결혼 예식이 어떻게 진행되었는지 거의 기억하지 못한다. 교회의 벽에는 이곳에서 대농장을 경영하기 시작했던 일 세대들의 공적을 기리는 대리석 기념패들이 붙어 있었다. 한 명도 빼놓지 않고 자비로운 인물로 표현되어 있더군. 모두 노예주들인데. 모두 평화 속에 영면하라고 쓰여 있었지.

식이 끝나고 우리가 교회 밖으로 나왔을 때 나는 그녀의 손을 잡았다. 작열하는 태양에도 불구하고 그녀의 손은 얼음보다 더 차가웠다.

나는 사람들로 북적대는 방에 준비된 기다란 식탁에 앉아 있었다. 야자나무 잎으로 만든 부채들, 엄청난 숫자의 하인들, 노랑 빨강으로 줄이 간 머릿수건들, 남자들의 검은 얼굴들. 강한 맛의 펀치, 훨씬 청결한 맛을 주는 샴페인, 흰옷을 입은 나의 신부. 그녀의 얼굴이 어땠는지는 전혀 기억나지 않는다. 다른 방에는 검은 옷을 입은 여자들이 가득했다. 줄리아 사촌, 에이다 사촌, 리나 아주머니, 홀쭉하고 뚱뚱하고 몸의 크기는 저마다 달랐지만 얼굴은 모두 똑같이 생긴 것 같다. 귓불에 구멍을 내고 건 금귀고리들, 그들의 손목에서 쟁그랑 소리를 내는 은팔찌들. 나는 그들 중 하나에게 말했다. "저희는 오늘 밤 자메이카를 떠나요." 그녀는 뚫어지게 나를 쳐다보더니 한참 있다가 대답했다. "그래, 맞아요. 앙투아네트가 스패니시타운을 싫어하지요. 그 애의 어머니도 싫어했다우." (이 사람들은 나이가 들수록 눈도 작아지는 모양이지? 작아질 뿐만 아니라 구슬 알처럼 반짝이게 되는 모양이야. 게다가 미주알고주알 캐고 싶어 죽어가는군.) 그 뒤부터 나는 그들의 얼굴에서 똑같은 표정들을 읽었다고 생각했다. 호기심이라고 할까? 아니면 동정심? 그것도 아니면, 조롱? 그러나 그들이 왜 나를 가엾게 생각하는 거지? 나 자신을 위해 썩 훌륭한 거래를 해냈는데 말이야.

결혼식 바로 전날 아침이었다. 내가 막 모닝커피 한 잔을 다 마셔가고 있을 때 리처드가 프레이저 씨의 집으로 뛰어들어 왔다.

"일을 진행하지 않겠다네!"
"무슨 일을?"
"자네와 결혼하지 않겠다는군."
"왜?"
"왜 그런지는 말을 안 해."
"무슨 이유가 분명 있을 것 아닌가?"
"이유를 대지 않아. 한 시간이나 이 바보 같은 애와 싸웠어."

우리는 서로 마주 보고 서 있었다.

"모든 게 다 준비됐는데. 하객들을 위한 선물도 준비됐고, 초대장도 발송했고. 자네 아버님껜 또 뭐라고 말씀을 드리나?"

리처드는 거의 울기 직전이었다.

"싫다면 싫은 거지 뭐. 식장으로 끌고 들어갈 수야 없지 않은가. 나 옷 좀 입고. 무슨 말을 할지 내 귀로 직접 들어야겠어."

리처드는 의기소침해져서 밖으로 나갔다. 나는 옷을 갈아입으면서 생각했다. '원 참. 기막히군. 이건 정말 나를 바보로 만드는 일이야. 크리올 여자에게 딱지를 맞고 영국으로 돌아간다? 이유가 뭔지 확실하게 알아야겠어.'

그녀는 머리를 푹 숙인 채 흔들의자에 앉아 있었다. 두 갈래로 땋은 머리가 그녀의 어깨 위로 늘어져 있었다. 좀 떨어진 거리에서 나는 부드럽게 그녀에게 물었다.

"무슨 일이에요, 앙투아네트? 내가 무슨 잘못을 했나요?"

그녀는 아무 말도 하지 않았다.

"당신이 나와 결혼하지 않겠다고 했다면서요?"

"안 할래요."

그녀는 매우 낮은 목소리로 대답했다.

"무슨 이유로?"

"결혼 후 무슨 일이 생길지 그게 두려워요."

"어젯밤에 내가 한 말 기억 안 나요? 당신이 내 아내가 되면 이 세상에 두려워해야 할 게 아무것도 없다고 내가 말했잖아요?"

"네, 그러셨어요. 그런데 그때 리처드가 들어왔고, 당신이 웃었는데, 저는 당신이 그런 식으로 웃는 모습이 싫었어요."

"당신 때문에 웃은 게 아니에요. 나 자신 때문에 웃었어요, 앙투아네트."

그녀가 나를 쳐다보았다. 나는 그녀를 껴안고 키스했다.

"그렇지만 당신은 나에 대해 아무것도 모르잖아요."

"당신이 나를 믿어준다면 나도 당신을 믿으리다. 어때요? 일종의 계약이랄까요? 내가 당신을 어떻게 불쾌하게 만들었는지 말도 안 해주고 나를 보내버린다면 나는 정말 불행할 거요. 슬픈 가슴을 안고 떠날 테니까."

"당신의 슬픈 가슴?"

그녀가 말했다. 그러더니 그녀는 내 얼굴을 어루만졌다. 나는 그녀에게 열정적으로 키스했고, 그녀에게 평화와 행복과 안전을 약속했다.

"그러면 리처드에게 다 잘됐다고 말할까? 리처드도 슬퍼하고 있어요."

내가 말했을 때, 그녀는 대답하지 않았다. 그저 고개를 끄덕였을 뿐이다.

*

 이런 모든 일과 리처드의 화난 얼굴과 "제게 마음의 평화를 주시겠어요?"라고 말하던 그녀의 목소리를 떠올리는 동안에 나는 잠이 들었던 모양이다.
 나는 옆방에서 들리는 물소리와 웃음소리에 잠을 깼다. 나는 아직도 잠에 취한 채 듣고 있었다.
 "내 머리에 향을 많이 바르지 마요. 그 사람이 좋아하지 않으니까."
 앙투아네트의 음성이다. 또 다른 음성이 말했다.
 "남자가 향내를 싫어한다고? 난 그런 말은 들어보지도 못했구먼."
 벌써 밤이었다.
 식당은 켜놓은 촛불들로 현란하게 빛났다. 식탁에도 보조 식탁에도 촛불이 줄을 서 있었고, 골동품처럼 보이는 궤 위에는 세 갈래로 장식된 촛대가 놓여 있었다. 베란다로 나가는 문은 열려 있었지만 바람은 불지 않았다. 촛불은 전혀 흔들리지고 똑바로 타올랐다. 그녀는 소파 위에 앉아 있었다. 나는 그녀가 이처럼 아름답다는 것을 왜 미처 몰랐을까 하고 의아하게 생각했다. 그녀의 부드러운 머리는 모두 뒤로 빗겨져 허리 아래까지 내려왔고, 금색과 붉은색이 감돌았다. 내가 그녀의 옷이 아름답다고 말하자 그녀는 무척 좋아했다. 그러고는 "이 옷은 마르티니크의 생피에르에서 맞춘 거예요."라고 설명했다.

"사람들이 이 옷을 '조세핀3) 스타일'이라고 해요."

"당신은 생피에르가 마치 프랑스의 파리인 것처럼 말하는구려."

"물론이에요. 서인도제도의 파리니까요."

식탁 위에는 분홍색 꽃들이 줄줄이 놓여 있었고, 그 꽃의 이름이 내 머릿속에서 기분 좋은 메아리를 울려주었다. 코랄리타, 코랄리타. 음식은 지나치게 양념이 되어 있긴 해도, 내가 자메이카에서 먹어본 어떤 음식보다 담백하고 식욕을 돋워주었다. 나방이들과 딱정벌레들이 셀 수 없이 방 안으로 들어와 촛불 속으로 곤두박질했다가 죽어서 땅으로 떨어졌다. 아멜리가 빵 부스러기를 터는 작은 솔로 죽은 벌레들을 치웠지만 소용없었다. 더 많은 벌레들이 몰려들고 있었다.

"영국이 꿈과 같다는 말이 사실이에요? 내 친구 하나가 영국 남자와 결혼을 했는데 그 친구가 그렇게 편지에 썼더라고요. 그 애가 말하기를 런던이란 곳은 때때로 암울하고 냉기로 가득 찬 꿈만 같대요. 어서 깨어나 떨쳐 버리고 싶은 꿈만 같다고요."

"글쎄."

나는 짜증이 나서 이렇게 대답했다.

"그게 바로 내가 당신의 이 아름다운 섬에 대해 느끼는 기분이오. 현실성이 결여된 꿈처럼 말이오."

"어떻게 강과 산과 바다가 현실감이 없을 수가 있어요?"

"그렇다면 어떻게 수백만의 사람들과 그들의 집과 그들이 걸어 다니는 길이 꿈이란 말이오?"

"그거야 쉽게 이해되지요. 훨씬 쉽게 이해할 수 있어요. 거대한 도시야말로 꿈같지 않을까요?"

'아이고, 이런 여자와 이런 대화를 나누다니, 이게 현실인가? 꿈이 아닌가?' 나는 생각했다.

긴 베란다에는 범포 의자 두 개, 해먹 두 개, 그리고 나무로 만든 테이블이 있었고, 테이블 위에는 발이 세 개 달린 망원경이 놓여 있었다. 아멜리가 유리 갓이 달린 등잔을 내왔지만 약한 불빛은 어둠에 잠식당하는 것 같았다. 너무도 진한 꽃향기가 진동했다. 이 꽃들은 강가에서 자라며, 밤만 되면 꽃을 피운다고 앙투아네트가 설명해 주었다. 방 안에 있을 때는 별로 느끼지 못했지만 이제 벌레들의 울음소리는 내 귀를 멍멍하게 만들고 있었다. "귀뚜라미와 개구리 소리예요. 우는 소리와 이름이 거의 같지요? 크랙, 크랙."

나는 베란다 난간에 몸을 기대고 수백 마리는 될 성싶은 반딧불이들을 바라보았다.

"아 그래, 자메이카에서는 반딧불이를 가리켜 '반딧불이 레이디'라고 부른다고 했지."

새가 아닌가 하고 생각했을 만큼 큰 나방 한 마리가 촛불로 덤벼들어 불을 끄고는 바닥으로 떨어졌다.

"와, 큰 놈이다."

내가 말했다.

"불에 탔어요?"

"아니, 놀란 것 같소."

나는 그놈을 집어내 손수건에 싸서 난간 위에 올려놓았다. 잠깐 동안 그 녀석은 꼼짝 않고 있었다. 나는 희미한 촛불 아래서 나방의 부드럽고 선명한 색깔과 날개 위에 그려진 섬세한 무늬를 볼 수 있었다. 내가 가볍게 손수건을 흔들자 나방은 날아가 버렸다.

"저 재미있는 신사분에게 아무 일도 없었으면 좋겠군."

"우리가 촛불들을 끄지 않으면 다시 날아올 거예요. 별빛만 가지고도 충분히 밝은데요, 뭘."

정말 별빛이 어찌나 밝은지 난간 기둥과 정원의 나무가 만들어내는 그림자가 베란다 바닥에 그림을 그리고 있었다.

"자, 우리 산보해요. 제가 이야기를 들려드릴게요."

우리는 베란다를 따라 걸어 층계가 있는 데까지 왔다. 이 층계를 내려가면 잔디밭이다.

"우리는 유월, 칠월, 팔월에 더운 날씨를 피해 여기에 오곤 했어요. 저는 코라 이모하고 여기에 세 번이나 왔더랬어요. 지금은 이모가 많이 아파요. 그러니까 그게 그 후였는데……."

그녀는 말을 멈추고 손을 올려 머리 위에 놓았다.

"슬픈 이야기면 오늘 밤 내게 말하지 마요."

"슬픈 얘기 아니에요. 어떤 일이 일단 발생하면 그 사건이 언제, 왜 발생했는지는 잊어버린다 해도 사건이 있었다는 사실은 영원히 존재해요. 저기 작은 침실에서 있었던 일이에요."

나는 그녀가 손가락으로 가리키는 곳을 바라보았지만, 좁은 침대와 의자 한두 개의 희미한 윤곽만을 볼 수 있었다.

"오늘 생각하니 그날 날씨가 굉장히 더웠던 것 같아요. 유리창이 닫혀 있어서 내가 크리스토핀에게 열라고 했거든요. 밤에는 언덕에서 선선한 바람이 불어오니까요. 육지에서 부는 바람이지요, 바닷바람이 아니라. 어찌나 더웠던지 내가 입고 있던 슈미즈가 몸에 척척 달라붙었어요. 그런데도 나는 잠이 들었어요. 그러다 갑자기 깼는데, 유리창가에 고양이만큼이나 큰 쥐 두 마리가 나를 쳐다보며 앉아 있지 않겠어요."

"당신이 놀랄 만도 했겠네."

"그런데 저는 하나도 두렵지 않았어요. 그게 너무 이상한 거예요. 나도 쥐들을 노려보았는데 쥐들이 전혀 움직이지 않더군요. 제가 목 언저리에 주름 장식이 달린 슈미즈를 입고 앉아 쥐들과 마주 바라보고 있는 모습이 거울에 비치더라고요."

"그래서 어떻게 됐지?"

"나는 돌아누워, 시트를 머리까지 쓰고 곧 잠이 들었어요."

"그게 당신이 말해 준다는 이야기의 전부요?"

"아니요. 제가 갑자기 또 잠이 깼어요, 먼젓번처럼. 그런데 쥐들은 사라졌더군요. 그런데도 이번에는 웬일인지 그렇게 무서울 수가 없었어요. 저는 자리를 박차고 일어나 베란다로 나와서 해먹에서 잤어요. 바로 이 해먹이에요."

그녀가 해먹을 손으로 가리켰다. 네 귀퉁이가 굵은 끈으로 묶여 매달린 해먹은 평평했다.

"그날 밤은 만월이었어요. 저는 오랫동안 달을 바라보았지요. 구름이 한 점도 없어서 달은 미동도 없이 제자리에서 내 얼굴을 비추어주는 것 같았어요. 다음 날 아침 크리스토핀이 난리를 부렸어요. 만월 때 달빛을 받으며 잠드는 것은 아주 나쁜 거라고요."

"크리스토핀에게 쥐 얘기는 안 했소?"

"아니요. 이 얘기는 당신한테만 하는 거예요. 그렇다고 해서 제가 잊고 있었던 것은 아니거든요."

나는 그녀를 안심시키는 말이면 뭐든 해주고 싶었지만, 강가의 꽃이 뿜어내는 향기가 너무 짙어 어지럼증을 느낄 정도였다.

"당신도 내가 달빛 아래서 너무 오래 잤다고 생각하세요?"

그녀의 입은 억지로 웃고 있었고 눈빛은 세상과 동떨어진 외로운 사람의 것이었다. 나는 그녀의 어깨를 내 팔로 감싸고, 아기를 달래듯 부드럽게 흔들어주었다. 그러고는 노래를 불러주었다. 내가 벌써 잊은 지 오래라고 생각했던 옛날 노래였다.

> 고요한 밤의 여왕에게 만세,
> 로빈, 환하게 빛나라, 환하게 빛나라,
> 네가 죽는 그날.[4]

그녀가 듣고 있더니, 나와 함께 노래를 불렀다.

> 찬란하게 빛나라, 찬란하게 빛나라,
> 로빈, 너 죽는 날.

집에는 아무도 없었다. 좀 전까지 환하게 불이 켜져 있던 방에는 단지 양초 두 자루만이 타고 있었다. 그녀의 방은 어두웠다. 침대 곁에는 갓을 씌운 촛대가 있었고, 화장대 위에도 양초 한 자루에 불이 켜져 있었다. 둥근 테이블 위에 포도주 한 병이 있었다. 이미 밤은 깊었다. 나는 포도주를 따라 그녀에게 주며 우리의 행복을 위해 우리의 사랑을 위해, 그리고 영원히 내일이 될 끝없는 날들을 위해 축배를 들자고 말했다. 나는 그때 철이 없었다. 나의 젊음은 덧없는 것이었다. 그렇게 빨리도 끝나버린 나의 청춘이여.

다음 날 아침 내가 잠을 깼을 때 해는 연두색으로 찬란히 비치고 있었다. 나는 누군가가 나를 바라보고 있다는 불안감을 느끼며 눈을 떴다. 그녀는 나보다 훨씬 전에 일어난 모양이다. 그녀의 머리는 양 갈래로 땋여 있었고, 흰색의 새 슈미즈를 입고 있었다. 나는 그녀를 품에 안으려고 몸을 돌렸다. 사실 나는 얌전하게 땋은 그녀의 머리를 풀어헤치려고 했는데, 그때 아주 조심스럽고 부드러운 노크 소리가 났다.

"크리스토핀이 두 번씩이나 왔는데 그냥 돌려보냈어요. 여기서는 사람들이 아침 일찍 일어나요. 아침이 하루 중 가장 좋은 시간이거든요."

그녀가 말했다.

"들어오세요."

그녀가 소리치자 크리스토핀이 쟁반에 커피를 받쳐 들고 들어왔다. 옷을 잘 차려입은 크리스토핀은 아주 당당해 보였다. 꽃무늬가 있는 옷의 치맛자락이 땅에 끌리며 바스락 소리를 냈고, 머리에 쓴 노란색 비단 수건은 정성스럽게 매여 있었다. 무거운 금귀고리가 그녀의 귓불을 아래로 잡아당겼다. 그녀는 우리에게 아침 인사를 하고 미소를 지으며 침대 옆 둥근 상 위에 커피와 카사바 케이크 그리고 구아바 젤리를 올려놓았다.

나는 침대에서 일어나 내 안식처인 작은 방으로 갔다. 누가 갖다 놓았는지 좁은 침대 위에는 나를 위한 가운이 걸쳐져 있었다. 나는 창밖을 내다보았다. 구름 한 점 없는 하늘은 옅은 파란색이다. 내가 기대했던 것보다 색이 옅다고 생각했지만, 하늘 색은 잠깐 사이에 점점 짙어지고 있었다. 정오가 되면 그 빛은 황금색이 될 것이고, 한창 더울 때는 놋쇠의 색깔로 변할 것이다. 공기가 청명하고 기온도 선선해서인지 대기도 푸른빛이 도는 듯하다. 내가 빛의 감상을 끝내고 나의 공간에서 침실로 돌아갔을 때, 침실은 아직도 컴컴했고 앙투아네트는 베개에 몸을 기댄 채 눈을 감고 있었다. 내가 들어가자 앙투아네트가 눈을 뜨더니 나를 향해 웃었다. 앙투아네트의 곁을 아직 떠나지 않고 있던 흑인 여인이 말했다.

"제가 만든 황소의 피를 좀 마셔보세요, 젊은 서방님."

그녀가 따라준 커피의 맛은 훌륭했다. 손가락이 길고 가느다란 그녀의 손은 의외로 아름다웠다.

"영국 부인네들이 마시는 말 오줌 같은 홍차와는 다르지요? 저는 그런 부인네들을 잘 알지요. 노란색 말 오줌 같은 차를 마셔대며 입만 벌리면 거짓말을 해대는 여자들 말입니다. 그저 입만 벌리면 거짓말, 거짓말."

그녀가 문 쪽으로 걸어가자 그녀의 치맛자락이 땅에 끌리며 버석거리는 소리를 냈다. 문 앞에서 그녀가 몸을 돌렸다.

"서방님께서 밟아 으깬 협죽도 화환을 치우라고 아이를 보내겠습니다. 그냥 두면 바퀴벌레가 꼬이거든요. 꽃에 미끄러져 넘어지지 않도록 주의하세요, 젊은 서방님."

"커피는 맛있지만 말투는 고약하군. 게다가 치맛자락은 좀 들고 다니지. 마루를 쓸고 다니니 더러워지지 않겠어."

"치맛자락을 끌고 다니는 것은 존경을 표한다는 뜻이에요." 앙투아네트가 말했다.

"혹은 축제 때나 미사에 참석할 때도 그래요."

"그러면 오늘이 축제의 날이란 말이오?"

"축제의 날로 만들고 싶은 모양이지요, 뭐."

"이유가 어쨌든, 깨끗한 습관은 아닌 것 같아."

"왜 그렇게 생각하세요? 당신은 이해를 못 하시는군요. 옷이 더러워지는 건 상관하지 않는다는 거지요. 입고 있는 옷밖에 없는 게 아니니까요. 크리스토핀이 싫으세요?"

"크리스토핀이 당신에겐 상당히 귀중한 사람인 모양이지만, 그 사람의 말투가 못마땅하다는 거요."

"유모는 별 의미 없이 한 말이에요."

"게다가 너무 게을러. 꾸물거리기나 하고."

"또 당신이 잘못 생각하는 거예요. 유모가 느려 보이긴 해도, 하는 일 하나하나가 다 옳으니까 결국에 가서는 빠르게 일이 끝난다고 봐야 해요."

나는 황소의 피를 또 한 잔 마셨다. (황소의 피! 나는 '젊은 황소'라고 자기를 소개한 짐꾼을 떠올렸다.)

"저 큰 화장대는 어떻게 여기까지 올려다 놓은 거요?"

"저도 몰라요. 제가 기억하기에는 항상 여기 있었던 것 같은데. 가구를 많이 도둑맞았지만 그건 안 가져갔어요."

쟁반 위에는 하나씩 따로따로 갈색 꽃병에 꽂은 두 송이의 장미가 있었다. 하나는 완전히 핀 것이었는데 내가 손을 대자 꽃잎들이 우수수 떨어졌다.

"장미는 살아 있었다." 나는 이렇게 말하며 웃었다. "이 시가 말하는 것이 사실일까? 모든 아름다운 것은 슬픈 운명을 가지고 있나?"

"아니요, 절대 아니에요."

그녀의 조그마한 부채가 탁자 위에 있었다. 그녀는 웃으며 그것을 집어 들더니 몸을 눕히고는 눈을 감았다.

"오늘 아침엔 안 일어날래요."

"안 일어난다고? 아주 안 일어나겠다고?"

"일어나고 싶을 때 일어날래요. 저도 아주 게을러요, 크리스토핀처럼. 침대에서 하루 종일 일어나지 않고 있을 때가 흔히 있어요."

그녀는 부채질을 했다.

"멱을 감을 수 있는 연못이 있어요. 더 더워지기 전에 가보세요. 뱁티스트가 어딘지 가르쳐드릴 거예요. 연못이 두 개 있는데 하나는 작은 폭포가 있어요. 그래서 우리는 그곳을 '샴페인 풀'이라고 해요. 물이 어깨에 떨어지는 기분이 아주 좋아요. 그 아래에 있는 것이 '육두구 연못'이라고 불리는 곳인데 물색이 갈색인 데다가 육두구 나무 아래 있기 때문이에요. 육두구 못은 꽤 커서 거기서는 수영도 할 수 있어요. 그런데 조심하셔야 해요. 벗은 옷은 꼭 바위 위에 놓고요. 다시 입을 때도 꼭 털어서 입으세요. 빨간 개미가 있나 살펴보셔야 해요. 빨간 개미는 아주 고약하거든요. 몸집은 아주 작지만 선명한 빨간색이기 때문에 잘 보면 쉽게 알 수 있어요. 조심하셔야 해요."

그녀가 말하더니 그 작은 부채를 흔들어댔다.

우리가 그랑부아에 도착하고 나서 얼마 지나지 않은 어느 날 아침, 내 창문 밖에 줄지어 선 키 큰 나무들이 작고 창백한 색의 꽃으로 만발했다. 바람을 이기기에는 너무도 여린 꽃이다. 낮이 되자 그 꽃들이 떨어져 마치 거친 풀밭 위에 향내 나는 눈을 뿌린 것 같았다. 얼마 후에 보니 그 여린 꽃들은 다 날아가 버리고 없었다.

좋은 날씨가 오래 계속되었다. 우리가 도착한 그 주는 물론 그 후에도 몇 주간 이어졌다. 이 화려한 기후가 나쁘게 바뀔 기미는 전혀 없었다. 열병 때문에 쇠약해졌던 몸도 완전히 회복되고, 그동안 있었던 불안한 기분도 다 사라져버렸다.

나는 아주 이른 아침에 연못에 가서 몇 시간씩이고 그곳에 머물렀다. 나무 그늘이 좋아 집으로 돌아가기 싫었다. 밤에만 핀다는 꽃들도 그곳에 있었다. 그 꽃들은 입을 꼭꼭 오므리고 고개를 숙인 채 두꺼운 잎 사이에 숨어 태양을 피하면서 밤을 기다렸다.

이곳은 아름다운 곳이다.—야생적이고, 문명의 손길이 닿지 않은 곳. 무엇보다도 문명으로 오염되지 않은 곳이다. 아주 이국적인 곳. 또한 마음을 불안하게 하는 비밀스러운 아름다움의 장소다. 그리고 이곳은 자신만의 비밀을 간직하고 있다. '내 눈에 보이는 것은 아무것도 아니다.—나는 그 뒤에 숨겨진 것을 알고 싶다.—뒤에 **감춘** 것은 결코 예사롭지 않다.' 나는 이렇게 생각하곤 했다.

늦은 오후 물이 따뜻해지면 그녀도 나와 함께 멱을 감았다. 그녀는 물 한가운데 있는 납작한 돌에다 조약돌을 던지느라 시간을 보내곤 했다.

"그 녀석을 보았는데, 아직 죽지도 않았고 다른 강으로 이사를 간 것도 아니더라고요. 아직 여기 있어요. 육지에 사는 게들은 해롭지 않다고 사람들이 '그러던데요.' 사람에게 해를 정말 끼치는지 아닌지는 알고 싶지 않지만."

"나도 마찬가지요. 게라고? 아주 끔찍하게 생긴 놈들이지."

그녀는 항상 어떤 사실에 대해 불확실하고 우물쭈물하는 태도를 보이는 경향이 있었다. 우리가 가끔 보는 뱀들에게 독이 있느냐고 내가 물었을 때, 그녀는 "그 뱀들은 독이 없어요."라고 말했다.

"**독사야** 물론 독이 있지요. 그런데 여기는 독사가 없어요."

라더니 곧 말을 이었다. "사람들이 어떻게 알지요? 그들이 정말 알고 말하는 걸까요?" 그러더니 "여기 뱀들은 독이 없어요. 물론 없고말고요."라고 말하는 것이었다.

그렇지만 그녀는 괴물 게에 대해서는 확실히 알고 있는 듯했다. 어느 오후 그녀가 흰 물방울무늬가 있는 푸른 슈미즈를 무릎 훨씬 위까지 끌어올린 채 웃음을 멈추고 내게 조용히 하라는 신호를 보내더니 커다란 조약돌을 던졌다. 그 모습을 보면서, 나는 저 여자가 내가 결혼한, 창백하고 조용한 그 여자인가 싶어 의아했다. 그녀는 확실하고 우아한 팔놀림으로 소년같이 돌을 던졌다. 그러고 나서 나는 기다랗고 뾰족뾰족하며 예리한 집게발이 돌 틈 사이로 사라지는 것을 보았다.

"그 납작한 돌만 피하시면, 녀석이 당신을 물지 않을 거예요. 그놈이 거기 살거든요. 가만있자, 저건 다른 종류의 게잖아? 이름이 영어로 뭐더라? 아주 크고 장수하는 게인데."

우리가 집으로 걸어오는 동안 나는 그녀에게 그렇게 표적을 잘 겨냥하는 방법을 누가 가르쳐주었느냐고 물었다.

"샌디가 가르쳐주었어요. 당신은 아직 만나보지 못한 청년이에요."

매일 저녁 우리는 그녀가 '아주파'라고 부르는 피서용 초가 오두막에서 태양이 기우는 것을 바라보았다. 우리는 하늘과 먼바다가 노을 속에서 온통 불타오르는 것을 볼 수 있었다. 그 불같은 노을 속에는 온갖 색깔이 다 들어 있었고, 거대한 구름 덩이들의 가장자리는 화염으로 붉게 장식되어 빛났다. 그러나 나는 금세 이 노을이 보여 주는 아름다운 광경에 싫증이 났고, 강가에서 피어나는 꽃들의 향기를 기다렸다. 어둠이 내리면 봉오리를 터뜨리는 꽃들. 그리고 어둠은 곧 우리를 찾아왔다. 내가 알고 있는 그런 밤과 암흑이 아니라, 타오르는 듯 선명한 별들과 영국에서는 볼 수 없는 신기한 달이 있는 밤, 그리고 들어보지 못한 낯선 소음으로 가득 찬 밤이다. 낮이 아니라 밤인데도 소음으로 시끄러운 밤이다.

"컨설레이션 저택의 주인 남자는 은둔자래요. 그분은 아무도 안 만나고, 말도 거의 안 한대요."

그녀가 말했다.

"이웃이 은둔자라? 그거 나하고 잘 맞는군. 썩 잘 맞아."

"이 섬에만 은둔자가 네 명 있어요. 네 명은 진짜예요. 은둔자인 척하는 다른 사람들이 있지만 그들은 우기가 되면 다 떠나거나 만날 술만 마셔요. 그때 슬픈 일들이 발생하는 거죠."

"과연 이곳은 내가 느낀 대로 외로운 곳이군."

"그래요, 외로운 곳이에요. 당신은 여기서 행복하세요?"

"누군들 행복하지 않겠소?"

"저는 이곳을 세계 어느 곳보다도 사랑해요. 마치 이곳이 단순한 장소가 아니라 사람인 것처럼. 어쩜 사람 그 이상인 것처럼 사랑해요."

"그렇지만 당신이 무슨 세상을 다 안다고."

나는 그녀를 놀렸다.

"모르지요. 여기밖에 몰라요. 물론 자메이카는 알지만. 그리고 쿨리브리하고 스패니시타운도 알고. 다른 섬들은 하나도 몰라요. 그러면 세상이 여기보다 더 아름다워요?"

어떻게 대답해 주어야 하는 건가?

"여기와는 다르지."

내가 말했다.

그녀의 식구들은 오랫동안 그랑부아에서 무슨 일이 발생하고 있는지 전혀 몰랐다고 한다.

"메이슨 씨가 여기 오셨을 때(그녀는 양부를 언제나 메이슨 씨라고 불렀다.) 숲이 그랑부아를 삼켜버리고 있더라니까요."

집사는 술에 취해 있고 집은 방치되어 황폐해지고 모든 가구들은 도둑맞은 상태였다고 했다. 그때 뱁티스트를 발견했다고 그녀는 말했다. 그는 세인트 키츠 섬에서 주류 관리인으로 일하고 있었는데 원래는 이 섬에서 태어난 사람이고 고향으로 돌아올 의향이 있었다고 한다.

"뱁티스트는 아주 집사 노릇을 잘하고 있어요."

그녀가 말했다. 뱁티스트나 크리스토핀에 대한 나의 생각은 내색하지 않으며, 나는 그녀가 그런 말을 할 때면 동의하곤 했다.

"뱁티스트가 그러는데……, 크리스토핀이 그러는데……."

그녀는 그들을 신뢰하고 있지만 나는 아니다. 그렇다고 그런 말을 할 수는 없지. 아직은 안 돼.

우리가 그들을 자주 보게 되는 것은 아니었다. 취사나, 사람들로 북적대는 부엌에서 벌어지는 일들은 우리와는 별개의 것이었으니까. 그러나 제대로 세지도 않고 얼마를 주었는지 잘 알지도 못한 채 그녀가 하인들에게 너무도 부주의하게 집어주는 돈은 물론이고, 알지 못하는 얼굴들이 나타났다 사라졌다 하며 예외 없이 잔뜩 퍼먹고 럼주를 마셔댔으니. 그녀가 거기에 대해 뭐라 하지 않는데 내가 무슨 말을 할 수 있겠는가?

하인들은 아주 이른 아침에, 보통 내가 깨기 전에 집을 쓸고 먼지를 털곤 했다. 힐다가 커피를 가져왔는데 쟁반에는 항상 장미 두 송이가 있었다. 때때로 힐다는 귀엽고 어린애다운 미소를 보였지만, 어떤 때는 아주 크고 버릇없이 낄낄거리기도 했고 쟁반을 탁 내려놓고는 도망가기도 했다.

"바보 같은 것."

"아니에요, 아니라니까요. 힐다가 부끄러워서 그래요. 여기 사는 아이들은 수줍음을 잘 타요."

늦은 조반이 끝나면 정오가 됐고, 저녁을 먹을 때까지 집은 적막했다. 저녁은 영국에서보다 훨씬 늦은 시간에 차려졌다. 저녁 먹는 시간도 내가 확신하건대, 크리스토핀의 변덕과 기분에 따라 결정되었다. 저녁 식사가 끝나면 우리는 아무의 방해도 받지 않고 우리끼리만 있었다. 때때로 크리스토핀의 곁눈질과 뭘 알고 있는 듯한 교활한 눈길이 나를 기분 나쁘게 했지만, 결코 오래 지속되지는 않았다. '아직은 아니야, 아직은.' 나는 혼자 생각했다.

밤중에 잠이 깨면 밖에는 흔히 비가 내렸다. 변덕을 부리며 가볍게 내리기도 했고, 춤추듯 장난기 어리게 내리기도 했으며, 혹은 소곤거리듯 조용히 오기도 했다. 그러다 점점 소리가 커지면서 비는 끈질기게 내렸다. 강력하고도 냉혹한 소리를 내면서. 그러나 빗속에는 음악이 있었다. 내가 한 번도 들어본 적이 없는 그런 노래가 들어 있었다.

그럴 때면 나는 자고 있는 그녀의 얼굴을 촛불 아래서 몇 분이고 들여다보았다. 나는 그녀의 잠든 얼굴이 왜 그리도 슬퍼 보이는지 이상하게 생각하며, 그녀의 아름다움을 느끼지 못하도록 내 눈을 멀게 했을 뿐 아니라 그녀 앞에서 나를 나약하게 만들었고 그녀를 이해하려는 어떤 노력도 저해했던 나의 열병과 지나친 경계심을 저주했다. 나는 그녀가 결혼 전 집에서 도망치려고 했던 일을 가끔 기억한다. (이건 아니에요. 미안해요, 당신과 결혼할 마음이 없어요.) 그녀가 오빠 리처드와의 논쟁에서 졌던 걸까? 그렇지 않으면 그자의 위협에 무릎을 꿇었단 말인가? 나는 그자를 통 신용하지 않는다. 그것도 아니라면 내가 대충 내뱉은 아첨과 약속에 항복했단 말인가? 그 이유야 어쨌든 그녀는 냉정하게, 전혀 자의가 아니게 무릎을 꿇었다. 그러고 나서 그녀는 무표정과 침묵으로 방어 태세를 취했다. 그깟 것들이 무슨 대수란 말인가? 게다가 그런 방법은 그녀를 잘 보호하지도 못했고 오래가지도 않았는걸. 내가 경계심을 다소 풀었듯이, 그녀도 침묵과 냉담한 태도를 버린 것이다.

잠자는 그녀를 깨워, 어둠 속에서 그녀가 말해 주고 속삭여 주는 것들을 들어볼까? 환할 때는 결코 하지 않는 그 이야기와 속삭임을.

"당신을 알기 전에 저는 살고 싶지 않았답니다. 죽는 게 낫다고 항상 생각했어요. 그런 생각을 하지 않게 되기까지 얼마나 오랜 시간을 기다렸는지."

"나 말고 다른 사람에게도 이런 말을 했소?"

"제가 말을 나눌 사람이나 제 말을 들어줄 사람이 어디 있어야죠. 쿨리브리에서 제가 어떻게 살았는지 당신은 상상도 못 하실 거예요."

"쿨리브리를 떠난 후에도 말이오?"

"쿨리브리를 떠난 후에도 생활을 변화시키기에는 너무 늦었었지요. 저는 변하지 못하고 그냥 그대로였으니까요."

거울을 들여다보며 혼자 웃고(이 향수 냄새 좋아요?), 그녀가 좋아하는 노래를 내게 가르쳐주기도 하며, 온종일 그녀가 하는 일은 다른 여자들과 별반 차이가 없었다. 그녀의 노래가 내 머리를 떠나지 않고 맴돈다.

잘 가요, 스카프를 날리며. 잘 가요, 비단 목도리를 살랑이며. 또 때로는 다른 노래를. 마 벨 카 디 마망 리. 나의 예쁜 딸이 엄마에게 말했어요. (아니에요, 그게 아니라고요. 잘 들어보세요, 이렇게 부르는 거라니까요.) 그녀는 침묵을 지키거나 이유 없이 화를 내거나 크리스토핀과 파투아로 재잘거리곤 했다.

"왜 크리스토핀과 포옹을 하고 입을 맞추고 그러지?"

"그러면 왜 안 되는데요?"

"나 같으면 그 사람들과 껴안고 입 맞추는 짓은 안 할 거요. 아니, 못 할 거요."

내 말을 듣고 그녀는 한참 동안 웃었다. 그러나 왜 웃는지 결코 말해 주지 않았다.

그러나 밤이 되면 그녀는 전혀 딴사람이 되었다. 심지어 목소리까지도 변했다. 항상 그 죽음 이야기. (혹 그녀는 죽음이 바로 이 장소가 숨기고 있는 비밀이라고 말하는 것인가? 죽음 외에는 딴 방도가 없다는 말인가? 그녀는 알고 있다. 그녀는 비밀을 알고 있어.)

"당신은 왜 내가 살고 싶게 만드시는 거예요? 왜 저를 그렇게 만드시는 거예요?"

"그냥 그걸 내가 원하니까. 그 이유만으로 충분하지 않소?"

"네. 그걸로 충분해요. 그러나 만일 어느 날 당신이 그걸 더는 원하지 않으면요? 그럼 저는 어떻게 해야 하지요? 만일 내가 보지 않을 때 당신이 이 행복을 가져가 버린다면."

"그래서 내 행복도 잃으라고? 어느 누가 그런 바보짓을 하겠소?"

"저는 행복이란 것에 익숙하지 않답니다. 행복이 저를 두렵게 해요."

"두려워하지 마요. 그리고 아무에게도 그런 말 하지 말고."

"알았어요. 그러나 두려워하지 않으려고 노력해도 제겐 도움이 안 돼요."

"그럼 뭐가 도움이 될까?"

그녀는 대답하지 않았다. 그러던 어느 날 밤 그녀가 내게 속삭였다.

"만일 내가 죽을 수만 있다면, 지금, 내가 가장 행복할 때, 당신이 날 죽게 해주겠어요? 당신이 날 죽일 필요도 없어요. 그저 '죽어라.' 하고 말만 하세요. 그러면 제가 죽을게요. 안 믿으시는군요. 그럼 한번 시험해 보세요, '죽어라.' 하고 말하세요. 그리고 제가 죽는 모습을 보시라니까요."

"죽어, 죽고 싶으면 죽으라니까!"

나는 그녀가 죽음의 경지에 이르는 것을 몇 번이고 지켜보았다. 그녀가 의미하는 죽음이 아니라 내 의미로의 죽음[5]이다. 환한 태양 아래서, 그늘진 곳에서, 달빛을 받으며, 촛불을 켜놓고. 온 집 안이 텅 비고 우리를 친구 삼아주는 것은 오로지 태양밖에 없는 긴긴 오후마다. 우리는 태양도 차단해 버렸다. 그렇게 못 할 것이 무엔가? 얼마 안 가서 그녀는 소위 사랑놀음이라는 것을 나만큼 열정적으로 즐기게 되었다. 나중에는 나보다 더 헤어나지 못하고 빠져버리는 듯했다.

그녀가 말했다.

"여기서는 나 좋은 대로 뭐든지 할 수 있어요."

"나는 아닐 텐데."

그러나 나 또한 그렇게 말할 수 있게 되었다. 내 마음대로 하는 것이 이 고독한 장소에선 당연해 보였기 때문이다.

우리는 집 밖으로 나와도 거의 사람을 만나지 못했다. 혹 만난다 해도 그들은 우리에게 인사를 하고는 제 갈 길을 갔다.

나는 점차 이 산속에 사는 사람들을 좋아하게 되었다. 그들은 조용하고 언행이 신중하며 결코 비굴하게 아첨하지 않았고, 전혀 호기심을 보이지 않았다.(호기심이 없다고? 내 생각일 뿐이지.) 그들이 한번 힐끗 곁눈질만 해도 원하는 것은 모두 볼 수 있다는 사실을 나는 몰랐으니까.

내가 위험을 느끼는 것은 밤이었다. 나는 위험을 잊으려 했고, 위험을 내 인생에서 밀쳐 내려고 했다.

"당신은 안전해."

나는 그녀에게 이렇게 말해 주곤 했다. '당신은 안전하다'라는 말을 듣는 것을 그녀는 좋아했다. 그렇지 않으면 나는 그녀의 얼굴을 부드럽게 어루만져주거나 그녀의 눈물을 닦아주었다. 눈물이라고? 그건 아무것도 아니지. 말들? 그건 더욱더 쓸데없는 것이고. 내가 그녀에게 준 행복? 그건 허무보다도 더 못한 것이었지. 나는 그녀를 사랑하지 않았다. 단지 여자에게 목말랐던 것이다. 그건 사랑이 아니다. 나는 그녀를 향한 어떤 훈훈한 감정도 가지고 있지 않았다. 그녀는 내게 단지 이방인

일 뿐이었다. 나와는 생각도 느낌도 다른 이방인.

어느 오후 그녀가 침실 바닥에 아무렇게나 던져놓은 옷을 보았을 때, 나는 숨이 막히며 욕정으로 타올랐다. 일이 끝나고 몸이 지치자, 나는 그녀에게 다정한 말 한마디도 부드러운 애무도 없이 돌아누워 잠들어 버렸다. 내가 눈을 뜨자 그녀가 내게 여러 번 가벼운 키스를 했다.

"밤이 늦었어요."

그녀가 말하며 미소를 지었다.

"이불을 덮어드릴게요. 육지 바람에 한기를 느낄 수 있으니까요."

"당신은 안 추워?"

"저는 빨리 옷을 입으면 돼요. 오늘 밤에는 당신이 좋아하는 그 옷을 입을게요."

"그렇게 해요."

바닥에는 그녀의 옷과 내 옷가지들이 널부러져 있었다. 옷장으로 걸어가면서 그녀는 아무렇게나 옷들을 질겅질겅 밟고 갔다.

"당신이 좋아하는 그 옷하고 똑같은 걸 하나 더 맞추어 입을게요."

그녀는 행복한 듯이 약속했다.

"내가 그렇게 하면 당신도 좋으시죠?"

"아주 좋아."

만일 그녀를 어린애라고 한다면 그녀는 어리석은 아이가 아니라 고집이 센 아이라고 해야 한다. 그녀는 가끔 내게 영국에 대해 질문을 했고 내가 말해 주는 것을 경청했다. 그러나 내가 무슨 말을 하건 그녀에겐 별다른 의미를 주지 못했다고 나는 확신한다. 영국에 대한 그녀의 의식은 이미 확고하게 결정돼 있었으니까. 어떤 연애소설에서 읽은 것들, 어디서 주워들었지만 잊지 않고 기억해 둔 이야기들, 어떤 그림, 사진, 노래, 왈츠, 어떤 멜로디를 통해 형성된 영국과 유럽에 대한 그녀의 생각은 완전히 고정돼 있었다. 나는 그녀의 생각을 고쳐 줄 수 없었고, 아마 어떤 것도 그녀의 생각을 바꾸게 할 수 없었을 것이다. 현실이 그녀를 혼란시키고 황당하게 만들고 그녀를 상처 낼 수도 있겠지만, 그녀는 그걸 현실로 받아들이지 않았을 것이다. 그저 실수이고 불운이며 잘못 든 길일 뿐이지, 그녀의 고정관념은 결코 변하지 않았을 것이다.

내가 말한 어떤 것도 그녀에게 영향을 주지 못했다.

죽어라, 그러면. 잠에 빠지든지. 그게 내가 줄 수 있는 것의 전부이다. 그녀가 죽음에 얼마나 근접했는지 추측이나 할 수 있을까? 그녀가 죽음을 정의하는 식으로. 내 식이 아니라. 이런 장소에서, 이건 안전한 놀음이 아니야. 욕망, 증오, 삶, 죽음이 어둠 속에서 내게 접근하고 있어. 죽음이 얼마나 가까이 왔는지 모르는 게 낫지. 잠깐이라도 그걸 생각하지 말아야지. 아직은 가까이 오지 않았어. 전과 같은 상태야……. "너는 안전해." 나는 그녀에게 그리고 나 자신에게 이렇게 말했다.

"눈을 감고. 편히 잠들어."

나는 빗소리에 귀를 기울이곤 했다. 끝없이 계속될 것처럼 내리는 비의 졸린 듯한 노래. 비……. 비는 계속 내리고 있었다. 비야, 나를 잠에 빠지게 해다오. 금세 나는 잠들어 버렸다.

다음 날 아침에 일어나면 어젯밤에 비가 왔던 흔적은 거의 없었다. 어떤 꽃들은 비로 망쳐진 것들도 있었지만 또 어떤 꽃들은 더 달콤한 향내를 뿜어내고 있었다. 대기는 더 푸르고 반짝이며 싱그러웠다. 단지 내 창밖으로 보이는 흙 길만이 진흙탕이 되어 있었다. 작고 야트막하게 만들어진 물웅덩이에 고인 빗물이 태양을 받아 반짝이고 있었다. 붉은 흙은 한번 젖으면 쉽게 마르지 않았다.

*

"주인님, 이게 오늘 아침 일찍 왔어요. 힐다가 받았어요." 아멜리는 동판 인쇄처럼 얌전하게 겉봉이 쓰인 두툼한 봉투를 내게 주었다. 편지 귀퉁이에 '친전, 급'이라는 글자를 읽을 수 있었다.

'이 주변에 산다는 은둔자 중 하나겠지.' 나는 생각했다. '편지 안에 앙투아네트에게 보내는 것이 동봉되었나?' 그때 나는 베란다 계단에 서 있는 뱁티스트를 보고는 그 편지를 주머니에 넣었고 그만 잊어버렸다.

그날 아침 나는 다른 날보다 늦게 일어났다. 그러나 옷을 입고 나서도 오랫동안 앉아 있었다. 졸음이 가시지 않아 눈을 반쯤 감은 채 만족감에 싸여 폭포가 떨어지는 소리에 귀를 기울였다. 시계를 찾으려고 손을 주머니에 넣었을 때 편지가 손가락에 닿았고 나는 편지를 열어 읽기 시작했다.

안녕하십니까. 오랫동안 생각하고 숙고했으나 결국 거짓보다는 진실이 낫다고 생각하여 펜을 들었습니다. 저는 이 말씀을 전하고 싶군요. 부끄럽게도 선생께서는 메이슨 가족에게 속으셨습니다. 선생의 신부가 원래는 코즈웨이의 딸이며, 영국의 신사인

메이슨 씨는 단지 양부라는 이야기는 들으셨으리라고 생각합니다. 그러나 코즈웨이 식구들이 어떤 사람들인지는 말해 주지 않았을 겁니다. 몇 세대에 걸쳐 그들은 사악하고 혐오해 마땅한 노예주였습니다. 그렇지요, 자메이카에 사는 모든 사람이 그들을 증오하고 있고, 선생이 머물고 계시는 이 아름다운 섬의 사람들도 마찬가지입니다. 그렇지만 이 모든 사실에도 불구하고 선생이 이곳에 오래 머무시기를, 그리고 선생의 체류가 즐거운 것이기를 소망합니다. 어떤 일들은 슬퍼할 가치조차 없기 때문이지요. 사악함이 그 식구들이 가진 유일한 악덕은 아니랍니다. 그 가계에는 광기가 흐르고 있지요. 코즈웨이 그 늙은이는 그의 아버지가 그랬듯이 광기로 발광하며 죽어갔지요.

선생께서는 그걸 내가 어떻게 증명할 것이냐, 또 내가 왜 선생의 일에 간섭하느냐고 묻고 싶으시지요? 대답해 드리겠습니다. 저는 선생의 신부와 배다른 형제랍니다. 여기서는 그걸 '반쪽 가문'이라고 말하지요. 그녀의 아버지이자 제 아버지가 바로 그 부끄러움을 모르는 인간이지요. 셀 수도 없이 많은 서자들 가운데 제가 가장 불운한 사람이며, 또 가장 가난하답니다.

어머니는 내가 아주 어릴 때 돌아가셨고 대모가 나를 키우셨습니다. 코즈웨이는 나를 싫어함에도 불구하고 대모에게 양육비를 주었지요. 맞습니다. 그 늙은 악마는 나를 전혀 좋아하지 않앉어요. 나는 나이가 좀 들고 나서야 그걸 알아차렸지요. 그래서 나는 생각했지요. '기다려라, 내가 큰소리를 칠 날이 올 것이니.' 나이 지긋한 분들께 물어보시지요. 어떤 사람들은 코즈웨이가 저지른 혐오스러운 비행을 아직 기억하고 있을 테니까요.

그의 본처가 사망하자 이 하느님께 버림받은 자가 곧 새장가를 들었지요. 마르티니크 출신의 아주 어린 여자였는데, 그게 늙은이에겐 힘에 겨웠던 모양입니다. 아침부터 밤까지 술에 취해 지내더니 미쳐서 온갖 욕설을 퍼부어대다 죽더군요.

그러자 그 영광스러운 노예해방령이 선포되었지요. 높은 자리에서 권력을 부리며 거들먹거리던 자들에겐 수난의 시간이 도래한 것입니다. 아무도 그 젊은 후처와 두 아이들을 위해 일할 사람이 없자 쿨리브리 장원은 수풀 더미로 변했어요. 이 땅에서 노동할 사람이 없어지자 모든 대농장들이 피폐되었듯이 말입니다. 그 후처는 돈도 없고 친구도 없었지요. 왜냐하면 예로부터 프랑스와 영국은 이 군도에서 앙숙이었으니까요. 서로 총질하고 죽이고 별짓들을 다 했지요.

마르티니크에서 온 크리스토핀이라는 여자가 머물렀고, 너무 어리석어서 무슨 일이 벌어지는지도 모르는 늙은이, 고드프리도 떠나지 않고 있었지요. 어떤 사람들은 어리석어서 뭐가 뭔지도 모르고 산답니다. 이 젊디젊은 코즈웨이 부인은 아무짝에도 쓸데없는 여자인 데다가 호강만 했기 때문에 손 하나 까딱할 줄 몰랐어요. 오래지 않아 그녀 내부에 숨었던 광기가 나타나기 시작했어요. 모든 백인 크리올들에게서 찾아볼 수 있는 광기가 드디어 발현을 했다고 봐야지요. 그녀는 사람들과 왕래를 끊고 격리된 삶을 살면서 혼자 낄낄거렸어요. 아무하고도 말을 나누지 않았고요. 많은 사람들이 직접 눈으로 본걸요. 꼬마 계집아이 앙투아네타도 겨우 걷기 시작하면서부터 사람만 보면 숨었지요.

우리 모두는 코즈웨이 부인이 언덕에서 떨어져 자살하리라고 생각하며 기다렸어요. 여기서는 그걸 '투쟁을 멈춘다'라고 표현하지요.

그러나 웬걸, 영국에서 온 부자와 재혼을 한 거예요. 그 결혼에 대해서는 해드릴 말씀이 많지만 선생께서 믿지 않으실 것 같아서 입을 닫겠습니다. 사람들은 메이슨 씨가 그녀를 너무 사랑해서, 만일 그가 세상을 가졌다면 그걸 접시 위에 받쳐 그녀에게 주었을 거라고 말했지요. 그럼 뭘 합니까?

그녀의 광기가 점점 악화돼서 감금시킬 수밖에 없었는걸요. 남편을 죽이려고 했으니까요. 어디 광기뿐인 줄 아십니까?

그게 바로 선생의 장모요, 선생의 장인입니다. 나는 자메이카를 떠났기 때문에 그 여인이 어찌 되었는지 모릅니다. 어떤 사람들은 사망했다고들 하고, 어떤 이들은 아니라고 합니다. 그러나 메이슨 씨는 양녀인 앙투아네타를 무척 귀여워해서 그가 사망할 때 자기 재산의 반을 남겼답니다.

나에 대해서 말씀드리자면, 나는 여기저기를 방황하고 다녔지만 마침 파는 집이 있기에 모아놓은 돈으로 이 섬의 매서커 가까이에다 집을 샀지요. 집값이 매우 싸서 살 수 있었답니다. 자메이카로부터 들려온 소식이 이 야생의 땅까지 와 닿았어요. 메이슨 씨가 사망했고, 그 가족이 앙투아네타를 아무것도 모르는 영국 청년에게 시집보내려고 한다는 소식이었습니다. 그때 나는 이 신사분에게 앙투아네타는 양쪽 부모로부터 나쁜 피를 물려받아 적합한 결혼 상대자가 못 된다고 알려 주는 것이 기독교인으로서 나의 의무라고 생각했습니다. 그러나 그들은 백인이고 나는 유색인종이며, 그들은 부자이고 나는 가난하지 않습니까? 내가 이 일로 고민하고 있는 동안 그들은 일을 빨리 해치워 버렸더군요. 선생께서 전 집정관의 집에서 열병으로 몸져누워 있는 동안, 그리하여 어떤 질문도 할 수 없었을 때 말입니다. 내가 사실을 말하는지 아닌지는 선생께서 더 잘 아실 것입니다.

그런데 선생께서 이 섬으로 신혼여행을 오신 겁니다. 주님께서 이 임무를 내 어깨에 놓아주신 것이 틀림없어요. 진실을 말해야만 하는 사람이 바로 나라는 확신이 섰습니다. 그래도 나는 주저했지요.

나는 선생이 젊고 미남이며 모든 사람에게 친절히 대한다는 소리를 들었습니다. 흑인이고 백인이고 유색인종이고 가리지 고요. 그러나 나는 또 신부가 그 애 엄마가 아름다웠듯이 무척 아름답다는 사실과 선생께서 그녀에게 홀딱 반했다는 말도 들었습니다. 마력에 빠지듯 그녀에게 온통 빠져버려, 밤이고 낮이고 구분을 못 한다고 하더군요. 그러나 명예를 존중하는 선생 정도라면 결혼이 그것만으로는 불충분하다는 것을 아실 텐데요. 그런 탐닉이 오래 지속되는 것도 아니지 않습니까? 메이슨 씨가 그 애 엄마에게 정신없이 빠지더니 무슨 일이 벌어졌습니까? 선생이 무엇을 하셔야 하는지 제가 제때 가르쳐드리게 해주세요.

자신에게 물어보세요. 제가 어떻게 이런 이야기를 꾸며낼 수 있으며 무슨 이유로 그리하겠는지. 자메이카를 떠난 후 저는 읽고 쓰고 계산하는 것을 좀 배웠습니다. 바베이도스에서 만난 좋은 분이 저를 좀 더 교육시켜 주었고 책도 몇 권 주면서 성경책을 매일 읽으라고 했어요. 저는 큰 노력 없이도 성경에서 지식을 습득했지요. 그분도 제가 어찌나 빨리 배워 나가는지 놀라더군요. 아직도 저는 무식합니다. 그래서 이런 말들을 꾸며낼 수가 없답니다. 그렇게 할 능력이 없는걸요. 사실입니다.

제가 창가에 앉아 있으면 말들이 새가 날 듯이 제 앞을 지나갑니다. 저는 하느님의 도움으로 그중 얼마를 낚아채는 거지요.

이 편지를 쓰느라 일주일을 보냈습니다. 무슨 말을 쓸지 걱정하느라 밤에 잠도 못 잤습니다. 이제 빨리 마무리를 짓고 제 임무를 끝내야겠군요.

아직도 저를 못 믿으시겠지요? 그럼 그 악마 같은 인간 리처드에게 세 가지만 물어보시고 그가 대답하도록 만들어보세요. 선생의 장모가 사납게 날뛰는 광녀로 감금되었나? 그리고 광기 이외에도 더 기막힌 결점이 있나? 살았는지 죽었는지 저는 모르겠습니다만.

하느님께서 은혜롭게도 어린 나이에 데려가셨지만, 앙투아네타의 남동생이 날 때부터 백치였나?

선생의 신부가 모든 사람이 다 알고 있듯이 제 엄마의 길을 똑같이 가고 있나?

리처드 메이슨은 간교한 인간이니 선생께 여러 가지 거짓말을 늘어놓을 겁니다. 쿨리브리에서 무슨 일이 있었는지, 그리고 이런저런 일에 대해 꾸며대겠지요. 귀담아듣지 마세요. 리처드에게 간단히 예, 아니요만으로 대답하라고 하세요.

그가 입을 다물면 다른 사람들에게 물으세요. 많은 사람이 메이슨 가족이 선생과 선생의 가문에 수치스러운 짓을 했다고 생각하고 있으니까요.

저를 만나주세요. 아직도 선생이 알아두어야 할 것들이 많이 있습니다. 이제 제 손이 아프고, 머리도 지끈거리며, 선생께 드린 슬픔 때문에 마음이 돌처럼 무겁습니다. 돈은 좋은 것이지만 미친 여인을 침대로 데려가는 대가를 어찌 돈으로 치를 수 있단 말입니까. 미쳤을 뿐 아니라 더 못된 결점이 있는 여인을.

한 가지 부탁의 말씀과 더불어 펜을 놓겠습니다. 빨리 나를 만나러 와주십시오. 충직한 종, 대니얼 코즈웨이.

아멜리에게 내가 어디에 사는지 물으세요. 그 애가 나와 내 주소를 압니다. 아멜리는 이 섬의 딸입니다.

나는 조심스럽게 편지를 접어 주머니에 넣었다. 나는 전혀 놀라지 않았다. 마치 내가 이런 편지를 기대하고 있었던 듯이, 아니 아마 나는 이런 편지를 기다리고 있었나 보다. 얼마간, 그게 오랫동안이었는지 잠깐이었는지 생각도 안 나지만, 나는 강물이 흐르는 소리를 듣고 있었다. 드디어 나는 일어섰다. 태양은 이제 작열하고 있었다. 몸이 제대로 말을 듣지 않아 걸음이 뻣뻣했고 아무 생각도 할 수 없었다. 그때 나는 길게 뻗어 난 가지 위에 금빛 도는 갈색으로 꽃을 피운 양란 곁을 지나가고 있었다. 꽃가지 중 하나가 내 뺨을 건드렸고 나는 어느 날 그 꽃을 몇 가지 꺾어 그녀에게 주었던 것을 기억해 냈다. "이 꽃들이 꼭 당신을 닮았어." 나는 그녀에게 이렇게 말했었지.

나는 발을 멈추고 꽃가지 하나를 꺾어 진흙 길에 던진 후 발로 짓밟았다. 이렇게 하고 나니 정신이 좀 드는 것 같았다. 땀은 흐르고 몸은 떨려 나는 나무에 기대어 서 있었다.

"오늘은 끔찍이도 덥군."

나는 큰 소리로 말했다.

"지겹게 더워."

집이 보이기 시작하자 나는 조용히 걸었다. 아무도 주위에 없었다. 부엌문은 닫혀 있었고 취사 구역은 사람이 살지 않는 곳처럼 황폐해 보였다. 나는 계단을 올라가 베란다를 따라 걸었다. 인기척이 나기에 나는 앙투아네트의 방으로 통하는 문 뒤에서 발을 멈추었다. 거울에 반사된 앙투아네트의 방을 볼 수 있었다. 그녀는 침대에 누워 있었고 아멜리가 바닥을 쓸고 있었다.

"빨리 끝내라."

앙투아네트가 말했다.

"그리고 가서 크리스토핀에게 내가 보잔다고 말해."

아멜리가 비질을 멈추고 말했다.

"크리스토핀이 떠난다는데요."

"떠나?"

"네, 떠난대요. 크리스토핀은 이 달콤한 신혼집이 싫은가 봐요."

아멜리가 돌아서다 나를 보고는 큰 소리로 웃었다.

"아씨의 남편이 문밖에 서 계시는데 꼭 유령을 본 것 같은 표정이네요. 주인님도 이 달콤한 신혼집이 싫은 모양이지요?"

앙투아네트가 갑자기 침대에서 뛰어내리더니 아멜리의 따귀를 때렸다.

"나도 너를 때릴 거야, 이 흰 바퀴벌레야. 나도 너를 때릴 거야."

아멜리가 정말 앙투아네트를 쳤다.

앙투아네트가 그녀의 머리칼을 휘어잡았다. 아멜리는 이를 악물더니 이번에는 앙투아네트를 이빨로 물려고 덤볐다.

"앙투아네트, 하느님 맙소사."

내가 문가에서 소리를 질렀다.

앙투아네트가 몸을 획 돌렸다. 그녀의 얼굴은 창백했다. 아멜리는 얼굴을 손으로 가리고 흐느껴 우는 시늉을 했지만, 나는 그 애가 손가락 사이로 나를 쳐다보는 것을 알 수 있었다.

"얘야, 나가 있어라."

내가 말했다.

"당신이 이 계집애를 어린아이 취급하는군요. 악마보다도 더 늙고 더 잔인한 계집애를."

"크리스토핀을 올려 보내라."

내가 아멜리에게 말했다.

"네, 주인님. 네, 주인님."

그 애가 눈을 아래로 깐 채 상냥하게 대답했다. 그러나 방을 나가자마자 아멜리는 노래를 부르기 시작했다.

> 하얀 바퀴벌레가 시집을 간대요
> 하얀 바퀴벌레가 시집을 간대요
> 하얀 바퀴벌레가 젊은 남자를 산대요
> 하얀 바퀴벌레가 시집을 간대요.

앙투아네트가 몇 발짝 앞으로 움직였다. 그녀는 똑바로 걷지도 못했다. 내가 그녀를 부축하려고 다가가자 그녀는 나를 떠밀었다. 그리고 침대에 앉더니 이를 악물고는 시트를 잡아당겼다. 귀에 거슬리는 소리가 나서 보니, 그녀가 둥근 탁자 서랍에서 가위를 꺼내 우선 시트를 반으로 찢고, 그것을 이번에는 길고 가느다란 조각으로 사각사각 오리고 있었다.

그녀가 가위질하며 내는 소리 때문에 나는 크리스토핀이 방으로 들어오는 것을 알지 못했다. 그러나 그녀는 인기척을 들었던 모양이다.

"유모, 가는 거 아니지요?"

그녀가 물었다.

"가는 거예요."

크리스토핀이 대답했다.

"그러면 나는 어떻게 하라고?"

"아가씨, 어서 일어나 옷 입으세요. 이런 사악한 세상에서 여자가 살아남으려면 용기를 가져야 한다고 내가 말했지요?"

크리스토핀은 평범한 무명옷으로 갈아입었고 무거운 금귀고리도 달지 않은 채였다.

"골칫거리를 너무 많이 보았어요. 나도 좀 쉬어야 할까 봐요. 마님께서 오래전에 주신 집이 한 채 있고 텃밭도 있는 데다, 아들이 나를 위해 일해 줄 수 있으니까. 게으른 녀석이지만 내가 시키면 일을 해요. 게다가 젊은 서방님께서 나를 좋아하지 않으시고, 나도 그 양반이 별로니까. 내가 여기 있으면 문젯거리만 만들 테고 이 가정에 불화의 씨앗이 될 것 같아요."

"유모, 여기서 행복하지 않으면 가세요."

앙투아네트가 말했다.

아멜리가 더운물을 담은, 주둥이가 넓은 주전자 두 개를 들고 들어왔다. 그녀는 곁눈질로 나를 보더니 살짝 웃었다.

크리스토핀이 낮은 소리로 말했다.

"아멜리, 다시 한 번만 그런 식으로 웃었다간 봐라. 다시 한 번만. 네 얼굴을 으깬 바나나처럼 문질러줄 테다. 내 말 들었지? 대답해 봐."

"네, 크리스토핀."

아멜리가 겁먹은 얼굴로 대답했다.

"그게 다인 줄 알아? 네가 일생 동안 한 번도 경험해 보지 못했을 그런 심한 복통을 주겠다. 내가 준 복통으로 오랫동안 자리보전을 해야 할 거야. 그러니 조용하고 점잖게 행동하라고. 알아들었어?"

"네, 크리스토핀."

아멜리가 대답하더니 마치 기어 나가듯이 방을 나갔다.

"아무짝에도 쓸모없고 형편없는 계집 같으니라구."

크리스토핀이 경멸스럽다는 듯이 말했다.

"지네처럼 배를 깔고 긴다니까."

크리스토핀은 앙투아네트의 뺨에 뽀뽀를 하고 나서 나를 쳐다보더니 머리를 설레설레 저어대며 방을 나갔다. 나가기 전에 그녀는 뭐라고 파투아로 중얼거렸다.

"그 아이가 부르는 노래를 들으셨어요?"

앙투아네트가 말했다.

"그들이 말하는 거나 노래하는 내용을 내가 항상 알아듣는 건 아니오."

그 외의 어떤 것도 그렇지만.

"그 노래가 흰 바퀴벌레에 관한 거예요. 나를 말하는 거죠. 그게 이곳 사람들이 대농장을 경영하던 우리 백인 모두를 부르는 이름이에요. 그들 종족이 아프리카에서 그네들을 노예 상인들에게 팔아먹기 훨씬 전부터 이곳에 살아온 우리들에게 붙여 준 이름이라고요. 영국 여자들이 우리를 백색 검둥이라고 부르는 것도 들어왔어요. 그러니 당신들과 이곳 유색인종들 사이에서 나는 내가 누구며, 어디가 내 나라인지, 내가 어디에 속하는지, 내가 왜 태어난 것인지 궁금할 때가 많아요. 이제 나가 주시겠어요. 크리스토핀이 말한 대로 저도 옷을 입어야겠어요."

삼십 분가량 기다리고 난 뒤에 나는 앙투아네트의 방을 노크했다. 대답이 없자 나는 뱁티스트에게 먹을 것을 좀 가져오라고 했다. 그는 베란다 끝 쪽에 있는 야생 오렌지 나무 밑에 앉아 있었다. 그가 음식을 나를 때의 표정이 하도 서글퍼 보여서 나는 여기 사람들이 상처를 잘 입는 사람들이구나 하고 생각했다. 내가 자신의 감정을 감추도록 배운 것이 몇 살 때였던가? 여섯 살, 다섯 살, 아니 그보다도 훨씬 어렸을 때 일이다. 그리할 필요가 있다고 내게 말해 주었지. 그리고 그런 관점을 나는 줄곧 수용해 왔어. 만일 저 산들이 내게 도전해 온다면, 혹 뱁티스트의 얼굴이, 혹 앙투아네트의 눈길이 내게 도전해 온다면, 그건 그들이 실수하는 거지. 멜로드라마에서나 볼 수 있을까, 현실에서는 가능하지 않을걸.('영국은 현실이 아닌 꿈과 같아요.'라고 그녀가 말했었지.)

내가 마신 럼 펀치가 하도 독해서, 저녁 식사가 끝나자 나는 자고 싶었다. 못 잘 것도 없지. 누구나 다 잠에 빠지는 시간인데. 개들도 고양이들도 수탉들도 암탉들도 모두 잠들었고, 심지어 강물도 지금쯤은 더욱 천천히 흐를 것이라고 나는 상상했다.

잠에서 깨자마자 나는 앙투아네트를 생각했고, 그녀의 방문을 열어보았다. 그러나 그녀도 잠자고 있었다. 그녀는 등을 내으로 돌리고 미동도 없이 자고 있었다. 나는 창밖을 내다보았다. 적막이 나를 불안하게 했다. 이건 완전한 고요의 상태다. 개라도 짖었다면, 누군가 톱질이라도 했다면, 나는 그 소음을 환영했으리라. 그러나 아무 소리도 없는 완전한 적막이다. 열기만 가득하다. 시계는 세 시 오 분 전을 가리키고 있었다.

나는 집을 나와 창을 통해 보이던 길을 따라 걸었다. 밤사이에 비가 많이 쏟아진 모양이다. 붉은 흙이 진창으로 변해 있었다. 나는 드문드문 심어놓은 커피나무를 지나고 볼품없이 자란 구아바 관목들을 지났다. 걸으면서 나는 아버님의 얼굴과 얇은 입술을, 그리고 형님의 둥그렇고 잘난 체하는 눈을 기억했다. 그들은 다 알고 있었어. 그리고 그 바보 같은 리처드도 알고 있었고. 의미 없는 미소를 짓곤 하는 그 여자도. 그들은 모두 다 알고 있었던 거야.

나는 빠른 걸음으로 걷기 시작했다. 그러다 나는 갑자기 멈추어 섰다. 태양 빛의 색깔이 달라 보였다. 초록빛. 나는 이미 숲 속에 도달한 것이다. 모든 것이 내게 적대적인 걸로 보아 이곳이 숲이라는 사실을 속일 수는 없다. 길은 무성히 자란 풀로 덮였지만 길을 찾아 따라갈 수는 있었다. 나는 내 양편으로 늘어선 키 큰 나무들은 쳐다보지도 않고 앞으로만 걸었다. 한번은 흰개미가 바글거리는, 쓰러진 나무를 건너뛰기도 했다. 사람들은 진실을 어떻게 찾아내는 것일까 하고 나는 생각했다. 그리고 그런 생각이 나를 막막하게 했다. 아무도 내게 진실을 말해 주려 하지 않는다. 아버님도, 리처드 메이슨도, 그리고 물론 내가 결혼한 그 여자도. 나는 잠시 서 있었다. 누군가가 나를 바라보고 있는 게 틀림없었다. 나는 내 어깨 너머로 고개를 돌려 뒤를 보았다. 아무것도 없다. 단지 나무들과 그 밑으로 흐르는 초록빛뿐이다. 길이 있던 흔적이 겨우 보였다. 나는 이쪽저쪽으로 눈을 돌리고 재빨리 뒤를 돌아다보기도 하며 앞으로 나아갔다. 그러느라 정신이 없어 돌부리에 걸려 거의 넘어질 뻔했다. 걸려 넘어질 뻔했던 것은 돌이 아니고 포장된 도로의 조각이었다. 이 깊은 숲 속에 포장된 도로가 있었던 것이다. 길의 흔적은 넓은 공터까지 뻗어 있었다. 그 공터에 무너진 돌집의 잔재가 남아 있었고, 집 주변에는 믿을 수 없을 정도로 키가 큰 장미나무들이 자라나 있었다. 무너진 돌집 뒤쪽에는 과일이 주렁주렁 열린 야생 오렌지 나무가 있었다. 나뭇잎의 초록색이 짙다 못해 검은빛마저 돌았다. 아름다운 곳이다. 너무도 조용하다. 너무나 조용해서 생각을 하거나 계획을 세운다는 것이 다 어리석은 짓 같다. 무엇을 생각해야 하며 무슨 계획을 세워야 한단 말인가? 오렌지 나무 아래에서 나는 풀로 묶은 작은 꽃다발을 발견했다.

얼마나 많은 시간이 지났는지 나는 한기를 느끼기 시작했다. 햇빛의 강도가 달라지고 그림자가 길어졌다. 어둡기 전에 집으로 돌아가야 한다고 생각했다. 그때 나는 머리에 커다란 광주리를 이고 가는 어린 소녀를 발견했다. 나와 눈이 마주치자 놀랍게도 그 소녀는 큰 소리로 비명을 지르며 두 팔을 높이 치켜들고 뛰어 도망갔다. 머리에 이고 있던 광주리가 땅으로 떨어져 굴렀다. 나는 소녀를 불렀다. 그러자 그 소녀는 다시 비명을 지르며 죽을힘을 다해 뛰었고 심지어 흐느껴 울기까지 했다. 겁에 질려 크게 울지도 못하는 듯 작은 흐느낌 소리를 내며 소녀는 사라졌다. 조금만 가면 길이 나올 거라고 생각했지만 한참을 걸어도 길은 보이지 않고, 땅을 따라 자라는 키 작은 나무들과 덩굴들이 내 다리를 잡고 놔주지 않았다. 나무들은 머리 위에서 나를 조이듯 위협하고 있었다. 나는 공터로 돌아가 다시 시작해야겠다고 생각했다. 그러나 이번에도 결과는 마찬가지였다. 날은 점점 더 어두워지고 있었다. 집이 멀지 다고 나 자신을 안심시켜도 소용이 없었다. 나는 길을 잃었고 내게 적의를 품고 있는 나무들이 무서웠다. 나는 위험이 내게 닥쳐오고 있다는 걸 확신한 나머지 사람의 발소리와 나를 찾는 외침을 듣고도 대답하지 않았다. 사람의 목소리와 발소리가 점점 가까이 왔다. 그제야 나는 소리쳐 대답했다. 처음에는 뱁티스트를 알아보지도 못했다. 뱁티스트는 청색 면바지를 무릎 위까지 걷어 올리고, 장식이 요란한 혁대를 가는 허리에 매고 있었다. 그는 손에 날이 넓은 칼을 들고 있었는데, 그 면도날처럼 예리한 칼날이 햇빛을 받자 희고도 푸른 섬뜩한 빛을 발했다. 나를 보고도 그는 웃지 않았다.

"한참 찾아 헤맸습니다."

그가 말했다.

"길을 잃었네."

그는 대답 대신 뭐라고 웅얼거리더니, 재빨리 내 앞에 서서 우리의 길을 막는 나뭇가지와 넝쿨들을 익숙한 솜씨로 칼을 휘둘러 잘라가며 길을 인도했다.

내가 물었다.

"이곳에 한때는 길이 있었던 모양인데, 어디까지 나 있는 거지?"

"길은 없습니다."

"내 눈으로 보았는데. 프랑스 사람들이 이 군도에 만들었다는 그런 포장도로 말이야."

"포장도로 같은 것은 없는데요."

"그 허물어진 돌집에선 누가 살았지?"

"사람들 말로는 릴리에브르 신부님이라던데요. 아주 오래 전에 사셨답니다."

"여자아이 하나가 지나갔는데, 나를 보자 매우 겁에 질린 것같이 보이더군. 그 장소에 무슨 나쁜 일이 있었던 건가?"

뱁티스트는 어깨를 들썩였다.

"유령이 나온다든지, 좀비가 있다든지."

내가 집요하게 물었다.

"저는 그런 바보 같은 얘기는 모르는데요."

"언제 만든 건진 몰라도 분명 포장도로가 있었어."

"그런 것 없습니다."

그는 똑같은 말을 고집스럽게 반복했다.

우리가 다시 붉은 흙 길에 도달했을 때는 거의 껌껌해져 있었다. 뱁티스트도 이제 천천히 걸었다. 그가 뒤를 돌아다보더니 나에게 씩 웃었다. 그가 웃는 모습이 마치 내가 숲 속에서 보았던 야만적이고 힐난하는 얼굴 위에 하인의 상냥한 가면을 쓴 것 같았다.

"자네도 밤에는 숲에 들어가는 게 싫은 모양이지?"

그는 대답하지 않았다. 대신 집의 불빛을 가리키며 말했다.

"제가 주인님을 얼마나 오래 찾아다녔다고요. 앙투아네트 아가씨가 주인님께 안 좋은 일이 생겼을까 봐 걱정을 많이 하셨거든요."

집에 당도하자 나는 너무나 기운이 없었다.

"열병에라도 걸리신 것같이 보이네요."

그가 말했다.

"열병이야 이미 앓았는걸 뭐."

"몇 번이고 다시 걸릴 수도 있답니다."

베란다에는 아무도 없었고, 집 안에도 인기척이 없었다. 우리는 집을 올려다보며 서 있었다. 그러자 그가 말했다.

"주인님, 일하는 애를 올려 보내겠습니다."

힐다가 큰 그릇에 담은 수프와 과일을 가지고 들어왔다. 나는 앙투아네트의 방문을 열어보려 했지만 문은 빗장이 잠겨 있었고, 불도 켜 있지 않았다. 힐다가 낄낄거렸다. 불안한 웃음이었다.

나는 힐다에게 아무것도 먹고 싶지 않으니 럼과 유리잔이나 가져오라고 말했다. 술을 마신 후 나는 그동안 내가 읽던 책을 집어 들었다. 『서인도제도의 번쩍이는 왕관』이라는 책이다. 나는 '오베아'라는 제목의 장을 찾아 읽기 시작했다.

좀비는 살아 있는 듯 보이는 죽은 사람이거나, 죽었지만 살아 있는 것 같은 사람을 말한다. 좀비는 어떤 장소를 맴도는 혼령일 수도 있다. 이 혼령들은 대부분 사악하지만 때로 희생물을 바치거나 과일이나 꽃과 같은 제물로 그 혼을 달래는 수도 있다.

나는 금방 공터 폐허에서 보았던 작은 꽃다발을 생각했다.

좀비들은 바람 속에서 울부짖는다. 그것이 그들의 목소리다.

좀비들은 바다를 통해 화를 발산한다. 그것이 바로 그들의 분노이다…….

이것이 내가 들은 이야기다. 그러나 나 자신이 관찰한 바로는 많은 흑인들이 오베아를 믿고 있음에도 불구하고 이에 대해 말하기를 거부하는 것이 불문율처럼 되어 있다. 아이티에서는 이를 부두(Voodoo)라고 부르며, 서인도제도의 다른 섬에서는 오베아로 통칭된다. 남아메리카에서는 또 다른 이름으로 불린다고 한다. 오베아에 대해 대답을 강요받으면 흑인들은 거짓말로 문제의 본질을 혼란시킨다. 때때로 이를 믿는 백인들도 있지만 허튼소리라고 무시해 버리는 척한다. 그 구체적인 원인을 잡아내기 힘든 갑작스러운 사망, 수수께끼같이 신기한 죽음은 흑인들이 익히 알고 있는 독살에 의한 것이다. 더욱 복잡해지는 것은 …….

*

그가 창문가에 서 있는 것을 알았지만, 나는 올려다보지 않고 말을 달려 바위들이 있는 이곳까지 왔다. 오는 동안 나는 아무 생각도 하지 않았다. 여기 사람들은 이곳을 '죽음의 바위'라고 부른다. 나의 말 프레스턴이 죽음의 바위에서 뒷걸음질을 쳤다. 말들이 항상 그런다고 한다. 프레스턴이 몹시 머뭇거려 나는 말에서 내려 말굴레 끈을 팔에 걸친 채 걸었다. 날씨가 점점 더워지고 있어서 크리스토핀의 집 가까이 갔을 즈음에 나는 아주 지쳐버렸다. 크리스토핀의 집은 초가가 아니고 지붕에 널을 이은, 방 두 개짜리 집이다. 크리스토핀은 망고나무 아래 나무 상자를 의자 삼아 앉아서 흰색 진흙을 빚어 만든 파이프를 피우고 있었다. 그녀가 소리쳤다.

"아니 이게 누구야? 아가씨? 이렇게 이른 아침에 여기까지 웬일이세요?"

"그냥 유모가 보고 싶어서."

내가 말했다.

크리스토핀은 내가 프레스턴의 굴레를 벗기는 것을 도와주고, 말을 가까이에 있는 개울가로 끌고 갔다. 프레스턴은 매우 목이 말랐는지 한참이나 물을 먹더니 몸을 털고 히잉 하고 소리를 냈다. 물방울이 말의 콧구멍에서부터 뿜어져 나왔다. 우리는 말이 풀을 뜯도록 두고 다시 망고나무 아래로 왔다. 크리스토핀이 나무 상자 위에 앉더니 내게도 하나를 밀어주었다. 그러나 나는 유모 곁에 쪼그리고 앉아 그녀가 항상 차고 있는 가느다란 은팔찌를 만지작거렸다.

"유모에게서는 늘 같은 냄새가 나."

내가 말했다.

"여기까지 그 말 해주려고 온 거예요?"

유모의 옷에서는 깨끗이 빨아 풀 먹여 다린 무명옷 냄새가 났다. 나는 유모가 쿨리브리의 강에서 무릎까지 차는 강물에 다리를 담근 채 긴 치마를 높이 치켜 올려 매고, 그녀의 옷가지를 물에 헹구어 돌에다 대고 방망이로 두들기는 모습을 자주 볼 수 있었다. 때로는 다른 여인들도 빨랫감을 가지고 와 돌에 대고 연신 두들겨댔다. 부산스럽게 일하는 여인들의 쾌활한 웃음소리가 거기 있었다. 그들은 젖은 옷가지들을 태양 아래 펼쳐 널어서 말렸다. 여인들은 이마의 땀을 닦으며 웃고 떠들었다. 크리스토핀에게서도 그 여인네들의 땀내가 났다. 내게는 너무 따뜻하고 포근한 냄새다.(그러나 그 남자는 이 냄새를 싫어한다.) 검초록 망고 잎새 사이로 보이는 하늘은 짙은 푸른색이다. 나는 그때 생각했다. '이곳이 내 고향이야. 이곳이 내가 속한 곳이고, 이곳이 바로 내가 살 곳이야.' 그러나 나는 또 이런 생각도 했다. '어쩜 나무가 이렇게 잘생겼지. 그런데 지대가 너무 높아서 망고가 안 열릴 거야.' 그때 나는 내가 푹신한 매트리스 위에서 보드라운 비단 시트를 덮고 외롭게 혼자 누워 귀를 기울이고 있는 모습을 생각했다. 드디어 나는 입을 열었다.

"크리스토핀, 그 사람이 나를 사랑하지 않아요. 내 생각에는 그가 나를 미워하는 것 같아. 이제는 작은 방에서 혼자 자요. 하인들도 다 알아요. 내가 화를 내면 그는 나를 비난하고 침묵을 지켜요. 어떤 때는 몇 시간이고 말을 안 해서 나를 견딜 수 없게 만들어요. 정말 못 견디겠어. 어떻게 하면 좋아요? 처음엔 이렇지 않았는데."

분홍색, 빨강색 하이비스커스 꽃이 집 앞에 피어 있었다. 유모는 파이프에 불을 붙이고 나서도 아무 말이 없었다.

"대답해 줘요."

크리스토핀은 연기를 뻐끔뻐끔 내뿜고 있었다.

"어려운 질문을 했으니 나도 어려운 대답을 해주어야겠군요. 짐을 싸서 떠나세요."

"가라니, 어디로? 내가 그 사람을 전혀 볼 수 없는 곳으로 가란 말이에요? 나는 그렇게 안 할 거예요. 그랬다간 모든 사람들이, 심지어 하인들까지도 나를 비웃을 테니까."

"아가씨가 떠나면 사람들이 비웃을 상대는 서방님이지 아가씨가 아니에요."

"나는 그런 짓은 안 해요."

"그럼 왜 나한테 묻나요? 내가 대답해 주면 그대로 하지도 않을 거면서. 내가 옳은 길을 말해 주면 아니라고 대답할 바에야 여기까지 왜 온 거예요?"

"그렇지만 내가 할 수 있는 다른 방법이 분명 있을 것 아니에요?"

유모의 표정이 어두웠다.

"남자가 여자를 사랑하지 않으면, 여자가 아무리 애를 써봤자 소용이 없는 거지요. 그럴수록 점점 더 미워하게 돼요. 그게 남자예요. 여자가 남자를 사랑하는 걸 알면 남자는 더 못되게 굴지만, 여자가 남자를 사랑해 주지 않으면 남자가 도리어 몸이 달아 밤낮없이 여자를 귀찮게 굴고 골치를 아프게 하는 거라고요. 서방님과 아가씨에 관해서는 나도 듣고 있어요."

"그래도 나는 떠날 수 없어요. 어쨌든 내 남편이잖아."

크리스토핀이 어깨 너머로 침을 탁 뱉었다.

"여자들이란 게, 얼굴색을 막론하고 모두 바보들이야. 나는 자식을 셋 두었지요. 둘은 죽었지만. 그 애들은 모두 애비가 다르답니다. 나는 남편이 없어요. 하느님께 정말 감사해야지. 내 돈은 내가 챙겨요. 나는 내 돈을 쓸모없는 남자에게 절대 주지 않지요."

"언제 떠나야 해요? 어디로 떠나야 해요?"

"아니, 이게 무슨 소리람! 아가씨같이 부유한 백인 여자가 다른 여자들보다 더 어리석군요. 남자가 잘 못하면 치마를 걷어 올리고 집을 나가 버려야 해요. 그렇게 해보세요. 남자가 줄줄 따라올 테니."

"그 남자는 나를 따라오지 않을 거야. 그리고 유모도 알아두어야 해요. 나는 이제 부자가 아니에요. 내 이름으로는 돈 한 푼이 없어요. 내가 전에 가지고 있던 모든 것은 이제 다 그 남자 것이 됐어요."

"아니, 이게 무슨 말이에요?"

크리스토핀이 날카롭게 물었다.

"그게 영국 법[6]이래요."

"법이라고? 그 메이슨 아들 녀석의 장난이야. 그 녀석은 사탄보다도 더 악질이구나. 지옥불에서 타는 고통을 받아야 해. 내 말을 잘 들으세요. 무엇을 해야 할지 내가 일러줄 터이니. 남편에게 몸이 좀 아파서 마르티니크에 사는 사촌이나 보러 가야겠다고 말하세요. 아양을 떨며 돈을 좀 달라고 청을 해야 해요. 서방님이 나쁜 사람이 아니면 줄 거예요. 집을 떠나거든 돌아오지 말고 거기 계세요. 돈을 더 달라고 야금야금 부탁하세요. 그가 또 주면 아가씨가 싫지 않다는 거지요. 결국 아가씨가 무슨 일을 하고 있는지, 자기 없이 어찌 살고 있는지 와서 볼 겁니다. 아가씨가 살이 통통히 찌고 행복해 보이면 틀림없이 다시 데려가려고 할 거예요. 남자들이란 게 다 그렇거든요. 그랑부아 집에 머물러 있으면 안 되겠어요. 그 집을 떠나야 해요. 내 말대로 하세요."

"유모 생각은 내가 그 사람을 떠나야 한다는 거죠?"

"아가씨가 물었으니 내가 대답한 거지요."

"그래요. 나는 할 수 있어요. 그런데 왜 내가 마르티니크로 가야 하지? 나는 영국이 보고 싶은데. 영국으로 가기 위해 돈을 좀 빌릴 수도 있을지 몰라. 그 사람한테 말고. 그래, 돈을 마련할 수 있을 것 같기도 해. 만일 내가 떠난다면 멀리 가야만 할 거야."

나는 너무 불행해. 나는 생각했다. 이런 불행한 상태가 오래 가서는 안 돼. 내가 죽고 말걸. 영국에서 살면 나는 다른 사람이 될 거야. 여기서와는 다른 일들이 일어날 테고……. 영국이라? 지리 교과서에 실린 지도는 장밋빛 분홍색으로 칠해져 있지만, 반대쪽 페이지는 엄청나 보이는 단어들로 조밀하게 꽉 차 있지. 수출 품목들, 석탄, 철강, 양모. 그러고 나서 수입 품목들이 열거되어 있고, 국민의 성격적 특성이 적혀 있었어. 도시의 이름들도 있었지. 에섹스, 첼머 강 위에 쳄스퍼드, 요크셔와 링컨셔 구릉들. 그들은 언덕을 구릉이라고 하는 모양이지? 얼마나 높은 걸까? 이곳 언덕 높이의 반쯤 될까? 그것도 안 될 수도 있어. 짧고 선선한 여름에 서늘해 보이는 초록 잎새들.

사탕수수를 닮은 옥수수밭들. 그런데 옥수수는 황금색이고 사탕수수처럼 키가 크지도 않아. 여름이 가면 나무들은 헐벗고 이내 겨울이 오고 눈이 내린다고 했지. 흰색 새털이 떨어지는 건가? 잘게 찢은 종잇조각이 떨어지는 걸까? 성에가 유리창에 아름다운 무늬를 만든다고 그랬어. 영국에 대해서 나는 내가 이미 알고 있는 것보다 어쩜 더 많이 알고 있는 게 틀림없어. 왜냐하면 나는 내가 추워 떨게 될 그 집을, 그러나 나를 식구로 받아주지 않을 그 집을 알고 있고, 내 꿈의 마지막 대목을 꾸게 될 그 침대를 알고 있거든. 아니야. 내 꿈과 영국은 아무 상관이 없을 거야. 이런 이상한 생각을 해서는 절대 안 돼. 나는 단지 샹들리에, 댄스, 백조, 장미, 그리고 눈에 대해서만 생각해야 해. 그래, 그 하얀 눈.

"영국?"

그동안 나를 빤히 쳐다보고 있던 크리스토핀이 말했다.

"그런 곳이 있다고 생각하세요?"

"아니 어떻게 그런 질문을 해요? 그런 국가가 있다는 건 유모도 알잖아."

"내가 언제 그 우라질 장소를 봤어야지. 보지도 않고 어떻게 알겠어요?"

"유모는 영국이라는 국가가 있다는 걸 안 믿나 봐."

크리스토핀은 눈을 깜빡이더니 재빨리 대답했다.

"내가 언제 '안 믿는다'고 했나? '모른다'고 했지. 내 눈으로 직접 본 거야 알지만, 영국이라는 장소는 내가 본 적이 없으니까. 그런데 나는 그 장소가 사람들이 말하는 것과 같은 곳인지 스스로에게 되묻곤 해요. 어떤 사람은 이렇게 말하고, 어떤 사람은 저렇게 말하니, 원 참. 내가 듣기로는 그곳이 뼛속까지 얼려버릴 정도로 추운 데다 남의 돈을 훔쳐 가는 나라이고, 사람들은 악마같이 영리하다고들 하던데. 주머니에 돈을 넣고 눈 한번 깜짝하고 나면 웬걸, 와! 돈이 없어진다는 거예요. 아가씨는 왜 그렇게 춥고 강도들이 득시글거리는 나라엘 가고 싶어 하세요? 그런 장소가 만일 있다 해도 내 눈으로 그곳을 보게 될 일은 없을 겁니다. 그건 내가 확신할 수 있어요."

'이 무식하고 고집불통인 데다 영국이라는 나라가 존재하는지도 모르는 늙은 검둥이가 어떻게 내가 취해야 할 가장 좋은 방도를 가르쳐줄 수 있겠어?' 나는 유모를 뚫어져라 쳐다보며 이렇게 생각했다. 크리스토핀은 파이프를 탁탁 쳐 내려놓더니 나를 다시 응시했다. 눈에는 어떤 감정의 표현도 없었다.

"크리스토핀, 유모가 충고해 준 대로 행동할 수도 있어요. 그러나 아직은 아니에요.(이제 나는 내가 여기에 온 목적을 이야기해야 한다고 생각했다.) 나를 보자마자 유모는 내가 무얼 원하는지 알아챘지요? 그리고 지금은 확실히 알고 있잖아요, 그렇죠?"

나는 내 목소리가 가늘고 높아지는 것을 느꼈다.

"조용히 하세요. 그 남자가 아가씨를 사랑하지 않으면, 나는 어떻게 할 수가 없어요."

"물론 유모는 할 수 있어요. 그게 내가 원하는 거고, 그래서 여기 온 거예요. 유모는 사랑하게도 미워하게도, 심지어⋯⋯ 죽게 할 수도 있어요."

크리스토핀이 고개를 젖히더니 큰 소리로 웃었다.(유모는 크게 웃는 법이 없었다. 그런데 도대체 왜 웃는 거지?)

"심각한 상황에 놓이니 그런 말도 안 되는 얘기에 귀가 솔깃하는군. 그 바보 같고 우스꽝스러운 이야기를 다 듣고 다니세요? 게다가 그건 **백인**을 위한 것이 아니에요. **백인**이 오베아를 가지고 장난하면 나쁜 일이 벌어져요."

"꼭 해주셔야 해요. 꼭이오."

"목소리를 낮추라니까요. 내 아들 조조가 날 보러 오고 있어요. 우는 모습을 보이면 그 애가 여기저기 죄다 말을 퍼뜨릴 거예요."

"조용히 할게요. 울지도 않을게요. 하지만 크리스토핀, 남편이 하룻밤만 내 곁에 올 수 있게만 해주면, 단지 하룻밤만, 그러면 그가 나를 사랑하게 만들 수 있어요."

"아니야, 아가. 아니야."

"맞아요, 크리스토핀."

"어리석은 생각이야. 만일 내가 그 사람을 아가씨 곁으로 오게 할 수 있다 해도 그가 아가씨를 사랑하게는 할 수 없답니다. 후에는 그가 아가씨를 더 증오하게 될 거예요."

"아니에요. 그가 나를 미워하게 된다 해도 어쩌겠어요? 현재 이미 나를 증오하고 있는데. 매일 밤마다 나는 그 사람이 베란다를 왔다 갔다 하는 소리를 들어요. 왔다가 갔다가. 내 방문 앞을 지날 때 '잘 자요, 버사.'라고 말해요. 나를 앙투아네트라고 부르지도 않아요. 그게 내 어머니의 이름이란 걸 알아냈나 봐요. '단잠을 자기 바라, 버사.' 이 이상 더 나빠질 수는 없어요. 만일 하루만 그가 내 곁에 온다면 그 후부터는 잠을 좀 잘 수 있을 것 같아요. 지금은 잠을 거의 못 자요. 그리고 꿈만 꾸어요."

"안 됩니다. 아가씨를 위해서라도 난 그 짓을 안 할 거예요."

나는 주먹으로 돌을 치며, 흥분하지 않고 조용히 말하려고 애썼다.

"마르티니크로 간다느니, 영국으로 간다느니, 혹은 다른 어떤 나라로 간다고 말한 건 다 거짓말이에요. 내가 떠나도록 돈을 줄 남자도 아니고, 내가 달라고 하면 무섭게 화를 낼 사람이니까요. 만일 내가 그를 떠나면 소문이 쫙 퍼질 거고, 그 사람은 그런 소문을 끔찍하게 싫어해요. 혹시 내가 어떻게 도망칠 수 있다 하더라도(어떻게?) 그 사람은 나를 강제로 끌어다 놓을 거라고요. 리처드도 마찬가지예요. 다른 사람들도 그렇게 할 거고요. 그로부터 도망친다거나 이 섬에서 빠져나간다는 건 모두 있을 수 없는 일이에요. 내가 떠나는 이유를 어떻게 둘러댈 것이며 누가 그걸 믿겠어요."

크리스토핀이 고개를 숙였을 때 그녀는 늙어 보였다. '크리스토핀, 늙지 마요. 늙어서 나를 떠나지 마요. 내가 가진 유일한 친구가 유모잖아요.' 나는 마음속으로 말했다.

"새 서방님이 확실히 돈을 좋아하긴 하지요. 그건 거짓말이 아니에요. 돈이란 누구에게나 매력적인 것이니까. 그러나 그 사람한테는 특히 돈이 아름다움의 상징인 듯 아름답겠지. 돈 밖에는 눈에 보이는 게 없는 거예요."

"그럼 도와주세요."

"잘 들어요, **가엾은 내 새끼**. 많은 사람이 아가씨와 새 서방님에게 온갖 나쁜 말을 갖다 붙이고 있어요. 나는 누가 그러는지, 무슨 말을 하는지도 다 알아요. 아무리 돈을 좋아한다 해도 그 사람이 원래 나쁜 사람은 아닐 거예요. 그러나 하도 많은 말을 듣다 보니, 무엇이 사실인지 무엇이 거짓인지 믿을 수가 없게 된 거지요. 그래서 젊은 서방님이 자꾸 멀어지는 거고요. 나는 아가씨 주변에 있는 누구도 신뢰할 수가 없군요. 여기 사는 사람들, 특히 자메이카에 사는 사람들은 믿을 사람이 없어요."

"코라 이모도?"

"이모님이 이젠 늙으셔서, 세상일에 관심을 끊은 거예요."

"어떻게 그런 걸 유모가 알아요?"

내가 말했다. 왜냐하면, 그게 바로 사실이니까.

이모의 방 앞을 지날 때 나는 이모와 리처드가 말다툼을 하는 소리를 들었고, 그게 나의 혼사 때문이라는 것도 알았다.

"이게 무슨 치욕적인 일이람."

이모가 말했다.

"정말 부끄러운 일이야. 앙투아네트가 가진 전 재산을 전혀 알지도 못하는 사람에게 다 넘겨주다니. 자네 아버지가 살아 계셨으면 결코 두고 보지 않으셨을 거야. 법적으로 동생을 보호해 주어야지. 어떤 쌍방 약속이 이루어져야지. 그런 조정이 반드시 있어야 하고말고. 그리고 그런 법적 조치를 취하는 것이 자네 아버지의 의도였어."

"지금 우리가 얘기하는 상대가 못된 놈인 줄 아세요. 명예를 존중하는 신사라고요. 잘 아시겠지만 저는 약속이니 조정이니를 할 위치에 있지 못해요. 모든 것을 고려해 볼 때, 앙투아네트가 그런 신사를 신랑으로 맞은 것은 행운이지요. 제가 그를 절대적으로 믿는데 변호사의 법적 조치가 왜 필요하다고 그러세요? 제 목숨이라도 맡길 정도로 그 사람을 신임합니다."

리처드는 확신에 찬 목소리로 말했다.

"지금 자네가 맡기는 것이 앙투아네트의 목숨이지 자네 목숨인가?"

이모가 말했다.

리처드는 이모에게 "하느님 맙소사. 입 닥치지 못해, 이 바보 같은 늙은이."라고 말하더니, 방문을 꽝 닫고 나가 버렸다. 리처드는 어찌나 화가 났는지 내가 복도에 서 있는 것도 알아차리지 못했다.

"저 녀석은 얼간인지 아니면 얼간이인 체하는 건지. 보아하니 그 영국에서 온 훌륭한 신사라는 사람도 마음에 들지 않는구나. 뻣뻣하기만 해. 판자때기처럼 딱딱하기는. 자기의 이익을 챙기는 것 외에는 발바닥처럼 어리석어 보이는구나."

이모의 얼굴은 창백했고 온몸을 떨고 있었다. 나는 화장대 위에 있던 흡입용 소금을 가져다드렸다. 소금은 금칠한 뚜껑이 달린 빨간 유리병 안에 들어 있었다. 이모는 병을 코에 갖다 대더니 너무 힘이 없어서 그것을 들지 못하겠다는 듯이 손을 툭 떨어뜨렸다. 이모는 창문과 하늘과 거울과 화장대 위에 놓인 예쁜 모든 것들로부터 몸을 돌려 벽을 마주 바라보았다. 금빛 뚜껑과 빨간 유리병이 바닥에서 뒹굴었다.

"주님께서 우리를 버리셨구나."

이모가 말했다. 그러고는 눈을 감아버렸다. 이모는 한마디도 하지 않았다. 나는 이모가 주무시는 줄 알았다. 이모는 몸이 너무 아파 내 결혼식에 참석하지 못했다. 식이 끝난 후 나는 이모에게 인사를 드리려고 찾아갔다. 이제 신혼여행이 시작된다고 생각하니 나는 기쁘고 또 흥분되었다. 내가 이모의 뺨에 키스하자 이모는 조그만 비단 주머니 하나를 내게 건넸다.

"내 반지들이다. 두 개는 값나가는 거야. 네 남편에게 보이지 말고 숨겨 두어라. 약속해."

나는 이모에게 약속했다. 그렇지만 주머니를 열어보았을 때 반지 중 하나는 평범한 금반지였다. 어제 나는 반지 하나를 팔아볼까 하고 생각했지만, 내가 파는 것을 여기서 누가 사겠는가?

크리스토핀이 내게 말해 주었다.

"이모님은 너무 늙은 데다 또 병이 드셨고, 리처드는 아무 짝에 쓸모없는 녀석이지요. 용기를 가지고 혼자 투쟁하세요.

남편에게 다 말하세요. 조용히 그리고 절대 이성을 잃지 말고. 어머니에 대해서 잘 설명해 주세요. 쿨리브리에서 무슨 일이 일어났는지, 왜 어머니가 병들었는지, 그리고 사람들이 어머니에게 어떻게 했는지. 남편에게 고함치지 마세요. 이상한 표정도 짓지 말고 울지도 마요. 그 사람에게는 우는 게 소용없어요. 설명을 잘해서 그 사람이 이해할 수 있도록 애써 보세요."

"노력해 봤어요. 그런데 내 말을 전혀 믿지 않아요. 이제 말로 이해시키기엔 너무 늦었어요.(진실을 찾아내기에는 항상 너무 늦지.) 유모가 내가 원하는 걸 해준다면 다시 한 번 시도를 해볼게요. 크리스토핀, 정말 무서워요. 왠지 몰라도 너무 두려워요. 항상 이런 느낌이에요. 도와주세요."

나는 알아듣지 못했지만 크리스토핀은 뭐라고 중얼중얼거렸다. 그러고 나서 끝이 뾰족한 막대기를 집어 나무 밑 땅 위에다 몇 개의 선과 원을 여러 개 그리고는 발로 지워버렸다.

"우선 남편과 대화를 나누세요. 그러겠다면 원하는 대로 해줄 테니."

"지금?"

"그래요. 이제 나를 보세요. 내 눈을 보라고요."

자리에서 일어나자 나는 어지러웠다. 크리스토핀이 또 뭐라고 중얼거리며 집 안으로 들어가더니, 나오면서 커피 한 잔을 가져다주었다.

"커피 속에 흰 럼주를 듬뿍 넣었어요. 얼굴은 죽은 사람 같고 충혈된 눈은 흡혈귀의 눈 같군요. 조용히 하세요. 저기 조조가 오고 있어요. 저 애는 제가 들은 말을 여러 사람에게 모조리 불어댈 겁니다. 마치 물이 새는 호리병처럼요."

커피를 다 마시고 난 후 나는 웃기 시작했다.

"별것도 아닌 걸 가지고 너무 불행했어요. 아무것도 아닌 일로 말이에요."

조조는 커다란 바구니를 머리에 이고 있었다. 나는 그의 건강한 갈색 다리가 좁은 길을 어렵지 않게 걸어오는 것을 바라보았다. 그는 나를 보자 놀라고, 또 한편으로는 무슨 일인지 알고 싶은 표정이었다. 그러나 아주 예의 바르게 건강하냐고, 그리고 새 서방님께서도 안녕하시냐고 파투아로 물었다.

"그래, 조조. 고맙구나. 우리는 다 잘 있어."

크리스토핀은 조조가 바구니를 내려놓을 때 도와주고는 흰 럼주 한 병을 들고 나와 큰 유리잔으로 반 잔 정도를 따라주었다. 그는 단번에 마셨다. 크리스토핀이 이번에는 유리잔에 물을 부어주었고 조조는 그것을 또 마셨다. 그게 원주민들이 럼주를 마시는 방식이다.

크리스토핀이 영어로 말했다.

"아가씨가 돌아가실 시간이다. 말이 저 뒤쪽에 있으니 안장을 얹어드려라."

나는 유모를 따라 집 안으로 들어갔다. 외실에는 나무로 만든 식탁과 긴 의자가 하나, 그리고 부서진 의자가 두 개 있었다. 침실은 크고 어두웠다. 아직도 벽에는 색이 선명한 조각 이불보와 종려 주일[7]에 성당에서 받은 종려나무 가지와 행복한 죽음을 소망하는 기도문이 걸려 있었다. 그러나 닭털 한 뭉치가 한쪽 구석에 쌓여 있는 것이 눈에 들어오자 나는 두 번 다시 몸을 그쪽으로 돌릴 수도 없었다.

"벌써 무서워졌군. 안 그래요?"

크리스토핀의 그런 표정을 보자 나는 주머니에서 지갑을 꺼내 침대 위에 놓았다.

"내게 돈을 줄 필요는 없어요. 아가씨가 워낙 사정을 하니까 이런 어리석은 짓을 하는 거지 돈 때문은 아니니까."

"이게 어리석은 짓이에요?"

내가 속삭이듯 말하자 크리스토핀이 다시 웃었다. 그러나 이번에는 큰 소리로 웃지 않았다.

"백인들이 어리석다고 하면 어리석은 짓이 되는 거지. 백인들이 오죽 영악해야지. 악마처럼 영악하잖아. 하느님보다도 더 똑똑할걸. 안 그래요? 이제 잘 들어두세요. 무엇을 해야 하는지 내가 말해 줄 테니."

우리가 태양이 내리쬐는 밖으로 나오자 조조가 마석 옆에서 프레스턴의 고삐를 잡고 있었다. 나는 마석을 밟고 말에 올라탔다.

"크리스토핀, 잘 있어요. 조조, 안녕."

"아가씨, 안녕히 가세요."

"나를 보러 곧 오실 거죠, 크리스토핀?"

"곧 갈게요."

길을 다 빠져나오자 나는 뒤를 돌아보았다. 크리스토핀이 조조에게 뭔가 말을 했고, 조조의 얼굴은 호기심과 흥미로 가득해 보였다. 근처에서 닭이 울었고 나는 생각했다. '저건 배반을 알리는 울음이야. 그런데 누가 배반자지? 크리스토핀은 이걸 하려고 하지 않았어. 내가 더러운 돈으로 강요한 거야. 배반자에 대해 누가 무엇을 안단 말인가? 왜 유다가 예수 그리스도를 배반했는지 누가 안단 말인가?'

나는 그날 아침의 일을 세심한 부분까지 기억할 수 있다. 눈을 감으면, 짙은 푸른 하늘과 망고 잎새들을, 분홍색 빨강색으로 핀 하이비스커스와 앞이 쫑긋 올라오게 마르티니크 스타일로 맨 유모의 노란색 머릿수건까지 모두 보인다. 그러나 이제는 모든 것이 스테인드글라스 창의 색채처럼 정적이고 영원히 고정된 상태로 보인다. 움직이는 것은 오로지 구름뿐이다. 크리스토핀이 내게 준 것은 잎사귀에 싸여 있었는데, 피부에 닿았을 때 차갑고 부드러웠다.

*

"아가씨는 누굴 방문하러 가셨는데요."
뱁티스트가 그날 아침 커피를 가져왔을 때 내게 말했다.
"오늘 밤이나 내일 아침에 오실 겁니다. 가시기로 급히 결정하시더니 바로 나가셨습니다."
그날 오후 아멜리가 두 번째 편지를 내게 전했다.

왜 답장을 주시지 않는 겁니까? 제 말을 믿지 못하십니까? 그러면 다른 사람들에게 물어보세요. 스패니시타운에 사는 사람들은 다 아니까. 왜 선생을 그랑부아로 데려왔다고 생각하십니까? 제가 그곳으로 찾아가 많은 사람들 앞에서 떠벌리길 원하십니까? 제게로 오시든지 그렇지 않으면 제가 가겠습니다.

이 지점에서 나는 편지 읽기를 중단했다. 힐다가 방으로 들어오기에 나는 아멜리가 집에 있느냐고 물었다.

"네, 주인님."

"아멜리에게 내가 좀 보잔다고 말해라."

"네, 주인님."

힐다는 나오는 웃음을 막으려는 듯이 손을 입에 대고 있었다. 그러나 그 아이의 검은 눈동자에는 놀라고 당황해하는 기색이 역력했다. 하도 까매서 동자와 동공의 구별이 쉽지 않은, 그렇게 까만 눈을 나는 처음 본 것 같았다.

나는 바다를 등진 채 베란다에 앉아 있었다. 마치 일생 동안 그런 자세로 앉아 있었던 듯 느껴졌다. 다른 기후도 다른 하늘도 상상할 수가 없다. 달콤한 향내가 나는 흰 꽃이 가득 꽂힌, 나무 식탁 위에 놓인 두 개의 갈색 주전자가 어떤 모양인지도 나는 안다. 아멜리가 흰색 원피스를 입고 들어오리라는 것도 안다. 갈색의 피부와 흰옷, 그리고 그녀가 백인 여자의 머리라고 부르던 그런 컬을 하고, 그 머리가 반쯤 빨강색 머릿수건에 가려져 있으리라는 것도, 그리고 맨발이라는 것을 모두 안다. 하늘, 산, 꽃 그리고 내가 결혼한 여자, 이 모든 것이 하나의 악몽이라는 것도 나는 안다. 그러나 내가 이제 그 악몽에서 깨어날 수 있을지 모른다는 미약한 희망이 나를 위로해 주었다.

아멜리는 베란다 기둥에 몸을 가볍게 기대고 서서 내가 입을 열기를 기다렸다. 그런대로 우아한 맛이 있어. 저 정도면 괜찮아.

"이 편지를 받은 사람이 아멜리야?"

내가 물었다.

"아니요, 주인님. 힐다가 받았어요."

"그러면 이 편지를 쓴 사람이 아멜리의 친구야?"

"제 친구가 아닌데요."

"그래도 그가 아멜리를 알고 있지? 알고 있다고 썼던데?"

"네. 저도 대니얼을 알아요."

"그럼 잘됐군. 그 사람에게 이런 편지가 나를 귀찮게 한다고 말해. 더 이상 이런 편지를 쓰지 않는 게 신상에 좋을 거라고도 말하고. 그가 또 편지를 가져오면 다시 돌려줘. 알아들었지?"

아직도 베란다 기둥에 몸을 기댄 채 그녀가 배시시 웃었다. 금방이라도 그 미소는 커다란 웃음으로 바뀔 판이었다. 웃음을 막아보려는 의도로 나는 말을 이었다.

"왜 이자가 내게 편지를 쓰는 거지?"

그녀가 아주 순진하게 대답했다.

"그 이유를 말 안 해요? 그 사람이 편지를 두 번씩이나 보내면서 왜 편지를 쓰는지 말을 안 해요? 주인님이 모르시면 저야 당연히 모르지요."

"그렇지만 그 사람을 안다며? 그 사람 이름이 코즈웨이 맞아?"

"어떤 사람 말로는 그렇다고 하고, 어떤 사람은 아니라고 하고, 자기 자신은 코즈웨이라고 하던데요."

그녀는 대니얼이 매우 훌륭한 사람이며, 늘 성경책을 읽고 백인처럼 산다고 덧붙였다. 나는 그녀가 말하는 백인처럼 산다는 게 무슨 뜻인지 물었다. 그녀는 대니얼이 다른 흑인들처럼 방 하나에서 잠자고 손님을 맞고 취사까지 하는 것이 아니라, 앉아서 담소할 방까지 따로 두고 있으며 방 벽에는 그의 아버지와 어머니의 사진도 걸려 있다고 친절하게 알려 주었다.

"백인인가?"

"아니요, 흑인이에요."

"첫 번째 편지에서 자기 아버지가 백인이라고 썼던데?"

그녀는 어깨를 으쓱했다.

"하도 오래전 일이라 저는 잘 모르겠어요."

오래전에 있었던 일에 대해 그녀가 경멸을 표하고 있음을 금방 알 수 있었다.

"주인님이 하신 말씀을 전하겠어요. 왜 가서 직접 만나보지 그러세요? 저를 시키시는 것보다 훨씬 나을 텐데요. 대니얼은 나쁜 사람이에요. 여기 와서 주인님을 골치 아프게 할 수도 있어요. 그 사람이 이곳에 못 오게 하는 편이 좋아요. 사람들이 그러는데 대니얼이 한때는 바베이도스에서 설교자로 일했다고 해요. 그가 말하는 걸 들으면 정말 목사님 같아요. 대니얼의 배다른 형님이 자메이카의 스패니시타운에서 살아요. 아주 부자지요. 이름은 알렉산더 코즈웨이라고 하고요. 주류 상점을 세 개나 가진 데다가, 직물과 의류를 파는 상점도 두 개가 있거든요."

그녀가 갑자기 칼날처럼 예리한 눈길로 나를 흘끔 쳐다보았다.

"한때는 앙투아네트 아가씨와 알렉산더의 아들 샌디가 결혼할 거라는 소문이 있었지만, 그건 말도 안 되는 소문이지요. 앙투아네트 아가씨는 백인에다 돈도 많은데, 아무리 샌디가 흑인처럼 생기지 않았다 해도 흑인의 피를 가진 남자와 결혼을 하겠어요? 아가씨에게 물어보세요. 아마 말씀드릴 거예요."

힐다처럼 그녀도 손으로 입을 막고 있었다. 마치 금방이라도 터져 나올 웃음을 억지로 참듯이.

걸어 나가던 아멜리가 돌아서더니 아주 낮은 목소리로 내게 말했다.

"주인님이 정말 가엾어요."

"뭐라고?"

"아무 말도 안 했는데요, 주인님."

술이 달린 빨간색 식탁보가 커다란 탁자를 덮어서인지 작은 방은 더 더워 보였다. 단 하나 있는 창문은 닫혀 있었다.

"선생의 의자를 문 가까이에 놓았습니다. 바람이 땅 아래서부터 올라오거든요."

대니얼이 말했다.

하지만 바람은커녕 숨 쉬기도 답답했다. 그는 이곳이 거의 해수면과 같은 높이의 지대라고 말했다.

"선생이 오신다는 소식을 듣고 나는 럼주를 큰 잔으로 하나 마시고, 또 물도 한 잔 마셔서 좀 안정해 보려고 했지요. 그러나 물은 내 분노를 식혀 주는 대신 눈물과 탄식이 되어 내 눈에서 흐릅니다. 내가 처음 편지를 보냈을 때 왜 답장을 주지 않으셨습니까?"

그는 더러워진 흰 벽 위에 액자를 끼워 달아놓은 성경 구절, '복수는 나의 것'에다 눈을 고정한 채 쉬지 않고 말했다.

"주님, 복수를 위해 너무 오랜 시간을 끌고 계시는군요."

그는 액자에다 대고 말했다.

"제가 주님을 좀 재촉하겠습니다."

대니얼은 노리끼리한 마른 얼굴의 땀을 닦고, 식탁보의 한 귀퉁이로 코를 풀었다.

"사람들이 나를 대니얼이라고 부르지요."

그가 나를 빤히 보며 말했다.

"그러나 내 이름은 에사오[8]랍니다. 그 저주받을 악마, 내 아버지에게서 받은 것이라곤 욕설과 나가라는 소리뿐이었어요. 나의 아버지 코즈웨이의 업적을 기리는 흰 대리석 판이 사람들이 다 볼 수 있게 스패니시타운 교회 벽에 붙어 있지요. 석판 위쪽에는 왕관 모양의 인장이 있고 검은색의 라틴어로 커다랗게 제명(題銘)이 적혀 있어요. 나는 그런 거짓말은 처음 본답니다. 그 돌을 그 영감 목에 칭칭 감아 지옥으로 끌어내리는 데 사용했으면 딱 좋았으련만. 신을 경외하고 '모든 사람의 사랑을 한몸에 받은 분.' 그렇게 써놓았더군요.

그가 짐승처럼 사고판 사람들의 얘기는 단 한마디도 없으니. '약한 자에게 자비로웠던.' 자비라고? 돌처럼 딱딱한 가슴을 가진 자에게? 여자에게 싫증이 나면(싫증은 또 얼마나 쉽게 내던지) 그 영감은 내 어머니에게 그랬듯이 여자를 자유롭게 해주었지요. 여자에게 조그만 오두막집과 손바닥만 한 땅도 주긴 했어요.(어떤 사람은 그걸 정원이라고 불렀지만.) 그런데 그자가 자비로워서 그랬는 줄 아세요? 그 사악한 자존심 때문에 그런 거지요. 그렇게 위세당당하고 잘난 척하는 인간을 나는 본 적이 없어요. 그가 걸어가는 모습을 보면 마치 지구가 다 자기 것인 듯 거드름을 피웠지요."

2장 그랑부아

대니얼이 이어 말했다.

"나는 관심도 없었어요. 그자를 좀 기다리게 두는 거지요……. 내가 그 석판을 자주 보러 다녔기 때문에 내 눈앞에는 석판의 글귀가 어른거려요. 거기 적혀 있는 글을 다 외울 수 있을 정도지요. 아무도 거기에 맞서 말 한마디 하지 못하니. 교회에다 왜 그런 거짓말을 써놓는 건지. 내가 이런 말을 하는 것은 선생께서 어떤 인간들과 상종하고 계신지 알려 드리기 위해서입니다. 내 가슴은 쓰디쓴 고통을 알고 있지만, 그 고통을 항상 가두고 산다는 것도 어려운 일이지요. 나는 그 늙은이가 내게 저주를 퍼붓던 날을 마치 어제 일인 양 기억합니다. 그때 나는 겨우 열여섯 살이었고, 아버지를 만나는 기쁨으로 들떠 있었지요. 나는 아침 일찍 집을 떠났어요. 쿨리브리까지 대여섯 시간은 족히 되는 길을 하루 종일 걸어서 갔어요. 나를 만나주지 않은 건 아니에요. 단지 태도가 냉정하고 거만했지요. 첫마디가, 제가 돈 문제로 자기를 못살게 군다는 거였어요. 이게 무슨 말이냐 하면, 내가 가끔 운동화 한 켤레만 사달라느니 이래저래 돈을 요구한 적이 있거든요. 제가 검둥이도 아니고 어찌 맨발로 다니겠습니까? 그 늙은이가 나를 쳐다보는데 마치 더러운 흙을 보듯 하는 거예요. 내가 화가 나서 '저도 아들로서의 권리가 있습니다.'라고 말했지요. 그가 어떻게 한 줄 아세요? 내 얼굴에다 대고 박장대소를 하더군요. 한바탕 웃고 나더니 '네 이름이 뭐지? 아들이라고 찾아오는 놈들이 하도 많아서 이름을 다 기억할 수가 있어야지. 내가 이름을 다 기억하리라고 기대한다면 그건 너무 지나친 거야.'라더군요. 밝은 햇살이 비치는 데서 보니 그자도 많이 늙었더군요. '아버지 자신이 제 이름을 대니얼이라고 하셨습니다.' 내가 말했지요. '저는 저의 어머니처럼 노예가 아닙니다.' '세상에 여우 같은 여자가 있다면, 네 어미가 바로 그런 여자다. 내가 바본 줄 아느냐? 어쨌든 네 어미가 죽었으니 그걸로 됐고, 네 보잘것없는 그 몸뚱이에 내 피가 단 한 방울이라도 섞여 있다면 내가 내 모자를 먹지.' 이쯤 되자 내 피는 끓어오르더군요. 그래서 그 늙은이에게 소리를 쳤지요. '그래, 잡숴보시지, 죽을 날도 멀지 않았는데. 새 마누라에게 키스를 퍼붓고 사랑을 나눌 시간도 별로 남지 않았을 테니. 새 마누라가 너무 젊은 거 아니야?' '원 세상에.' 그렇게 말하더니 그 인간의 얼굴이 빨개졌다 다시 잿빛으로 바뀌더군요. 의자에서 일어나려고 하더니 다시 주저앉아 버렸어요. 은제 잉크병이 책상 위에 있었는데 그걸 집어 내 머리를 향해 던졌지요. 내가 몸을 피했기 때문에 잉크병은 문을 맞히고 떨어졌어요. 내게 온갖 저주를 퍼붓습디다. 웃을 수밖에 없었지만 나는 그냥 나와 버렸어요. 내게 돈 몇 푼을 보내왔지만, 아버지의 다정한 말 한마디는 없더군요. 단지 돈만 보냈어요. 그게 내가 아버지라는 작자를 마지막으로 보았을 때입니다."

대니얼은 길게 숨을 내쉬고 다시 그의 얼굴을 닦더니 내게 럼주를 내밀었다. 내가 고맙지만 괜찮다고 고개를 가로젓자, 그는 반 잔 정도를 따르더니 입안에 털어 넣었다.

"다 옛날이야기지요."

"왜 나를 보자고 했소, 대니얼?"

아까 마신 술이 그를 진정시킨 모양이었다. 그는 나를 똑바로 보며 자연스럽게 말하기 시작했다.

"내가 만나자고 고집을 부린 것은 이 말을 해드리고 싶어서지요. 내게 물으셨지요? 내가 선생께 말씀드리는 것이 전부 사실이냐고? 만일 사실이라면 선생이 나를 싫어한다 하더라도 내가 말한 대로 여러 사람에게 물어보겠다고 하셨지요. 나를 싫어하신다는 것은 내 눈으로도 알겠습니다. 그러나 선생도 아시겠지만 내 편지에 거짓말은 한마디도 없어요. 누구에게 질문할지는 잘 생각하셔야 합니다. 많은 사람이 선생이 안 보는 데서는 별말을 다 하지만, 막상 마주치면 두려워하거나 남의 일에 끼어들지 않으려고 하니까요. 집정관님이 아시는 것이 많지만, 그분의 사모님이 메이슨 식구들과 가깝기 때문에 할 수만 있으면 남편이 입을 열지 못하게 할 것입니다. 나의 배다른 형 알렉산더는, 나처럼 흑인이긴 해도 나만큼 불운한 사람은 아니지요. 선생이 물으시면 온갖 거짓말을 다 꾸며서 들려드릴 거예요. 알렉산더는 늙은 코즈웨이가 가장 사랑했던 아들이기 때문에 태어날 때부터 유복했지요. 이제는 큰 부자가 되었고 조용히 입을 다물고 살아요. 부자가 되더니 이중 인간이 되어서 백인에게 해가 되는 말은 안 하려고 합니다. 선생 집에 있는 크리스토핀이라는 여자가 제일 질이 나쁩니다. 그 여자는 한때 자메이카를 떠나야만 했는데, 왜냐하면 유치장엘 갔었기 때문이지요.[9] 아셨어요?"

"왜 유치장엘 갔소? 무슨 짓을 했는데?"

그의 시선이 미끄러지듯 내 눈을 피했다.

"내가 스패니시타운을 떠났었다고 말씀 안 드렸나요? 자세한 사정은 몰라도 아주 나쁜 짓을 했기 때문이지요. 크리스토핀이 오베아 무녀라서 체포된 겁니다. 나는 그 악마의 종교를 전혀 믿지 않지만 많은 사람이 믿고 있어요. 크리스토핀은 아주 나쁜 여자고 선생의 신부보다 더 거짓말을 잘할 겁니다. 선생의 신부는 사랑스러운 말을 하는 것 같지만, 모두 거짓말이에요."

선반 위에 놓인 금칠한 까만 시계가 네 시를 쳤다.

가야 하는데. 이 땜내 나는 노란 얼굴의 남자와 이 끔찍한 방에서 몸을 빼야 하는데. 그러나 나는 무력한 상태로 그냥 앉아 있었다. 그자의 얼굴을 바라보며.

"내 시계가 맘에 드세요? 저 시계를 사려고 열심히 일을 했지요. 그러나 시계를 산 건 나 자신의 기쁨을 위해서지, 여자 따위를 기쁘게 하려는 생각은 없었지요. 이걸 사달라 저걸 사달라. 여자란 악마의 현신이지요. 제 생각엔 그렇습니다. 알렉산더는 백인들 곁에서만 뱅뱅 돌더니, 결국 백인 혼혈과 결혼을 했어요. 게다가 좋은 가문 출신이지요. 그의 아들 샌디는 백인 같아요. 아마 백인보다도 더 잘생겼다고 해야겠지요. 백인들 사이에서도 잘 받아들여지고 있어요. 앙투아네타는 샌디를 아주 오래전부터 알고 지냈어요. 물어보세요. 말해 줄 거예요."

그가 웃었다.

"아니지, 아니야. 모든 것을 다 말해 드릴 리는 없지. 나는 아무도 보지 않는다고 그들이 생각할 때, 그때 보았지요. 나는 보았어요, 앙투아네타가…… 가세요?"

그가 문가로 쏜살같이 움직였다.

"내가 마지막 얘기를 하기 전에 가시면 안 되지요. 내가 아는 것에 대해 입을 다물어주기를 바라시지요? 앙투아네타가 처음 사귄 남자가 샌디랍니다. 사람들이 선생의 신부에 대해 잘도 속였지요. 아마 그 애가 선생의 눈을 똑바로 들여다보며 듣기 좋은 말들을 하겠지만, 사실은 다 거짓말이라고요. 거짓말이오. 제 엄마도 똑같았어요. 이제 겨우 어린애 티를 벗었지만 제 엄마보다 더 거짓말을 잘한다고 사람들이 그래요. 결혼할 때 사람들이 웃어대는 걸 못 들으셨다니 선생이 혹 귀머거리가 아닌지 모르겠군요. 선생의 분노를 나한테 쏟지 마세요. 선생을 속인 건 내가 아니니까요. 나는 선생이 눈을 좀 뜨게 해드리려는 거지요. 선생같이 키도 크고 잘생긴 영국 신사분은 나처럼 노란 쥐새끼 같은 놈을 건드리고 싶지도 않을 겁니다. 이해합니다. 그러나 내 얘기를 다 믿으시지요? 그리고 할 수 있는 수단을 다해 사건을 조용히 마무리 짓고 싶으시지요? 그렇게 합시다. 그런데 내가 입을 다물고 있게 하려면 선생이 내게 빚을 지게 되는데. 500파운드 따위가 영국 신사분께 무슨 대수겠습니까? 내게야 생명 같은 금액이지만."

혐오감과 분노가 마치 병균처럼 내 몸속에서 서서히 일어나고 있었다.

"좋아요!"

그가 소리쳤다. 그러고는 막고 있던 문에서 비켜섰다.

"그럼 가시지요……. 나가 버려요. 아까는 말렸지만 이젠 내 쪽에서 말하죠. 꺼져버려, 꺼져버리라니까! 내가 원하는 액수를 받지 못할 때 어떤 일을 저지를 수 있는지 보게 될 거야. 나의 사랑을 당신의 아내, 내 여동생에게 전해 주시지!"

그는 내 등에다 대고 독을 뱉어내듯 소리 질렀다.

"그 아름다운 얼굴에 키스한 첫 남자가 당신인 줄 알아? 아름답고 부드러운 피부, 아름다운 얼굴색. 나처럼 노랗지도 않고. 그러나 분명 우리는 남매라네."

그자의 목소리와 그 혐오스러운 집으로부터 완전히 빠져나왔다고 생각되는 길 끝에서, 나는 발을 멈추었다. 세상이 열기와 파리 떼에게 잠식당한 듯했고, 어두운 방에서 나온 때문인지 햇빛은 눈부셨다. 흰 점이 박힌 검은 염소가 주변에서 풀을 뜯고 있었다. 나는 몇 분간이나, 그 아래로 축 처진 눈과 연두색 눈동자를 바라보고 서 있었다. 나는 말을 매어놓은 나무로 걸어갔고, 말에 올라 가능한 한 빨리 그곳을 떠났다.

유리잔 두 개와 반쯤 찬 럼 술병을 받친 은쟁반을 편히 놓기 위해 망원경은 옆으로 밀쳐 두었다. 은쟁반의 색은 검게 죽어 있었다. 나는 밖에서 끊임없이 들려오는 밤 벌레들의 울음소리를 들었다. 작은 나방들과 딱정벌레들이 촛불 속으로 줄지어 날아드는 모습을 바라보다가, 럼 한 잔을 따라서 단숨에 삼켰다. 금세 밤의 소음이 내게서 멀어지고 견딜 만해지더니 기분이 좋아졌다.

"제 말 좀 들어주실래요? 제발."

앙투아네트가 말했다. 그녀가 이런 말을 한 것은 이번이 처음이 아니다. 그때 나는 대답하지 않았었다. 그러나 지금은 그녀에게 이렇게 말했다.

"물론 들어줘야지. 안 그러면 당신이 생각하는 것처럼 내가 야수가 될 테니."

"왜 나를 증오하는 거예요?"

"나는 당신을 증오하지 않아. 당신 때문에 몹시 슬플 뿐이지. 마음이 몹시 산란하고 미칠 것 같아."

내가 말했다. 그러나 내 말은 사실이 아니다. 나는 전혀 마음이 산란하지도 미칠 것 같지도 않으니까. 나는 담담하다. 지나간 많은 날들 가운데 이렇게 담담하고 침착한 상태가 된 것은 처음이다.

그녀는 내가 예쁘다고 칭찬했던 하얀 드레스를 입고 있었다. 그러나 한쪽 어깨 아래로 옷이 살짝 흘러내려 있는 모습이 정갈하지 못해 보였고, 옷이 너무 크다는 생각이 들었다. 그녀는 오른쪽 손으로 왼쪽 손목을 잡고 있었다. 내가 싫어하는 버릇이다.

"그러면 왜 내 곁에 오지 않고 나를 피하세요? 내게 키스도

하지 않고, 말도 안 하고. 내가 어떻게 이런 당신의 행동을 견딜 수 있겠어요? 나에게 이렇게 하는 이유가 도대체 뭐예요? 이유가 있을 것 아니에요?"

"물론이지. 이유야 있지. 오! 하느님."

"당신은 툭하면 하느님을 찾으시더군요. 하느님을 믿기나 하는 거예요?"

"물론이지, 물론이고말고. 나는 창조주의 권능과 지혜를 믿지."

그녀의 눈썹이 위로 치켜 올라가고, 입가는 아래로 처졌다. 의심스럽다는 뜻이거나 조롱하는 표현이다. 잠깐 동안 그녀가 아멜리처럼 보였다. 어쩌면 그 둘은 친척 간일 수도 있다. 가능성이 있을 거야. 이 저주받은 지역에서 내 추측은 사실일 수도 있어.

"당신은 어때?"

내가 물었다.

"당신은 하느님을 믿어?"

"그게 무슨 문제가 되나요?"

그녀가 조용히 대답했다.

"내가 무엇을 믿고 당신이 무엇을 믿든 그게 무슨 문제인가요? 하느님이 하시는 일에 대해 우리가 무슨 간섭할 힘이 있어야지요. 우리는 다 이런 존재인데."

그녀가 죽은 나방을 커피 테이블에서 튕겨 떨어뜨렸다.

"질문에 대답해 주세요."

나는 다시 럼주 한 잔을 마셨다. 정신이 맑아지고 냉정해졌다.

"그래, 좋아. 단, 질문에 질문으로 답하겠어. 당신의 어머니는 살아 계신 거요?"

"아니요. 돌아가셨어요."

"언제?"

"얼마 전에요."

"그럼 왜 당신이 어렸을 때 어머니가 돌아가셨다고 말했지?"

"그렇게 말하라고 사람들이 내게 가르쳐주었기 때문이에요. 그리고 그게 아주 틀린 말은 아니니까요. 어머니는 사실 내가 어렸을 때 돌아가셨다고 말해야 해요. 죽음에는 두 가지가 있거든요. 정말 죽는 것과, 사람들이 알고 있는 죽음."

"최소한 두 번의 죽음이라? 행복한 사람이군."

우리는 잠시 아무 말 없이 앉아 있었다. 내가 말을 이었다.

"자신을 대니얼 코즈웨이라고 부르는 자에게서 편지를 받았소."

"그자는 그 이름을 가질 권리가 없어요."

그녀가 재빨리 말했다.

"그의 진짜 이름은, 이름이 있기는 하다면, 대니얼 보이드예요. 그 사람은 백인을 모조리 미워하지요. 특히 저를 그렇게 미워해요. 우리에 대해 얼마나 거짓말을 하고 다니는 줄 아세요? 당신이 다른 쪽의 얘기를 듣기보다는 그자의 말을 믿으리라는 확신을 가지고 있는 거지요."

"다른 이야기가 있나?"

"모든 일에는 항상 다른 면이 있는 거예요. 항상."

"그 사람이 두 번째 편지를 보낸 후에, 그게 아주 위협적이라 여겨, 가서 직접 만나는 게 좋겠다고 생각했소."

"당신이 그 사람을 만났다고요? 당신에게 무슨 말을 했을지 뻔하군요. 어머니가 광녀인 데다 품행이 나쁘다고 했을 테고, 내 죽은 남동생이 날 때부터 백치라고 했겠지요. 거기다가, 저도 제정신이 아닌 여자라고 말했을 거고. 그게 바로 그자가 당신에게 한 말이지요?"

"맞아. 그자가 한 말 중에 사실이 있소?"

나는 조용하고 차갑게 말했다.

하나의 불꽃이 높이 타올랐고, 그때 나는 그녀의 눈 밑이 패고, 입은 늘어졌으며, 얼굴이 마르고 초췌해진 것을 볼 수 있었다.

"이제 그 얘기는 그만합시다. 오늘 밤은 쉬어요."

"오늘 이 이야기를 해야만 해요."

그녀의 목소리가 높고 신경질적이었다.

"단, 당신이 이성적으로 말하겠다고 약속하면."

그러나 나는 이 이야기를 하기에는 지금이 적절한 시간도 장소도 아니라고 생각했다. 촛불이 나지막하게 타오르는 이 어둡고 긴 베란다와, 밤이 우리를 응시하고 우리의 이야기를 듣고 있는 이 늦은 시간이, 이런 이야기를 하기에는 전혀 적절하지 못한 것 같았다. 내가 다시 말했다.

"오늘 밤은 이쯤 해둡시다. 다른 날 이야기합시다."

"다른 장소에서, 다른 시간에는 당신에게 이런 이야기를 절대 할 수 없게 될지도 몰라요. 지금 하겠어요. 왜 겁이 나세요?"

그녀는 흑인의 목소리를 흉내 내며, 마치 노래하듯이 그리고 무례하게 말했다.

나는 그녀가 떠는 것을 보았고, 그녀가 노란색 비단 숄을 두르곤 했던 생각이 나서 자리에서 일어섰다. (내 정신은 너무도 맑고, 감정은 메말랐다.) 숄은 옆방 의자 위에 있었고 작은 탁자에는 초가 몇 자루 있었다. 나는 초를 베란다로 가지고 나와 불을 켰다. 그리고 그녀의 어깨에 숄을 덮어주며 "내일 말하

2장 그랑부아

면 안 되겠소? 훤할 때 얘기합시다."라고 말했다.

"당신이 나의 어머니에 대해 질문해 놓고, 무슨 권한으로 대답 듣기를 거부하는 거죠?"

그녀가 사납게 말했다.

"그래요, 그럼. 말해요, 들어줄게. 당신이 지금 말하는 게 소원이면 그렇게 합시다."

그러나 내가 알지 못하는 어떤 것, 그리고 내게 적개심을 품고 있는 어떤 것이 있다는 느낌이 강하게 들었다.

"여기서 나는 완전히 이방인이라고 느껴지는군. 내 느낌에는 이곳이 당신 편이고 내게는 적인 것 같아."

"당신은 잘못 생각하고 있는 거예요. 이곳은 내 편도 당신 편도 아니에요. 우리하고는 아무 관계도 없는 그저 장소이고, 자연이에요. 그래서 당신이 이곳에서 두려움을 느끼는 것이로군요. 이곳이 당신 편이 아니기 때문에. 나는 자연이 누구 편도 아니라는 것을 어릴 때부터 알고 있었어요. 내가 여기를 사랑하는 이유는 내가 아무것도 사랑할 것이 없었기 때문이에요. 그러나 자연은 당신이 흔히 불러대는 하느님처럼 인간에게 무관심해요."

"여기서 말하든가 그렇지 않으면 어디서든 나는 좋아. 당신이 좋은 대로 합시다."

술병은 거의 비어 있었다. 나는 식당으로 가 다른 병을 가지고 나왔다. 그녀는 아무것도 먹지 않았고 포도주도 싫다고 했다. 그녀가 술을 한 잔 따르더니 입술에 잠깐 대었다가 그냥 내려놓았다.

"어머니에 대해 알고 싶다고 하셨죠. 말할게요. 진실을 말하는 거예요. 거짓말이라고 생각하지 마세요."

그녀는 한참이나 말없이 앉아 있었다. 내가 부드럽게 입을 열었다.

"당신의 아버지가 돌아가신 후, 어머니가 무척 외롭고 불행했다는 건 내가 알아."

"그리고 너무 가난했어요."

그녀가 입을 열었다.

"그걸 잊지 말아야 해요. 오 년간이나 너무 가난했어요. 말하기는 쉽지요. 살아보세요, 오 년이라는 세월이 살아내기에 얼마나 긴지. 그리고 얼마나 외롭게 사셨는지. 어머니는 너무도 외로워서 도리어 사람을 피하게 됐어요. 그런 환경에 놓이면 그렇게 되지요. 저도 그랬어요. 그러나 제게는 외로움이 그리 큰 문제가 안 됐지요. 저는 외롭지 않았던 때를 기억하지 못하니까요. 어머니에게는 외로운 삶이 생소하고 두려운 것이었어요. 거기다 어머니는 정말 미인이었어요. 어머니는 거울을 볼 때마다 희망을 버리지 못했고, 아무 문제가 없다는 듯이 가장하는 게 분명해 보였어요. 나도 그렇지 않은 체하고 살았거든요. 물론 어머니하고는 다른 의미에서. 오랫동안 가장과 상상으로 살다가 어느 날 그런 것이 다 벗겨지면, 남는 것은 외로움뿐이지요. 우리는 세상에서 가장 아름다운 곳에서 외부와 차단된 채 살았어요. 쿨리브리같이 아름다운 곳이 있다는 게 가능할까요? 바다가 멀지 않은 곳에 있었지만 우리는 바다 소리를 듣지 못했어요. 우리가 항상 듣는 것은 강물 소리였지 바다가 아니었어요. 우리 집은 옛날식 집이었지요. 한때는 종려나무들이 늘어선 길이 있었지만, 그중 다수는 쓰러져버렸고 또 다른 나무들은 베어졌지요. 남아 있는 나무들은 생기를 잃은 것 같았어요. 그때 그들이 어머니의 말을 독살했답니다. 그래서 어머니는 말을 타고 다닐 수도 없었어요. 어머니는 태양이 작열하는 낮에도 정원에서 일을 하셨어요. 그러면 사람들이 말했지요. '안으로 들어가세요, 마님.'"

"당신이 말하는 '사람들'이라는 게 누구요?"

"크리스토핀이 우리와 같이 살았고, 고드프리라는 늙은 정원사도 떠나지 않고 있었어요. 그리고 남자아이 하나가 있었는데, 이름이 뭐더라? 그래 맞아."

그녀가 웃었다.

"그 애 이름이 디재스트러스(재난)였어요. 그 애의 대모님이 그 이름이 예쁘다고 고집을 한 거예요. 교구 목사님이 '아기의 이름을 디재스트러스로 세례를 줄 수는 없으니 다른 이름이 필요합니다.'라고 말씀하셔서 결국 그 애 이름이 디재스트러스 토마스가 되었지요. 우리는 새스라고 불렀어요. 마을에서 음식을 사 오는 사람도, 동네 여자들에게 집 청소며 빨래를 도와달라고 부탁하는 사람도 크리스토핀이었어요. 크리스토핀이 우리와 함께 살지 않았더라면 우리는 죽었을 거라고 어머니가 항상 이야기했어요. 당시에 죽은 사람이 많았거든요. 백인 흑인 할 것 없이, 특히 늙은 사람들이 많이 사망했어요. 그러나 이제 그때 얘기를 하는 사람들은 거의 없지요. 죽은 사람들은 완전히 사람들의 뇌리에서 잊혔고, 그들에 대한 거짓말만 남아 있지요. 거짓말은 잊히는 일 없이 눈덩이처럼 커가요."

"당신은 어떻게 살았소?"

"아침에는 절대 슬프지 않았어요. 매일이 내겐 새로운 날이었으니까. 나는 그때 먹던 우유나 빵의 맛을 지금도 기억하고, 할아버지 시계의 바늘이 천천히 움직이던 것도 생각나고, 돈이 없어 리본을 사지 못해 끈으로 내 머리를 묶던 일도 생각나요. 세상에 존재하는 모든 꽃나무들이 우리의 정원에 있었답니다. 목이 마르면 나는 소나기가 지나간 후 재스민 잎에 구르는 빗방울을 핥아 먹었어요. 당신이 그 집을 볼 수 있었더라면 좋으련만, 그들이 그 집을 다 파괴했고 이제 여기에만 남아 있어요."

그녀가 이마를 손가락으로 탁탁 쳤다.

"그 집에서 볼만한 것 중 하나는 좁은 단들이 커브를 만들며 베란다에서 마석이 있는 곳까지 이어 내려가게 되어 있는 계단이었어요. 장식이 아름다운 난간은 무쇠로 만든 거였어요."

"연철 말이오?"

"네. 연철 맞아요. 난간이 끝나는 부분은 물음표처럼 구부러져 있었는데, 내가 손을 대면 쇠가 따뜻해서 마음이 평온해졌어요."

"당신이 말하기를 당신은 항상 행복했다고 했지 않소?"

"아니요, 나는 항상 아침에 행복했다고 했어요. 오후에 행복했다고는 하지 않았어요. 그리고 해가 지면 집은 유령이 나올 것 같았으니까 결코 행복할 수 없었지요. 그렇게 살아가다가, 바로 그날이었지요. 어머니가 보시기에 내가 백인 검둥이로 자라고 있다고 생각하신 날이. 어머니가 나를 무척 창피하게 여겼고, 그날 이후 모든 것은 바뀌었어요. 네, 내 잘못이 커요. 내 잘못 때문에 어머니는 계획을 세우기 시작했고, 그 계획을 달성하기 위해 미친 듯이 움직였어요. 우리의 삶을 변화시켜야 한다는 소망이 마치 열병 같았어요. 그러자 사람들이 다시 우리 집에 드나들기 시작했지요. 나는 그들이 싫었고 그들의 냉랭한 태도나 놀리는 듯한 눈빛을 원망했지만 자신의 감정을 숨기는 방법을 배웠어요."

"그럴 리가?"

"왜 그렇게 말씀하세요?"

"당신은 감정을 숨기는 방법을 결코 배우지 못했소."

"배우려고 노력은 했는데."

앙투아네트가 말했다. 노력을 별로 잘한 것 같지도 않은데.

"그런데 그날 밤 그들이 쿨리브리를 망쳐놓았지요."

앙투아네트가 의자에 몸을 눕히더니 얼굴이 창백해졌다. 내가 럼주를 잔에 조금 따라 그녀에게 주었다. 그러나 그녀가 잔을 거칠게 밀쳤기 때문에 술이 그녀의 옷에 조금 쏟아졌다.

"이제 남은 것은 아무것도 없어요. 그들이 모두 짓밟았으니까. 생명의 나무가 자라고 있던 그 신성한 장소[10]를. 태양 아래 신성했던 그 장소를."

나는 그녀가 말하고 있는 이야기 중 어느 정도가 사실인지, 얼마가 상상 속에서 조작된 것인지, 얼마가 왜곡된 것인지 도무지 알 수가 없었다. 많은 대농장의 저택들이 불타버린 것은 확실한 사실이다. 여기저기에 타다 남은 폐허들을 볼 수 있긴 하다.

  나의 생각을 짐작이라도 했는지, 그녀는 조용히 말을 이었다.

  "어머니에 대해서 말씀드린다고 했지요. 쿨리브리 방화가 있던 날 이후 나는 병으로 앓아누웠어요. 스패니시타운에 있는 코라 이모 집에 있었지요. 누군가 비명을 지르고 또 크게 웃는 소리를 들었어요. 다음 날 아침 이모가 말해 주더군요. 어머니가 병이 나서 시골집으로 가셨다고. 그 말을 듣고 나는 별로 이상하게 생각하지 않았어요. 어머니는 쿨리브리의 일부였는데 이제 쿨리브리가 파괴되어 내 인생에서 떠났으니, 어머니가 떠나는 것은 자연스러운 현상이라는 생각이 들었으니까요. 나는 꽤 오랫동안 아팠어요. 누가 내게 돌을 던졌기 때문에 나는 붕대로 머리를 감고 있어야 했어요. 이모가 흉터는 잘 낫고 있으니 결혼식 날에 어떤 지장도 없으리라고 이야기하시더군요. 그러나 이제 생각하니, 그 흉터가 결국 내 결혼을, 그리고 나의 모든 낮과 밤들을 망쳐놓은 것 같네요."

  "앙투아네트, 당신의 낮도 밤도 아무 문제가 없어요. 슬픈 일들은 멀리 치워버려요. 슬픈 일들은 이제 생각도 하지 마요. 아무것도 망친 게 없으니까. 내가 약속하리다."

그러나 나의 마음은 납처럼 무거웠다.

"피에르가 죽었어요."

그녀는 내 말을 듣지 못했다는 듯 계속했다.

"그러자 어머니는 메이슨 씨를 미워했지요. 어머니 곁에 오지도 못하게 하고, 어머니를 만지지도 못하게 했어요. 어머니는 메이슨 씨에게 죽여 버리겠다고도 했고, 아마 그런 시도도 했을 거예요. 메이슨 씨는 시골에 집을 하나 사서 어머니를 그리로 보내고 흑인 남자와 여자를 두어 어머니를 보살피도록 했어요. 한참 동안은 메이슨 씨도 어머니의 상태를 마음 아파했지만, 툭하면 자메이카를 떠나서 트리니다드에 오래 머물곤 하더군요. 그러더니 결국 어머니를 완전히 잊어버렸어요."

"당신도 역시 어머니를 잊어버렸지?"

나는 그렇게 물어보지 않을 수 없었다.

"나는 그리 쉽게 무엇을 잊는 사람이 아니에요. 그렇지만 어머니가 나를 보고 싶어 하지 않으셨어요. 내가 어머니를 뵈러 가면 어머니는 나를 밀어내고 심하게 우셨어요. 거기 있는 사람들이 내가 어머니의 병을 악화시킨다고 말했지요. 어머니에 대한 소문이 난무했어요. 어머니를 가만히 내버려 두지 않았으니까요. 사람들이 어머니에 대해서 숙덕거리다가 나를 보면 입을 다물곤 하더군요. 어느 날 나는 어머니를 보러 가기로 마음먹고 혼자 갔어요. 어머니가 사는 집에 거의 다 왔을 때 어머니가 우는 소리가 들리더군요. 어머니를 괴롭히는 사람이 있으면 가만히 두지 않겠다고 생각하고 급히 말에서 내려 베란다로 뛰어갔어요. 그곳에서는 집 안이 다 보이니까요. 그날 어머니가 입고 계시던 옷도 생각이 나네요. 가슴이 깊이 파인 야회복을 입으셨는데 발은 맨발이더라고요. 뚱뚱한 흑인 남자가 손에 럼주를 들고 있었어요. '이걸 마셔요. 그리고 아들 일은 잊어버려요.' 그 남자가 말했어요. 어머니가 술을 받더니 단숨에 들이키더군요. 그 남자가 술을 조금 더 따라서 어머니에게 주었지요. 어머니가 잔을 받더니 어깨 너머로 잔을 집어 던졌어요. 유리잔은 산산조각이 났어요. '빨리 치워. 안 그러면 저 여편네가 그걸 밟으려고 할 거야.' 남자가 말했어요. '유리 조각 위를 밟고 지나가면 꼴좋겠군.' 흑인 여인이 말했어요. '그러면 더 이상 시끄러운 일은 없게 되겠지.' 말은 그렇게 했지만 그 흑인 여인은 쓰레받기와 빗자루를 가져와서 유리 조각을 다 치우더군요. 이 모든 것을 내가 본 거지요. 어머니는 그들에게 눈길을 주지도 않고, 일어서서 왔다 갔다 했어요. 그러더니, '아유, 러트렐 씨가 오셨네. 반가워라. 고드프리, 러트렐 씨의 말고삐를 잡아드리게.'라고 말씀하시는 거예요. 어머니가 갑자기 지친 듯 흔들의자에 가서 앉으셨어요. 흑인 남자가 의자에서 어머니를 번쩍 안아 올리더니 어머니 입에 키스했어요. 어머니 입술에 입술을 대고 한참 있으니까 어머니가 축 늘어지더군요. 그걸 보고 흑인 남자가 껄껄 웃었어요. 흑인 여자도 처음에는 웃더니 나중에는 화를 내더군요. 그걸 보고 나는 도망쳐 나왔어요. 내가 눈물을 흘리며 집에 돌아왔을 때 크리스토핀이 나를 기다리고 있었어요. '거기는 왜 갔어요?' 크리스토핀이 말했는데 나는 너무 화가 나 소리쳤지요. '입 닥치지 못해, 이 악마야! 지옥에서 온 악마야!' 크리스토핀이 나를 달래 주더군요. '에이, 에이, 이거 큰일 났군. 이렇게 화가 났으니!'"

시간이 한참 지나자, 그녀가 마치 자기 자신에게 말하고 있는 것 같은 느낌이 들었다.

"내가 하고 싶었던 말은 다 했어요. 당신을 이해시키려고 노력했지만 변한 것은 하나도 없지요?"

그녀가 웃었다.

"그렇게 웃지 마, 버사.[11]"

"내 이름은 버사가 아닌데, 왜 나를 버사라고 부르는 거예요?"

"왜 그런지 알아? 버사라는 이름이 내가 특별히 좋아하는 이름이거든. 나는 당신을 버사라고 생각해."

"마음대로 하세요."

"오늘 아침 일찍부터 어디를 갔었지?"

"크리스토핀을 보러 갔었어요. 알고 싶은 게 있으면 다 말해 드릴게요. 그러나 간단하게 몇 마디로 말할게요. 말이라는 게 도무지 소용이 없는 거니까. 이제야 내가 그걸 터득했네요."

"왜 그 여자를 보러 간 거야?"

"뭘 좀 해달라고 부탁하러 갔었어요."

"그래서 해주던가?"

"네."

긴 침묵이 흘렀다.

"조언을 받고 싶었던 모양이지?"

그녀는 대답하지 않았다.

"그래, 뭐라고 조언하던가?"

"유모는 내가 떠났으면 좋겠다고 했어요. 당신을 떠나라고요."

"그랬어?"

나는 놀라서 물었다.

"맞아요. 그게 유모의 충고예요."

"나는 우리 모두에게 가장 좋은 길을 택하고 싶어. 당신이 말해 준 것들이 내게는 다 이상하고, 내가 기대했던 것과 달라서……. 혹 크리스토핀의 말이 옳다고 느끼지 않아? 얼마 동안만이라도 당신과 나도 이 장소에서 떠나 있는 것이 좋지 않을까? 물론, 내가 떠나는 것이야말로 당신이 소망하는 바일 테지만. 우리가 할 수 있는 가장 현명한 일이 그걸 것 같아."

그리고 나서 나는 날카롭게 말했다.

"버사, 졸고 있는 거야? 어디 아픈 거야? 왜 대답을 안 해?"

나는 의자에서 일어나 그녀가 앉아 있는 의자로 가서 얼음장같이 찬 그녀의 손을 잡았다.

"우리가 너무 오래 여기 앉아 있었군. 너무 늦었어."

"들어가세요. 나는 이 어둠 속에 있고 싶어요……. 이곳이 내가 속한 곳이니까요."

"말도 안 되는 소리."

나는 그녀의 어깨를 감싸 안아 그녀를 일으켰다. 내가 키스를 하자 그녀가 얼굴을 돌렸다.

"당신의 입술이 내 손보다 더 차군요."

그녀가 말했다. 나는 웃어보려고 애썼다. 침실로 들어오자 나는 덧창을 닫았다.

"지금은 잠을 자는 게 좋아. 내일 다시 이야기해 봅시다."

"그러지요. 이따 들어와서 내게 잘 자라고 말해 줄래요?"

"꼭 그렇게 할게, 나의 버사."

"오늘 밤은 버사라고 부르지 마요."

"불러야지. 어느 밤보다도 특히 오늘 밤에 당신은 버사여야 해."

"당신 좋을 대로 하세요."

그녀가 말했다.

내가 그녀의 침실로 발을 들여놓았을 때 제일 먼저 눈에 들어온 것은 바닥에 뿌려진 흰색 가루였다. 내가 그녀에게 한 첫 번째 질문도 그 가루에 대해서였다. 나는 그녀에게 이것이 무엇이냐고 물었다. 바퀴벌레가 꼬이지 못하게 하는 가루라고 그녀가 말했다.

"이 집에는 바퀴벌레도 지네도 없는 걸 아직 몰랐단 말이오? 벌레 죽이는 약이 얼마나 지독한지 안다면……."

그녀가 벌써 초라는 초에는 모두 불을 켜놔서 방 안은 그림자 천지였다. 화장대 위에 무려 여섯 자루의 초가 켜져 있었고, 그녀가 자는 곳 곁에 있는 작은 탁자 위에도 세 개의 촛불이 빛나고 있었다. 촛불이 그녀의 모습을 변화시킨 것 같았다. 그렇게 명랑하고 아름다운 모습을 본 것은 처음이었다. 그녀가 포도주를 두 개의 잔에 따라 그중 하나를 내게 건넸다. 그러나 나는 포도주를 채 마시기도 전에 내가 전에 하던 식으로 그녀의 머리칼에 내 얼굴을 묻고 싶은 열망으로 타올랐다.

"우리는 우리 자신들의 문제가 아니라 죽은 조상들의 유령 때문에 괴로워하고 있구려. 왜 우리는 행복하면 안 된단 말이오?"

내가 말했다.

"크리스토핀도 유령에 대해서 잘 알지만 그걸 유령이라고 부르지는 않던데요."

앙투아네트가 말했다. 그녀는 필요 없는 짓을 한 거야. 맹세코 말하지만, 크리스토핀은 앙투아네트에게 나를 떠나라는 충고를 하지 말았어야 했어. 내게 포도주 잔을 건넬 때 그녀는 웃고 있었다. 나는 너무 부드러워서 도저히 내 것처럼 들리지는 목소리로 그녀에게 말했던 것을 기억한다. 내가 침대 곁 탁자 위의 촛불을 꺼버린 것 외에는 그날 밤에 대해 기억나는 것이 전혀 없다. 그것이 내가 기억하는 그날 밤의 전부이다.

나는 내가 산 채로 매장되는 꿈을 꾼 후 어둠 속에서 눈을 떴다. 숨이 막혀 오는 느낌이 지속되었다. 무엇인가가 내 입을 가로막고 있었다. 달콤한 냄새가 진하게 나는 머리카락이었다. 그것을 치웠지만 나는 숨을 쉴 수 없었다. 나는 눈을 감은 채 움직이지 않고 잠시 누워 있었다. 다시 눈을 떴을 때, 나는 그 혐오스러운 화장대 위에 초가 거의 다 타버린 상태로 있는 것을 보았고, 그제야 내가 어디에 있는지 알 수 있었다. 베란다로 통하는 문이 열려 있었는데, 바람이 어찌나 찬지 나는 그때가 아직 동이 트기도 전인 이른 새벽이라고 생각했다. 추워서 죽을 것 같았고, 속은 울렁거리고 전신이 모두 아팠다. 나는 침대에서 일어나 그녀를 쳐다보지도 않고 나의 안식처로 비틀거리며 들어가 거울을 들여다보았다. 나는 거울에서 얼굴을 돌렸다. 토하지도 않으면서 구역질이 계속해서 나왔다. 고통스러웠다.

'나를 독살하려 했구나.' 그러나 명확한 생각은 아니었다. 읽을 수도 없는 단어들(혹 읽을 수 있다 해도 그 글자는 아무런 의미도 없고, 상황을 설명해 줄 수 없는데도 불구하고)을 쓰려고 노력하는 어린아이처럼 그저 막연히 생각했을 뿐이다. 너무 어지러워 서 있을 수도 없었다. 나는 다시 침대에 쓰러져 누워 거기 있는 독특한 노란색의 담요를 바라보았다. 담요를 한참이나 쳐다보다가 나는 창문으로 가 토했다. 몇 시간이 흐른 후에야 구역질이 멈추었다. 일어나 벽에 몸을 기대고 서서 얼굴을 닦자, 구역질과 울렁거림이 다시 시작됐다. 증세가 좀 가라앉았지만 하도 기운이 없어 몸을 움직일 수가 없었다.

그때처럼 곤욕을 치른 적은 내 일생에 일찍이 없었다. 침대에 오래 누워 있고 싶었지만 억지로 일어났다. 기운도 없고 어지러웠지만 속이 울렁거리거나 몸이 아프지는 않았다. 나는 가운을 걸치고 얼굴에 찬물을 끼얹은 후 그녀의 방으로 통하는 문을 열었다.

싸늘한 새벽빛이 그녀의 얼굴을 비추었다. 나는 아래로 처져 서글퍼 보이는 그녀의 입술을 바라보았다. 굵은 눈썹과 눈썹 사이에 칼로 벤 듯한 깊은 주름이 보였다. 내가 바라보고 있는 줄도 모르고 그녀가 몸을 뒤척이더니 시트 밖으로 팔을 내밀었다. 그래, 아주 아름다워. 가느다란 손목이며, 살이 봉곳이 오른 사랑스러운 팔뚝이며, 둥근 팔꿈치, 부드럽게 굴곡이 있는 어깨로부터 흘러내려 팔로 연결되는 선. 냉정하게 판단해도 아름다운 것은 사실이야. 내가 증오에 찬 눈으로 바라보는 사이 그녀의 얼굴이 매끄럽게 펴지더니 다시 아주 앳된 모습으로 바뀌었다. 심지어 살짝 웃는 것처럼 보였다. 아마 빛의 장난이겠지. 그렇지 않으면 뭐겠어?

'언제 깰지 몰라. 빨리 행동해야 돼.'

그녀의 찢어진 옷가지가 바닥에 널려 있었다. 나는 죽은 사람에게 하듯 시트를 그녀의 얼굴 위로 끌어다 덮었다. 두 개의 유리잔 중 하나는 완전히 비어 있었다. 그녀가 다 마신 거다. 또 하나의 잔이 화장대 위에 있었는데, 포도주가 조금 남아 있었다. 나는 손가락으로 포도주를 찍어 혀에 가져다 댔다. 맛이 상당히 썼다. 나는 그녀를 다시 쳐다보지도 않고 잔을 든 채 베란다로 나왔다. 힐다가 비질을 하고 있었다. 나는 손가락을 입에 갖다 댔다. 힐다가 큰 눈으로 나를 쳐다보더니 나를 따라 손가락을 입에 댔다.

옷을 입고 집 밖으로 나오자마자 나는 뛰기 시작했다. 내가 어디를 향해 뛰었는지, 어떻게 넘어졌는지, 왜 울었는지, 그리고 어떻게 지쳐 누워 있었는지, 나는 그날 일을 확실하게 기억하지 못한다. 그러나 내가 정신을 차렸을 때 나는 야생 오렌지 나무가 무성하게 자라난 폐허 가까이에 있었다. 여기서 나는 머리를 감싸고 잠이 들었던 모양이다. 내가 눈을 떴을 때는 날이 어두워졌고 싸늘한 바람이 불었다. 나는 일어나 집으로 돌아가는 길을 찾아냈다. 이번에는 덩굴나무들도 피할 수 있었고, 포장도로의 파편에 걸려 넘어지지도 않았다. 나는 곧바로 내 안식처로 들어갔다. 도중에 누군가를 보았지만 알은체하지 않았고, 누가 뭐라고 말을 걸어도 들은 척하지 않았다.

책상 위에 물병과 유리잔, 그리고 갈색의 어묵이 놓인 쟁반이 있었다. 나는 몹시 갈증이 나 물을 거의 다 마셨지만, 음식에는 손도 대지 않았다. 나는 침대에 앉아 기다리고 있었다. 아멜리가 들어올 거라는 것과, 그녀가 내게 "주인님, 너무 안 되셨어요."라고 말할 거라는 걸 알고 있었으니까.

아멜리가 소리 없이 맨발로 들어왔다.

"드실 것을 좀 가져왔어요."

그녀가 가져온 것은 찬 닭 요리, 빵, 과일 그리고 포도주 한 병이었다. 나는 술 한 잔을 따라 말없이 들이키고, 또 연거푸 한 잔을 더 마셨다. 그녀가 내 곁에 앉아 음식을 잘라 어린아이에게 먹여 주듯 내 입에 넣어주었다. 내 머리 뒤로 뻗은 그녀의 팔은 따뜻했지만, 내가 그녀의 다른 팔을 건드렸을 때 서늘한 감촉이 느껴졌다. 나는 그녀의 아름답고 특별한 목적이 없어 보이는 얼굴을 들여다보았다. 그러고는 접시를 내려놓았다. 그때 그녀가 말했다.

"주인님이 너무 가엾어요."

"아멜리, 그런 말을 전에도 내게 한 적이 있지? 그 노래밖에는 모르나?"

그녀의 눈에서 장난기가 번쩍였다. 내가 웃자 그녀는 걱정된다는 듯 내 입에 손을 가져다 댔다. 나는 그녀를 끌어내려 내 곁에 뉘었고 우리는 함께 웃었다. 그녀와의 접촉에서 내가 기억하는 것은 이것이 전부다. 그녀는 너무도 명랑하고 자연스러웠으며, 그녀의 쾌활함이 내게도 전염이 되었는지 그날 벌어진 일에 대해 나는 일말의 후회도 없었다. 그뿐 아니라 우리와 아내의 침실을 가로막는 얇은 칸막이 뒤에서 무슨 일이 벌어지는지 궁금하지도 않았다.

아침이 되자 물론, 나의 느낌은 완전히 달랐다.

또 다른 복잡다단한 일이 벌어진 것이다. 내가 그녀를 범했다니, 어떻게 이런 일이 가능했단 말인가? 이건 정말 있을 수 없는 일이다. 그뿐인가. 그녀의 피부는 어제보다 더 검었고 입술은 내가 생각했던 것보다 훨씬 두꺼워 보였다.

그녀는 아주 깊은 잠에 빠져 조용히 자고 있었다. 그러나 눈을 떴을 때 그녀의 눈에는 상황을 파악한 기색이 역력했다. 조금 시간이 지나자 그녀는 웃음을 참느라 애썼다. 나는 만족감을 느꼈고 마음도 평화로웠지만, 그녀만큼 즐겁지는 않았다. 즐겁다니? 천만에, 오 하느님. 이건 절대 기분 좋을 일이 아니지 않은가? 나는 그녀를 다시 건드리고 싶지도 않았다. 그녀도 내 기분을 아는지 벌떡 일어나더니 옷을 입기 시작했다.

"옷이 아주 우아하네."

내가 말하자 그녀는 여러 가지 방법으로 그 옷을 입는 법을 내게 보여 주었다. 길게 늘여 바닥에 끌리게 하거나, 바짝 추켜올려 레이스 페티코트를 보이게 할 수도 있고, 위로 꽉 매서 무릎이 드러나게 하는 법 등.

나는 그녀에게 내가 곧 이 섬을 떠날 계획이며 떠나기 전에 그녀에게 선물을 주고 싶다고 말했다. 상당히 큰 선물이었는데도 그녀는 고맙다는 인사도 없이 무표정하게 덥석 받았다.

내가 그녀의 계획을 묻자, "나는 아주 오래전부터 내가 무엇을 하길 원하는지 알고 있었고, 이곳에서는 내가 원하는 것을 할 수 없다는 사실도 알고 있었지요."라고 대답했다.

"아멜리는 예뻐서 원하는 것은 다 얻을 수 있을 텐데."

내가 말했다.

"그렇긴 해요."

그녀는 간단히 동의했다.

"그러나, 여기선 안 돼요."

내가 보기에 아멜리는 드메라라에서 양장점을 하는 언니에게 갈 모양이었다. 그렇지만 그곳에 눌러 살 생각은 없다고 말했다. 그녀가 가고 싶은 곳은 돈 많은 남자들이 많은 리오라고 했다.

"그럼 언제 이 계획들을 다 실행에 옮길 건데?"

나는 흥미를 느껴 이렇게 물었다.

"지금부터요."

매서커에서 고깃배를 잡아타고 스패니시타운으로 가겠다고 그녀가 말했다.

나는 웃으며 크리스토핀을 피해서 도망가는 것이냐고 그녀를 놀렸다.

대답하는 그녀의 얼굴에는 웃음기가 전혀 없었다.

"저는 어느 누구에게도 악한 마음을 품지 않아요. 그렇지만 여기 그냥 있지는 않을 거예요."

매서커까지는 어떻게 갈 것이냐고 묻자, 그녀는 "저는 말도 노새도 필요 없답니다. 두 다리가 몸뚱이를 짊어지고 가기에 충분히 튼튼하니까요."라고 대답했다.

그녀가 방을 나가려고 할 때 나는 묻지 않을 수가 없었다. 반은 정말 알고 싶어서, 그리고 반은 이제 그녀의 생각이 분명 바뀌었으리라는 자신감으로.

"아멜리, 아직도 내가 가엾다고 생각해?"

"네."

그녀가 대답했다.

"주인님이 가엾어요. 그러나 내심으론 아씨가 가엾다는 생각도 들어요."

그녀가 문을 가만히 닫았다. 나는 침대에 몸을 뉘었다. 그리고 내가 기대했던 소리를 들을 수 있었다. 아내가 집을 떠나는 말발굽 소리를.

나는 돌아누워 뱁티스트가 커피를 가져왔다고 깨울 때까지 잠을 잤다. 그의 얼굴이 어두웠다.

"요리사가 떠난다고 짐을 싸고 있는데요."

"아니 왜?"

그는 어깨를 으쓱하더니 양팔을 벌렸다.

일어나서 창문 밖을 내다보니 요리사가 부엌을 나오는 것이 보였다. 몸이 다부지게 생긴 여인이다. 요리사는 영어를 못했다. 아니, 못한다고 말했다. 나는 전에 그 여자가 영어를 못한다고 한 말을 잊고 '저 사람한테 말을 좀 해봐야겠군.' 하고 생각했다.

"그런데 저 머리에 이고 가는 커다란 보따리 안엔 무엇이 있지?"

"이부자리요. 다른 짐은 나중에 와서 가져간답니다. 말리셔도 소용없어요. 이 집에는 더 있지 않을 테니까요."

나는 웃었다.

"자네도 떠나나?"

"아니요. 저는 여기 집사인걸요."

나는 그가 더 이상 내게 '주인님'이라는 경어를 사용하지 는다는 걸 알아챘다.

"그 아이, 힐다는?"

"힐다야 제가 하라는 대로 하지요. 힐다는 있을 겁니다."

"그것 잘됐군. 그런데 자네는 뭘 그리 걱정을 하나? 아씨는 돌아올 거네."

그가 어깨를 다시 한 번 들먹이더니 뭐라고 중얼거렸다. 내 도덕성에 대해 말하는 건지, 아니면 사람들이 떠나면 자기 일이 많아진다고 불평하는 건지 나는 알아들을 수가 없었다. 그가 파투아로 중얼거렸기 때문이다.

나는 뱁티스트에게 베란다에 걸린 두 개의 해먹 중 하나를 삼나무에 매달아 달라고 부탁했고, 하루 종일 해먹 위에 누워 있었다.

뱁티스트가 저녁 식사를 준비했다. 그러나 그는 거의 웃지 않았고 내 물음에 대답하는 것 외에는 말도 하지 않았다. 아내는 돌아오지 않았다. 그렇다 해도 나는 외롭거나 불행한 느낌이 없었다. 태양과 잠과 강에 흐르는 시원한 물만 있어도 나는 만족이었다. 셋째 날이 되었을 때 나는 조심스러운 편지를 프레이저 씨에게 보냈다.

나는 프레이저 씨에게 내가 오베아에 관한 책을 보다가 전에 그가 다루었다고 이야기해 준 오베아 여인의 사건을 떠올렸다고 썼다. 혹시 그 여인의 행방을 아시는지, 그 여인이 아직도 자메이카에 살고 있는지 궁금하다고 썼다.

편지는 일주일에 두 번씩 이곳을 들르는 배달부를 통해 전했고, 며칠 안에 답장을 받을 수 있도록 프레이저 씨의 신속한 답장을 요구했다.

나는 가끔 선생과 새 신부가 안녕하신가 궁금합니다. 그렇지 않아도 나도 편지를 해야겠다고 생각 중이었습니다. 나는 아직도 내가 다룬 그 사건을 기억하고 있습니다. 질문하신 문제의 여인은 조세핀 아니면 크리스토핀 뒤부아, 뭐 그런 이름을 가진 코즈웨이가의 하인이었습니다. 그 여자가 유치장에서 나온 후 어디로 사라졌는데, 다들 알다시피, 메이슨 씨가 그 여자를 좋게 봐서 친절히 대해 주었습니다. 그 여자가 그랑부아 근처에 작은 집과 약간의 땅을 소유하고 있다는 말을 들었습니다. 그녀는 나름대로 꽤 똑똑하고, 자기 생각을 잘 표현하는 말재주도 있습니다. 그러나 나는 그 여자의 생김새도 싫고, 가장 위험한 부류의 인간이라고 생각합니다. 내 아내는 그 여자가 고향인 마르티니크로 돌아갔다고 주장하며, 비록 우회적으로라도 그 사건에 대해 내가 언급했던 것이 잘못이라고 생각합니다.

나는 우연한 기회에 그녀가 고향으로 돌아가지 않았다는 걸 알게 되었지요. 그래서 선생이 머물고 계신 지역의 백인 경찰 힐 씨에게 조심스러운 편지를 써 보냈습니다. 만일 그녀가 그 동네에 살면서 또 그 말도 안 되는 짓거리를 하면 힐 씨에게 곧 연락해 주십시오. 힐 씨가 즉각 경찰 두어 명을 보내드릴 것입니다. 이번에는 그녀가 쉽게 빠져나가지 못하게 조치를 취할 것입니다. 제가 보장하겠습니다……

너는 이제 끝장이다. 조세핀인지 크리스토핀인지. 너는 이제 끝장이야.

그날 해가 지고 삼십 분이 지난 후, 나는 그 시간을 푸른 삼십분이라고 불렀는데, 그날따라 바람도 없고 푸른빛은 유난히 아름다웠으며 산들은 더 뾰족하게 보였고 모든 나무의 잎은 깨끗하고 또렷해 보였다. 내가 해먹에 앉아 이런 광경을 바라보고 있을 때 앙투아네트가 말을 타고 도착했다. 그녀는 나를 쳐다보지도 않고 지나가더니 말에서 내려 집 안으로 들어갔다. 나는 그녀의 침실 문이 쾅 닫히고 그녀의 종이 사납게 울리는 소리를 들었다. 뱁티스트가 베란다를 가로질러 뛰어왔다. 나는 해먹에서 일어나 응접실로 들어갔다. 뱁티스트가 술 진열장을 열고 럼주 한 병을 벌써 꺼내 들고 있었다. 술을 유리병에 쏟아붓더니 그것을 유리잔과 더불어 쟁반 위에 놓았다.

"누가 마실 건가?"

내가 물었다. 그러나 뱁티스트는 대답하지 않았다.

"길이 없어?"

그렇게 말하고 내가 웃었다.

"저는 무슨 일인지 알고 싶지 않습니다."

그가 말했다.

"뱁티스트!"

앙투아네트가 높은 톤의 목소리로 소리 질렀다.

"네, 아씨."

그는 나를 똑바로 쳐다보더니 쟁반을 들고 갔다.

그 늙은 흑인 여편네의 모습을 보기 전에 나는 그녀의 그림자를 먼저 보았다. 그녀도 나를 지나쳐 가면서 고개를 내 쪽으로 돌리지도 않았다. 그녀는 앙투아네트의 방으로 들어가지도 않고 그 방을 쳐다보지도 않았다. 그녀는 베란다를 걸어가 층계를 내려가더니 부엌으로 들어갔다. 그 짧은 사이에 어둠은 짙게 깔렸고 힐다가 초에 불을 붙이려고 방으로 들어왔다. 내가 그 아이에게 말을 걸자 그 아이는 놀란 듯 눈을 크게 뜨더니 도망가 버렸다. 나는 진열장을 열고 술병들이 가지런히 누워 있는 모습을 바라보았다. 사람을 천천히 죽이는 브랜디, 서인도제도의 파리라는, 마르티니크의 생피에르에서 아마도 밀수입됐을 백포도주, 적포도주. 내가 선택한 것은 럼주였다. 럼주는 입에서는 독하지 않았다. 나는 빛과 열기가 폭발하듯 술기운이 가슴에 퍼지기를 잠깐 기다렸다. 온몸에 힘이 생기며 전신이 더워졌다. 나는 앙투아네트의 침실 문을 열려고 했다. 문은 아주 조금밖에 열리지 않았다. 문을 열지 못하게 앙투아네트가 가구를 문에 기대어놓은 것이 분명하다. 아마도 둥근 탁자를 밀어다 놓았으리라. 나는 다시 한 번 문을 밀었다. 문은 내가 그녀를 볼 수 있을 정도로 열렸다. 그녀는 침대 위에 똑바로 누워 있었다. 눈을 감고 무겁게 숨을 쉬고 있었다. 시트는 턱까지 끌어올려져 있었다. 침대 옆 의자 위에는 비워진 유리병이 있었고, 아직 럼이 조금 남은 유리잔과 작은 놋쇠 종이 있었다.

나는 문을 닫고, 팔꿈치를 책상 위에 올린 채 생각에 잠겨 앉아 있었다. 나는 이제 무슨 일이 벌어질지 알고 있었고, 내가 무슨 일을 해야 하는지도 알고 있었다. 방은 숨 막히게 더웠다. 나는 촛불을 모조리 끄고 어둠 속에 앉아서 기다렸다. 그러곤 얼마 지나 베란다로 나가 불빛이 새어 나오는 부엌문을 응시했다.

곧 힐다가 부엌에서 나오더니 그 뒤를 따라 뱁티스트가 나왔다. 동시에 앙투아네트의 방에서 종소리가 났다. 힐다와 뱁티스트가 응접실로 뛰어들어 갔고, 나도 그들의 뒤를 쫓았다.

힐다가 꺼진 초에 불을 켜며 내가 있는 방향으로 두려움에 찬 눈동자를 데굴데굴 굴렸다. 종소리가 계속적으로 들려왔다.

"내게 진하게 한 잔 타줘요, 뱁티스트. 지금 내가 필요한 게 그거니까."

그는 내게서 한 발짝쯤 뒷걸음을 치더니 입을 열었다.

"앙투아네트 아씨가……."

"뱁티스트, 어디 있어요? 왜 부르는데도 안 오는 거예요."

앙투아네트가 소리쳤다.

"지금 갑니다."

뱁티스트가 말했다. 그러나 그가 럼주 병을 집으려 했을 때 내가 그걸 뺏었다.

힐다가 방에서 도망쳐 나갔다. 뱁티스트와 내가 마주 바라보았다. 나는 그의 커다랗고 튀어나온 눈과 어쩔 줄 몰라 하는 표정이 정말 우스꽝스럽다고 생각했다.

앙투아네트가 이제는 비명을 지르듯 소리쳤다.

"뱁티스트! 크리스토핀[12]! 피—나! 피—나!"

"알았습니다. 크리스토핀을 데려오겠습니다."

앙투아네트의 방문이 열렸다. 그녀를 보았을 때 나는 그 모습이 하도 충격적이라 말이 나오지 않았다. 그녀는 헝클어진 머리를 늘어뜨린 채 붉게 충혈되고 생기를 잃은 눈으로 빤히 나를 쳐다보았다. 그녀의 얼굴은 상기된 데다 부어오른 듯했으며, 발은 아무것도 신지 않은 상태였다. 그녀가 입을 열었을 때 그녀의 목소리는 아주 낮아서 거의 들리지 않았다.

"내가 목이 말라서 종을 쳤는데 아무도 들은 사람이 없단 말인가?"

내가 그녀를 저지하려 했지만, 그녀는 재빨리 탁자 쪽으로 뛰어가 럼주 병을 집어 들었다.

"그만 마셔."

내가 말했다.

"당신이 무슨 권리로 내게 마셔라 마라 하는 거죠? 크리스토핀!"

그녀가 다시 소리쳤다. 그러나 목멘 소리였다.

"크리스토핀은 악마 같은 늙은이야. 아마 당신도 그 정도는 알 텐데. 그 늙은이는 여기 오래 머물 수 없을 거야."

"그 늙은이는 여기 오래 머물 수 없을 거야."

그녀가 내 흉내를 냈다.

"그리고 당신도요, 당신도 여기 오래 있지 않을 거예요. 나는 당신이 흑인들을 무척 좋아한다고 생각했었는데."

그녀가 말했다. 아직도 그 거드름 피우는 목소리로.

"그런데 그것도 다른 모든 것처럼 거짓말이더군요. 당신은 커피 색깔의 여자들을 더 좋아하나 봐요, 그렇지요? 대농장 주인들을 비난하고 온갖 거짓말을 만들어내더니, 당신도 별반 다른 게 없군요. 나의 아버지가 여자에게 싫증을 쉽게 내서 홀떡 하면 여자를 차버렸노라고 대니얼이 말했다지요? 당신은 더 빨리 싫증을 내고 더 재빨리 여자를 보내버렸잖아요. 게다가 돈 한 푼 쥐여 주지 않았거나, 노예주들보다 싼 값을 치렀을 테지요. 아! 거기에 차이가 있었군."

"노예제도가 좋고 싫음의 문제가 아닐 텐데."

나는 침착해지려고 노력하며 말했다.

"그건 정의의 문제야."

"정의라고요? 나도 그 말을 흔히 들어왔어요. 그렇게 차디찬 단어가 존재하다니. 나도 그 단어를 믿어보려고 했지요."

아직도 그녀는 낮은 목소리로 말하고 있었다.

"나는 그 글자를 종이에 적어보곤 했어요, 여러 번. 그러나 항상 그 단어는 아주 새빨간 거짓말을 담고 있더군요. 정의가 어디 있어요?"

그녀는 럼주를 한 모금 더 마시더니 계속해서 말했다.

"당신네들이 입방아를 찧고 있는 나의 어머니, 어머니에게 정의가 무슨 역할을 했나요? 흔들의자에 앉아 죽은 말과 죽은 마부들에 대해 얘기하던 불쌍한 어머니, 그리고 악마같이 생긴 검둥이가 슬픈 어머니의 입술에 키스할 때, 어머니에게 정의가 어디 있었나요? 그 검둥이가 슬픈 어머니에게, 마치 당신이 내게 키스하듯 키스할 때, 정의가 어디 있었나요?"

방은 이제 견딜 수 없을 정도로 후끈거렸다.

"바람이 좀 들어오게 창문을 열어야겠군."

내가 말했다.

"창문을 열면 밤도 들어오겠죠? 달도 들어오고, 당신이 그리도 싫어하는 꽃들의 향기도 들어오겠네요."

내가 창문을 열고 몸을 돌리니, 그녀는 또 술을 마시고 있었다.

"버사."

내가 불렀다.

"버사는 내 이름이 아니에요. 다른 사람의 이름으로 나를 부르는 것은 나를 내가 아닌 다른 사람으로 만들려는 거지요? 그것도 오베아예요."[13]

눈물이 그녀의 얼굴을 타고 내렸다.

"만일 아버지가 살아 계셨더라면, 내 생부가 살아 계셨더라면, 당신이 감히 어찌 대니얼과의 사무를 끝내자마자 여기로 올 수가 있겠어요. 당신이 내게 무슨 짓을 한 줄 아세요? 여자 문제가 아니라고요. 그 계집애 문제가 아니지요. 나는 이 장소를 너무나 사랑했는데, 당신은 이 장소를 내가 증오하는 곳으로 만들었어요. 내가 무슨 생각을 하며 살아왔는지 아세요? '내 인생에서 모든 것이 다 빠져나간다 해도, 나는 이 장소를 끝까지 품고 있을 거야.'라고 생각했어요. 그런데 당신이 그렇게 소중한 나의 장소를 완전히 망쳐버린 거예요. 여기는 그저 나를 불행하게 만들었던 어떤 장소 중 하나가 된 거라고요. 전에 나를 불행하게 만들었던 사건들과 여기에서 발생한 일을 비교하면 과거의 일들은 아무것도 아니에요. 내가 당신을 증오하듯 이제 나는 이 장소를 증오하게 되었어요. 죽기 전에 내가 당신을 얼마나 증오하는지 꼭 보여 주겠어요."

그런데 그녀가 울음을 그치더니, 너무나 놀랍게도 내게 묻는 것이었다.

"그 애가 나보다 그리도 예쁘던가요? 당신은 나를 전혀 사랑하지 않아요?"

"그래, 나는 당신을 사랑하지 않아."

내가 말했다.(동시에 나는 아멜리가, "내 머리 어때요? 마음에 드세요? 앙투아네트 아가씨의 머리보다 더 예쁘지 않아요?"라고 물었던 생각이 났다.)

"어쨌든, 지금 이 순간에는 당신을 사랑하지 않아."

그녀가 내 대답을 듣자 웃기 시작했다. 이건 미친 여자의 웃음이다.

"당신이 어떤 사람인지 그대로 보여 주는군요. 돌덩이 같은 양반. 꼴좋게 됐지. 코라 이모가 '그 남자와 결혼하면 안 된다.'라고 말씀하셨는데. 당신이 다이아몬드를 보따리로 가져와도 결혼하지 말라고 하셨는데. 그리고 그 외에도 많은 충고를 해주셨지. 당신에 대해 그리고 당신이 대표하는 것에 대해 좋지 않은 말들을 해주셨는데."

"내가 대표하는 것? 영국에 대해 말하는 거요? 우리 영국 사람들이 감정도 없고 연민도 없다고 합디까? 그럼 할아버지 얘기는 어떻게 이해해야 하지? 모든 친구들이 죽거나 사라져 버렸다고 할아버지는 항상 눈물을 흘리셨는데. 그 사람들을 다시는 못 본다는 슬픔 때문에 매일 술만 마시셨는데."

"그건 내가 들어온 영국 사람들의 얘기와 아무 상관이 없는 거예요."

꼬부랑 발, 꼬부랑 다리가
물 위를 걸어가요, 찰리를 위해
찰리, 찰리.[14]

그녀는 쉰 목소리로 노래를 불렀다. 그러더니 또 마시려고 술병을 들었다.

"안 돼."

내가 말했다. 그러나 이번에 내 목소리는 그리 부드럽지 못했다.

나는 한 손으로 그녀의 손목을 잡고, 또 한 손으로는 술병을 잡았다. 바로 그때 그녀가 내 팔을 이로 깨물었고 나는 술병을 놓쳤다. 술 냄새가 온 방 안에 진동했다. 그러나 나도 이제 화가 날 대로 났고, 그녀도 그것을 알아챘다. 그녀는 유리잔 하나를 벽에 쳐 깨뜨리더니 깨진 잔을 손에 들고 섰다. 눈에 살기가 등등했다.

"다시 한 번 내게 손을 대기만 해봐. 내가 당신처럼 겁쟁이가 아니라는 걸 곧 알게 될 거야."

그녀가 말했다. 그리고 아내는 나의 몸 전체를 저주했다. 내 눈을 저주했고, 내 입을 저주했고, 그리고 내 사지를 저주했다. 촛불이 깜박이는, 가구도 없이 휑한 큰 방에서, 충혈된 눈으로 머리를 풀어헤친 채 내게 온갖 욕설을 퍼붓는 이방인 아내. 이 모든 것은 마치 꿈만 같았다. 이 악몽의 순간에 내 귀에 들려온 것은 크리스토핀의 잔잔한 목소리였다.

"목소리를 낮추고 조용히 하세요. 그리고 울지도 마세요. 서방님에게는 우는 게 소용없다고 내가 전에 말했었지요? 울어 봤자 소용없어요."

앙투아네트가 소파 위에 펄썩 주저앉더니 흐느껴 울기 시작했다. 크리스토핀이 나를 쳐다보았다. 그녀의 작은 눈이 무척 슬퍼보였다.

"왜 그러셨어요? 왜 그 아무짝에 쓸모없는 싸구려 계집애를 딴 곳으로 데려가서 놀지 않았나요? 그 아이가 돈깨나 좋아하지요. 서방님처럼요. 그래서 죽이 맞은 모양이군요. 끼리끼리 모인다더니."

더는 참을 수가 없었다. 나는 방을 나와 베란다로 가서 앉았다.

내 팔에서는 피가 흐르고 있었고 아프기까지 했다. 나는 손수건으로 팔을 감았다. 내 주위에 있는 모든 것이 내게 적개심을 품은 것 같았다. 나무들이 나를 위협하고 있었고, 베란다 바닥 위로 천천히 움직이는 나무 그림자가 나에게 위해를 가할 것만 같았다. 저건 초록 숲의 위협이다. 내가 이 장소에 처음 발을 들여놓는 순간부터 나는 그것을 느꼈다. 나를 편안하게 해줄 수 있는 것은 아무것도 없다.

크리스토핀이 아주 부드럽게 타이르고 있었고, 내 아내는 울고 있었다. 그러더니 방문이 닫혔다. 앙투아네트와 크리스토핀이 함께 침실에 있었다. 누군가 노래를 불렀다. 마 벨 카디, 그게 아니면 천 년과 하루라는 노래였나? 그러나 그들이 무슨 노래를 부르건 무슨 말을 하건, 그것은 모두 위험하다. 나는 나 자신을 보호해야 한다. 나는 발소리가 나지 않게 컴컴한 베란다를 따라 걸었다. 침대 위에 똑바로 누운 앙투아네트의 모습이 눈에 들어왔다. 움직이지 않고 누워 있는 모습이 꼭 인형이 누워 있는 것 같았다. 그녀가 깨진 유리잔을 들고 나를 위협할 때도 어딘지 모르게 꼭두각시 같은 분위기를 풍겼다. "예쁜 아기 자거라." 크리스토핀이 머리에 맨 수건의 뾰족한 끝자락이 벽에다 손가락 모양의 그림자를 만들었다. "잘 자라, 잘 자라, 아가야, 자라." 그 노래를 듣고 있자니, 갑자기 졸리고 으슬으슬 추워지기 시작했다.

나는 비틀거리며 촛불이 켜진 큰 방으로 들어갔다. 방에서는 아직도 술내가 지독했다. 술 냄새에도 불구하고 나는 장을 열어 술 한 병을 꺼냈다. 아까 크리스토핀이 들어왔을 때 나는 바로 이 생각을 하고 있었던 것이다. 내 안식처에서 독한 술을 마시고 문을 닫아건 후, 깊은 잠에 빠지는 것.

"만족하세요? 만족하셨기를 바라요. 그리고 저에게 거짓말할 생각일랑 애당초 하지 마세요. 저도 서방님이 그 계집아이와 무슨 일을 저질렀는지 다 알고 있어요. 아마 서방님이 생각하는 것보다 더 잘 알고 있을 거예요. 제가 서방님을 두려워하리라고는 꿈도 꾸지 마세요."

"앙투아네트가 자네한테 달려가서 내가 못된 짓을 했다고 일러바쳤군. 내가 벌써 짐작했어야 했는데."

"나한테 아무 말도 하지 않았어요."

크리스토핀이 말했다.

"단 한마디도 하지 않았답니다. 서방님을 제외하곤 모두 자존심이 없다고 생각하나 보군요. 아가씨는 서방님보다 자존심이 더 강하답니다. 그래서 내게 단 한마디도 말을 안 한 거지요. 아가씨가 내 문 앞에 서 있는데, 얼굴 표정으로 봐서 무슨 일이 벌어진 것 같더라고요. 그래서 빨리 손을 썼지요."

"손을 쓰긴 썼군. 앙투아네트가 지금 같은 상태가 되도록 이곳에 오기 전에 무슨 짓을 했는데?"

"내가 무슨 짓을 했냐고요? 이것 보세요. 저를 화나게 하지 마세요. 이미 화나게 하신 걸로 충분합니다. 제가 이렇게 말했지요. 아가, 무슨 일이 있을 때 내게 온 건 잘한 거야. 그리고 뽀뽀를 해줬어요. 내가 뽀뽀를 했을 때 갑자기 울더군요. 그전에는 울지 않았는데. 오랫동안 참고 있었나 봐요. 그래서 울게 두었어요. 그게 우선 해야 할 일이지요. 울게 내버려 두는 것. 울면 마음이 풀리니까요. 울음을 그치자 우유 한 잔을 주었어요. 다행히 우유가 있더군요. 그런데 먹지도 않고 말도 안 하는 거예요. 그래서 이렇게 말했지요. '아가, 잠을 좀 자도록 해봐. 나는 바닥에서 자도 되니, 내 걱정은 말고.' 당연히 잠을 못 자더군요. 저는 그 아이를 잠들게 할 수 있지요. 그게 내가 한 일의 전부예요. 그러나 서방님이 하신 나쁜 행동에 대해서는 언젠가 대가를 치르실 겁니다."

그녀는 이어 말했다.

"그런 상태에 있는 사람에겐 우선 울게 한 후 잠을 재우는 것이 좋지요. 내게 의사 얘기는 하지도 마세요. 제가 의사보다 더 많이 알고 있으니까요. 그래서 제가 앙투아네트의 옷을 벗겼어요. 편안히 재우려고요. 그때 발견했는데, 서방님께서 대단히 정열적이고 거칠게 구셨더군요."

이 대목에서 그녀가 웃었다. 진심으로 즐거워하는 껄껄 웃음이었다.

"이게 뭐 대수입니까? 이건 아무것도 아니에요. 한쪽 구석에서는 칼이 번득이는 이곳에서 제가 보았던 것을 보셨다면, 이런 작은 일로 울상이 되지는 않으셨을 겁니다. 원하시면 앙투아네트가 서방님을 더 사랑하게 만들면 되는 거예요. 앙투아네트가 죽을상을 하고 있는 이유는 서방님이 잘못하셨다고 그러는 게 아니에요. 절대 아니고말고요."

그녀가 계속 지껄여댔다.

"어느 날 밤이었는데, 글쎄 어떤 남편이 날이 넓은 칼로 아내의 코를 거의 잘라버려 제가 그 잘린 부분을 여자의 코에다 대고 있었지 않았겠어요. 남자아이에게 빨리 달려가 의사를 모셔 오라고 했지요. 의사 선생님이 한밤중에 그 여자의 코를 꿰매 붙여 주기 위해 말을 달려왔지 뭡니까. 일이 끝나자 선생님이 제게 말씀하셨어요. '크리스토핀, 참으로 머리가 좋아.' 의사 선생님이 글쎄 제게 이렇게 말씀해 주셨다니까요. 이쯤 되자, 그 남편이 어린아이처럼 울며 빌더라고요. '선생님, 이렇게까지 될 줄은 몰랐습니다. 그냥 사고였어요.' '그래, 나도 알고 있어, 루퍼트. 그러나 다시 이런 일이 있으면 절대 안 돼. 칼은 다른 방에다 두게.' 의사 선생님이 말씀하시더군요. 그 집에는 방이란 게 조그만 것 두 개라서 제가 말했지요. '안 돼요. 침대 곁에 두면 더 큰일 납니다. 서로 칼부림을 하면 다 잘라 버리게요.' 선생님이 배를 잡으시더라고요. 참 좋은 의사였는데. 그 여자의 코가 전하고 똑같았다고는 말할 수 없겠지만, 그래도 거의 알아볼 수 없을 정도로 수술이 잘되었지요. 이곳에는 루퍼트라는 이름을 가진 사람이 많아요. 하나는 프린스 루퍼트, 또 하나는 작곡하는 루퍼트 더 라인.[15] 혹시 보셨어요? 읍내에 있는 다리 곁에서 자기가 작곡한 노래를 팔고 있지요. 제가 처음 자메이카를 떠났을 때 그 근처에 살았거든요. 루퍼트라는 이름 좋지요? 어디서 그런 좋은 이름을 따왔는지. 제 생각에는 옛날 고사에서 따온 모양이에요. 그때 그 선생님은 옛날부터 이곳에 살던 의사지요. 새로 온 의사들을 전 싫어해요. 그들의 입에서 나오는 첫마디가 경찰이지요. 제가 싫어하는 게 바로 경찰이거든요."

"그럴 테지. 그렇지만 아직 내 아내가 자네 집에 있을 때, 무슨 일이 일어났는지 말하지 않았어. 자네가 무슨 짓을 했는지 똑바로 말하지."

"내 아내? 서방님이 저를 정말 웃기시네요. 서방님이 하신 일을 제가 다는 모르지만 어떤 것은 알지요. 서방님이 돈 때문에 결혼하셨고 앙투아네트의 전 재산을 손에 넣으셨다는 것은 누구나 다 아는 사실이에요. 그리고 나서 질투 때문에 아내를 파멸시키려고요? 앙투아네트가 서방님보다 훨씬 훌륭한 인간이지요. 몸에 흐르는 피가 훨씬 좋으니까요. 우선 아가씨는 돈에 관심이 없답니다. 돈은 중요한 게 아니니까요. 내가 처음으로 서방님을 만났을 때 나는 한눈에 알아보았어요. 젊은 분이 벌써 돌같이 차고, 감정이 메말라 있더라고요. 서방님이 잘도 속였지요. 마치 사랑에 빠져 아가씨만을 보느라 태양도 볼 수 없다고 생각하게끔 행동했으니까요."

그렇긴 해. 나는 생각했다. 그렇긴 하지. 그러나 이런 상황에선 아무 말도 안 하는 게 상책이야. 조만간 두 사람이 다 집을 떠나겠지. 그러면 내가 좀 잠을 잘 차례야. 깊은 잠을 오래 즐겨야지. 꿈속에서 여길 떠나 멀리멀리 가야지.

"어디 그것뿐인가요?"

늙은 검둥이 여자가 판사와 같은 목소리로 계속 얘기했다.

"서방님이 앙투아네트가 몰랐던 진한 사랑의 방법을 가르쳐주었기 때문에 그 앤 이젠 그것에 취해 버렸어요. 어떤 럼주가 사람을 그렇게 취하게 만들 수가 있겠습니까? 이젠 그것 없이는 살 수 없게 되었으니. 이젠 앙투아네트가 서방님을 보느라 태양을 쳐다볼 수 없는 사람이 되어버렸더군요. 그런데도 서방님은 그런 아내를 파멸시킬 계획만 세우고 있으니."

(네가 생각하는 방법을 내가 이용할 줄 알아? 나는 생각했다.)

"그런데도 아가씨가 무너지지 않고 버티지요? 잘 버티지요?"

(그래, 잘도 버티는군. 정말 슬픈 일이야.)

"그래서 서방님은 그 저주받을 후레자식의 거짓말을 모조리 믿는 척하는군요."

(그 저주받을 후레자식의 거짓말.)

그녀가 하는 말 한마디 한마디가 이제 내 머릿속에서 메아리쳤다.

"그래 가지고 아내를 버리려고."

(아내를 버리려고.)

"왜 버리는지 말도 안 해주고."

(왜.)

"사랑이 식었다 이거지요?"

(사랑이 식었다.)

"그래서 자네가 주도권을 잡았군? 나를 독살하려 했지?"

"독살이라니? 이게 무슨 말이람. 정말 돌았군. 앙투아네트가 내게 와서 서방님이 자기를 다시 사랑하도록 만들어달라고 부탁했어요. 나는 거절했지요. 나는 백인을 위해 그런 짓은 안 하겠다고 했어요. 그건 어리석은 짓이라고 말해 주었지요."

(어리석은 짓, 어리석은 짓.)

"그게 설령 어리석은 짓이 아니라 해도, 백인에게는 너무 강하다고 말했어요."

(백인에게 너무 강하다고. 너무 강하다고.)

"그러나 앙투아네트가 울며 간청했어요."

(울며 간청했어요.)

"그래서 내가 사랑의 묘약을 준 거예요."

(사랑의 묘약.)

"그러나 서방님이 원하는 게 사랑이 아니라 오로지 파멸이었기 때문에, 그 약이 도리어 파멸시키는 데 도움을 준 것이지요."

(파멸시키는 데.)

"아가씨가 얘기해 줬는데, 서방님이 아가씨 이름 대신 마리

오네트라고 불렀다더군요."

"그랬지, 기억해. 내가 그랬어."

(마리오네트, 앙투아네트, 마리오네타, 앙투아네타.)

"그건 인형이라는 뜻이지요? 아가씨가 말을 안 하니까, 서방님이 강제로 말을 시키고 울렸지요?"

(강제로 말을 시키고 울렸지요.)

"그런데도 입을 벌리지 않으니까, 딴 계획을 세운 거군요. 그 형편없는 계집애를 옆방으로 끌어들여 함께 웃고 사랑 놀음을 하고. 아가씨가 다 들을 수 있게. 아가씨가 들으라고 주도면밀하게 계획을 세웠지요?"

그래, 우연히 발생한 건 아니지. 계획대로 된 거야.

(그들이 잠들 때까지 나는 오랫동안 눈을 뜬 채 누워 있었어요. 동이 트자 나는 일어나 옷을 입고, 프레스턴에게 안장을 얹었어요. 그리고 여기로 온 거예요. 오! 크리스토핀, 나를 도와주세요. 제발, 제발, 도와주세요, 크리스토핀.)[16]

"자네는 아직도 말을 안 했어. 무슨 짓을 한 거야, 내…… 앙투아네트에게."

"말하지요. 잠을 재웠어요."

"뭐라고? 내내 잠을 잤어?"

"아니지요, 아니에요. 나는 아가씨를 깨워서 햇볕을 쪼이게도 하고 강에서 멱을 감게도 했어요. 계속 꾸벅꾸벅 졸긴 했지만. 몸에 좋고 기운 나게 하는 국도 끓여 주고, 우유도 먹이고, 나무에서 갓 딴 과일도 먹였지요. 먹기 싫다고 하면, '아가, 나를 봐서 좀 먹어다오.'라고 달랬지요. 그러면 먹더군요. 그러고는 또 잠들고요."

"그러면 자네가 왜 그 모든 일을 한 건데?"

침묵이 흘렀다.

"자는 게 좋아요. 제가 아가씨를 다시 몸과 정신이 건강한 사람으로 만드는 일을 하는 동안 잠을 재우는 게 좋아요. 그러나 서방님께 자세히 설명할 필요는 없지요."

"불행하게도 자네의 처방이 실패했군. 그 사람을 좋게 만든 게 아니라 더 나쁘게 만든 거야."

"내 처방은 분명 성공적이었어요."

그녀는 화가 나서 말했다.

"성공했고말고요. 그러나 나도 좀 겁이 나긴 했어요. 너무 오래 자는 것 같아서. 아가씨가 백인이지만 서방님 같은 **백인**은 아니지요. 그렇다고 우리하고 같지도 않고요. 아침에 깨지 못하는 날들이 있더군요. 어떤 때는 깨어 있는 상태지만 사실은 자고 있고. 내가 주던 것을 더 주고 싶지 않더라고요."

또 한참 말이 없더니, 그녀는 계속 이어 나갔다.

"그래서 대신 럼을 주었지요. 럼이 사람을 해치지는 않으니까. 럼주도 조금 먹였어요. 럼주를 마시자마자 서방님께 돌아가야 한다고 어찌나 보채던지 말릴 수가 없었어요. 저보고 같이 가자고 졸랐지만, 제가 안 가면 혼자라도 가야 한다고 야단이더군요. 그런데 서방님이 아가씨를 사랑하지 않는다고 말씀하시는 것을 내가 다 들었어요. 그것도 조용하고 냉정하게 말씀하시더군요. 그 말씀과 더불어 내가 노력해 이룬 일이 다 수포로 돌아간 게지요."

"잘도 노력을 했군. 나는 이제 자네가 지껄이는 말도 안 되는 소리를 듣기도 지쳤어. 크리스토핀, 자네가 싸구려 럼주를 먹이는 바람에 그 사람이 형편없이 취해 차마 봐줄 수 없이 됐거든. 저 사람이 앙투아네트인지 내가 도저히 알아볼 수도 없더군. 자네가 왜 그런 짓을 했을까? 추측하건대 나에 대한 증오 때문이겠지? 그리고 자네도 앙투아네트를 통해 하도 많은 얘기를 듣다 보니 이젠 그 사람이 말하는, 아니 허풍 섞어 말하는 모든 이야기에 귀를 기울이게 됐을 거야. 심지어 그 사람이 나를 나쁜 사람으로 몰고 가는 말도 믿게 되었겠지. 그런데 자네의 아기는 더러운 말을 잘도 알더군."

"그렇지 않아요. 서방님이 하도 자기를 불행하게 하니까 자기도 무슨 말을 하는지 모르고 내뱉는 거예요. 아무 의미 없어요. 생부이신 코즈웨이 주인님이 워낙 욕을 잘하셨어요. 거기서 주워듣고 배운 것이지요. 언젠가 아가씨가 꼬마였을 때 어부들과 배꾼들이 모이는 곳엘 간 적이 있는데, 그 사람들이 오죽 욕을 잘합니까?"

그녀는 눈을 홉떠 천장을 바라보았다.

"그 사람들이 욕하는 것을 보면 저 사람들도 순진했던 때가 있었나 싶지요. 아가씨가 집에 왔는데 그네들의 욕을 그대로 흉내 내더라고요. 무슨 말을 하는지도 모르면서."

"내가 보기에는 욕의 뜻을 아주 잘 알고 있던데. 남을 저주할 때도 상대방이 그 말뜻대로 되기를 정말로 원하고 있었어. 자네 말이 옳아, 크리스토핀. 이건 아무것도 아니야. 칼을 휘두르지도 않았고, 그러니 눈에 보이는 상처도 없어. 이번에는 어떤 피해도 없다고 봐야지. 자네가 그 사람을 취하게는 했지만 일을 잘 처리하긴 했구먼."

"젊은 분치고는 정말 돌같이 차고 냉정한 분이시군요."

"자네야 그렇게 말하겠지. 그렇게."

"내가 말했었지요, 경고를 했었어요. 서방님은 아가씨가 부서져 파멸하는 것을 봐도 전혀 도와줄 사람이 아니라고. 단지 훌륭한 사람만이 그리할 수 있지요. 때로는 가장 나쁜 사람도 그럴 수 있고요."

"그러면 자네는 확실히 내가 가장 나쁜 사람의 부류에 들어간다고 생각하는군."

"아니요."

그녀가 관심 없다는 듯이 말했다.

"제가 보기에는 서방님은 가장 나쁜 사람도 가장 좋은 사람도 아니에요. 서방님은 (그녀가 어깨를 으쓱했다.) 저 불쌍한 것을 도와주지 않을 분이지요. 이미 제가 그렇게 말했습니다만."

켜 있던 초들이 거의 닳아 가물거려 갔지만, 그녀도 나도 새로 갈아 켜지 않았다. 우리는 희미한 불빛 속에 앉아 있었다. '이 쓸데없는 대화를 끝내야만 하는데.' 나는 생각했다. 그런데도 나는 어둠 속에서 들려오는 이 여인의 검은 목소리에 최면이라도 걸린 듯 귀를 기울일 수밖에 없었다.

"나는 아가씨를 잘 알지요. 차라리 죽는 게 낫다고 생각하지 서방님께 사랑을 구걸하지는 않을 겁니다. 그러나 저, 크리스토핀이 이렇게 서방님께 빌겠습니다. 아가씨는 서방님을 끔찍이 사랑하고, 사랑에 목말라 있습니다. 좀 시간이 지나면 서방님도 아가씨를 다시 사랑하게 될 거예요. 그저 조금만, 아가씨가 말했듯이 그저 조금만 저 불쌍한 것을 다시 사랑해 주세요."

나는 고개를 가로저었고, 기계적으로 계속 도리질을 했다.

"그 혼혈 후레자식이 서방님께 말한 것들은 모두 거짓말입니다. 그놈은 절대 코즈웨이가 아니에요. 그놈의 어미가 아주 못된 여자라서 코즈웨이 주인님을 속이려 들었지만, 주인님이 바보가 아니니 속일 수가 없었지요. '아들이 하나 더 있건 덜 있건 관심 없다.'라고 하셨지요. 노예들에게 잘해 주면 잘해 줄수록 주인님은 미움의 대상이었어요. 대니얼은 마음속에 있는 증오 때문에 마음이 평안할 수가 없고, 그래서 항상 문제를 만들어내지요. 서방님이 그랑부아로 오는 줄을 알았더라면, 제가 오지 못하게 했을 텐데. 그러나 하도 빨리 결혼하고, 또 빨리 자메이카를 떠나오신 바람에 제가 어떻게 할 시간이 없었답니다."

"앙투아네트는 대니얼이 말한 것이 전부 사실이라고 했는데?"

"서방님이 자기를 괴롭히니까, 저도 서방님을 상처 주고 싶어서 그렇게 말한 거지요."

"그러면 앙투아네트의 어머니가 광녀였다는 건? 그것도 거짓말인가?"

크리스토핀은 빨리 대답하지 않았다. 그녀가 입을 떼었을 때 그녀의 목소리는 차분하지 않았다.

"사람들이 마님을 미치게 만들었어요. 아들을 잃자 마님은 잠깐 동안 실성했었지요. 그런데 그 고통받는 사람을 가두어 버렸어요. 사람들이 마님보고 미쳤다 미쳤다 했지요. 사람들은 마치 마님이 미친 사람인 듯 행동했어요. 온갖 질문에 질문을 퍼부어대 정신을 못 차리게 했지요. 다정한 말 한마디 해주는 사람이 없고, 친구도 없고. 메이슨 씨는 마님을 버렸지요. 마님을 혼자 두고 떠나버렸어요. 제가 마님을 보고 싶다 해도 허락하지 않았어요. 제가 얼마나 마님을 뵈려고 노력을 했게요. 그러나 전혀 못 만나게 하더군요. 심지어 앙투아네트가 제 어머니를 만나는 것도 허락하지 않았어요. 결국 마님이 미쳤는지에 대해서는 잘 모르겠어요. 단지 인생을 포기한 것이지요. 모든 것에서 관심을 버렸으니까요. 흑인 감호자가 원할 때마다 마님을 겁탈했고, 그자의 아내가 여기저기 입을 놀렸어요. 그 감호자뿐 아니라 다른 흑인들도 마님을 마음대로 겁탈했으니. 아아! 하느님이 어디에 계신다는 말입니까?"

"자네의 영혼 속에 계시지."

내가 기억을 되살려 주었다.

"제 영혼 속에요?"

그녀가 진실한 목소리로 말했다.

"성경은 하느님이 성령이라고 하지요. 성경책에는 하느님을 그 외의 이름으로 부르지 않더군요. 아가씨의 어머니가 어떻게 돌아가셨나를 생각하면 정말 가슴이 미어져요. 그런 일이 다시 일어난다면 저는 못 볼 것 같아요. 서방님이 아가씨를 인형이라고 했다면서요? 아가씨가 서방님을 만족시키지 못하나요? 한 번만 다시 시험해 보세요. 이젠 만족스럽게 느끼실 거예요. 만일 서방님이 아가씨를 버리시면 이곳 사람들이 아가씨를 갈기갈기 찢어 파멸시키겠지요. 그 애 어머니에게 했듯이."

"내가 그 사람을 버리지는 않아."

나는 이제 지쳐서 말했다.

"내가 할 수 있는 일은 다 할 거니까."

"전에 아가씨를 사랑해 주셨듯이 다시 사랑해 주실 거죠? 약속해 주실 수 있으시죠?"

(내 여동생, 선생의 신부에게 내 키스를 전해 주세요. 내가 그녀를 사랑했듯이 그녀를 사랑해 주세요. 그래요, 내가 사랑했듯이. 내가 어떻게 그런 약속을 한단 말인가?)

나는 아무 말도 하지 않았다.

"만족하지 못하는 사람은 사실 아가씨랍니다. 그 사람이 크리올 여인이 아닙니까? 아가씨는 몸속에 태양을 품고 있어요. 이제 사실대로 말해 봅시다. 아가씨가 그 영국이라는 곳에 간 게 아니잖아요. 아가씨가 서방님의 집에까지 가서 결혼해 달라고 간청한 것은 아니지요. 그 먼 거리를 찾아 아가씨의 집에까지 온 사람은 다름 아닌 서방님이세요. 아가씨에게 결혼해 달라고 애원한 사람도 서방님이세요. 아가씨는 서방님을 사랑해서 자기가 가진 모든 것을 서방님께 드렸어요. 그런데 이제 와서, 사랑하지 않으니 파멸시키겠다고요? 도대체 그 돈을 어디에 쓰려고 그러세요?"

그녀의 목소리는 아직도 조용했다. 그러나 그녀가 '돈'이라는 말을 뱉을 때, 그녀의 음성에서는 쇳소리가 났다. 쓸데없는 말을 주절주절 길게 늘어놓더니 결국 돈 얘기였군. 나는 더 이상 정신이 멍하지도 몸이 피곤하지도 않았다. 반쯤 최면에 걸려 있다고 생각했었지만 이젠 정신이 바짝 났다. 나도 방심해서는 안 된다. 나는 나를 보호할 준비가 되어 있었다.

혹 내가 앙투아네트의 지참금 중 반을 돌려줄 맘이 없는지, 그리고 앙투아네트를 더 이상 원하지 않는다면 이 섬을, 아니 서인도제도를 아주 떠나는 게 어떨지를 그녀는 물어왔다.

나는 그녀에게 정확한 금액을 말해 보라고 물었지만, 그녀는 거기에 대해서 명확한 답을 주지 못했다.

"서방님이 관계 법률에 대해 변호사들과 상의해 결정하시지요."

"그러면 앙투아네트는 어떻게 되는 거지?"

그녀가, 즉 크리스토핀이 앙투아네트를 지극 정성으로 돌볼 것이라고 말했다.(그리고 물론, 돈도 잘 보살피겠지.)

"둘 다 이 섬에 머무르려고?"

나는 내 음성이 그녀의 것처럼 부드럽게 들리기를 바랐다.

우선 마르티니크로 갔다가, 후에 다른 지역으로 갈 수도 있다고 말했다.

"저도 죽기 전에 세상 구경을 하고 싶군요."

내가 흥분하지 않고 말없이 조용히 있었기 때문이었는지 그녀가 심술궂게 덧붙였다.

"아가씨도 다른 남자와 결혼해서 서방님을 잊고 행복하게 살지도 모르지요."

분노와 질투의 격통이 나의 온몸을 찔렀다. 절대 있을 수 없는 일이지, 절대. 절대. 나를 잊을 수는 없을걸. 나는 큰 소리로 웃었다.

"나를 비웃는군요. 어째서죠?"

"그래, 비웃고 있어. 이 웃기는 늙은 여편네야. 내 문제를 남하고 의논할 뜻도 없고, 앙투아네트하고 의논하고 싶지도 않아. 자네가 말하는 것을 다 들어주긴 했지만 나는 하나도 믿지 않아. 이제 됐으니 앙투아네트에게 인사나 하고 가버려. 여기서 발생한 모든 사건은 다 자네 때문이야. 그러니 다시는 오지 마."

그녀는 몸을 꼿꼿이 펴고 두 손을 엉덩이에 올려놓았다.

"누구를 보고 가라 마라 하시는 건지? 이 집은 마님의 사유재산이었고 이젠 앙투아네트 아가씨의 것인데, 누구를 보고 가라 합니까?"

"확실히 말해 주지. 이 집은 이제 내 것이야. 어서 가지? 그러지 않으면 남자들을 불러서 내쫓을 테니까."

"여기 남자들이 내 몸에 손을 댈 거라고 생각하시는 모양인데, 내 몸에 손을 댈 정도로 누구처럼 바보들인가?"

"그럼 경찰을 불러줄까? 경고했어. 아무리 하느님이 버리신 곳이라 해도 법과 질서는 있겠지."

"이 섬에는 경찰도 없고, 쇠줄에 묶인 죄인도 없고, 발을 짓이기는 기계도 없고, 껌껌한 유치장도 없습니다. 여기는 식민지가 아니라 자유국가이고, 나는 노예가 아니라 자유로운 여성이랍니다."

"크리스토핀, 자메이카에서 몇 년을 살았으니 프레이저 씨를 알겠지? 스패니시타운의 집정관을 지내신 프레이저 씨 말이야. 내가 자네에 대해서 그분께 편지를 쓴 적이 있었지. 그분이 뭐라고 답장을 쓰셨는지 들어보겠나?"

그녀가 나를 응시했다. 나는 프레이저 씨가 쓴 편지의 끝 부분을 큰 소리로 읽었다.

그래서 선생이 머물고 계신 지역의 백인 경찰 힐 씨에게 조심스러운 편지를 써 보냈습니다. 만일 그녀가 그 동네에 살면서 또 그 말도 안 되는 짓거리를 하면 힐 씨에게 곧 연락해 주십시오. 힐 씨가 즉각 경찰 두어 명을 보내드릴 것입니다. 이번에는 그녀가 쉽게 빠져나가지 못하게 조치를 취할 것입니다.

"자네가 앙투아네트에게 내 포도주에 넣을 독약을 주었지?"
"내가 이미 말했잖아요, 사랑의 묘약이라고. 바보 같은 말씀을 하시는군요."
"두고 보면 알게 되겠지. 약을 탄 포도주를 내가 아직 가지고 있으니까."
"내가 말을 해주었는데, 백인에겐 안 듣는다고. 백인에게 쓰면 언제나 문제가 생긴다고……. 그래서 나를 보내놓고 아가씨의 돈을 몽땅 뺏겠군요. 그 후에 아가씨는 어떻게 할 작정인데요?"
"나의 계획을 왜 자네한테 말해야 되는지 모르겠구먼. 자메이카로 가서 스패니시타운에 있는 의사들과 그녀의 오빠 리처드와 상의해야겠지. 나는 그들의 의견을 따를 거니까. 그게 내가 할 일일세. 앙투아네트의 건강이 좋지 않으니까."

"오빠 리처드?"

그녀가 땅에 침을 탁 뱉었다.

"리처드 메이슨이 어째서 오빠가 됩니까? 나를 바보 취급 하시는군요. 아가씨의 돈은 좋지만 아가씨 자체는 싫다는 것 아닙니까? 이미 마음속에서는 아가씨를 미친 사람으로 못 박 았군요. 나는 다 알고 있어요. 의사들이야 서방님이 원하는 대로 말해 주겠지요. 리처드도 서방님이 원하는 대로 기꺼이, 자 발적으로 나서서 말하겠고요. 아이! 불쌍한 것, 제 어머니처럼 되겠구나! 돈 때문에 그런 짓을 하십니까? 정말 사탄 그 자체 처럼 사악한 사람이군요."

나는 큰 목소리로 사납게 소리쳤다.

"일이 이렇게 되기를 내가 원했다고 생각해? 모든 일을 없 었던 것으로 돌려놓을 수만 있다면 내 목숨이라도 내놓고 싶 어. 이 혐오스러운 장소를 결코 본 적이 없는 걸로 할 수만 있 다면 내 눈이라도 빼주고 싶다고."

그녀가 웃었다.

"그거야말로 처음으로 듣는 진실의 말이군. 포기하고 싶은 것을 자기 마음대로 결정하신다? 그럼 선택하시지? 서방님은 지금 어떤 일에 발을 들여놓았는데, 그게 무엇인지도 모르지요?"

그녀는 혼자서 중얼중얼했다. 파투아가 아니었다. 나는 이제 파투아가 어떤 소리를 내는지 알고 있다.

저 여편네도 앙투아네트만큼이나 돌았군. 나는 창문 쪽으로 몸을 돌렸다.

하인들이 정향나무 아래 모여 있었다. 뱁티스트, 말을 돌보던 남자아이, 그리고 힐다.

크리스토핀이 옳았어. 그들은 우리 문제에 끼어들 의사가 없는 거야.

내가 크리스토핀의 얼굴로 눈을 돌렸을 때 그녀는 가면을 쓰고 있는 것 같았다. 조금도 기세가 꺾인 모습이 아니다. 그녀는 분명 투쟁자로구나. 나도 인정할 수밖에 없었다. 나는 사실 이런 말을 하고 싶지는 않았지만 마지못해 입을 열었다.

"앙투아네트에게 작별 인사를 하고 싶겠지?"

"잠을 잘 수 있게 무얼 좀 먹였지요. 나쁜 것 아니에요. 잠에서 깨어 고통스러운 현실을 보게 하고 싶지 않습니다. 그건 서방님의 몫으로 남겨 두지요."

"편지는 해도 되니까."

내가 뻣뻣하게 말했다.

"읽고 쓰는 거요? 나는 그런 건 모릅니다. 다른 것들은 알지만."

그녀는 뒤도 돌아보지 않고 걸어가 버렸다.

자야겠다는 생각이 싹 없어졌다. 나는 방 안을 왔다 갔다 했다. 손가락 끝에서 피가 찌릿찌릿했다. 그런 느낌이 내 양팔을 타고 올라 심장에 도달했는지 가슴이 빨리 뛰기 시작했다. 나는 방 안을 걸으며 내가 쓰려고 마음먹었던 편지를 큰 소리로 외었다.

"저는 아버님이 저를 떼어버리시려고 이런 계획을 세웠다는 것을 다 알게 됐습니다. 당신께서는 저를 전혀 사랑하지 않으셨더군요. 형님도 역시 제게 전혀 애정이 없었고요. 아버님의 계획이 성공한 것은 제가 어리고, 자신감에 차 있었으며, 바보였고, 사람을 너무 믿었기 때문이지요. 그러나 무엇보다도 제가 너무 미숙했던 탓입니다. 그래서 이런 일을 제게 하실 수 있었던 게지요……."

그러나 저는 이제 어리지 않습니다. 나는 걷기를 멈추고 술을 한 잔 마시면서 이렇게 생각했다. 그래서인지 내가 마시는 이 럼주가 우유처럼, 아버님의 축복처럼 밍밍하게 느껴졌다.

내가 이 편지를 보내면 아버님이 읽으며 어떤 표정을 지을까 상상했다. 나는 쓰기 시작했다.

 아버님 보십시오.
 우리는 자메이카로 돌아가기 위해 곧 이 섬을 떠납니다. 생각하지 못했던 상황이, 최소한 제가 상상할 수 없었던 상황이 벌어져 이런 결정을 내렸습니다. 제가 확신하건대, 아버님은 무슨 일이 발생했는지 알고 계시거나 추측하실 수 있을 것입니다. 제 문제에 대해, 특히 제 결혼에 대해 아무에게도 말하지 않으면 않을수록 더 좋으리라는 것쯤은 아시겠지요. 제게는 물론 아버님께도 그편이 유리하니까요. 다시 연락드리겠습니다. 곧 연락드릴 수 있기를 희망하며.

그러고 나서 나는 결혼 전 내 일을 처리해 주었던 법률사무소로 편지를 보냈다. 나는 그들에게 마을에서 너무 가깝지 않은 곳에 가구 딸린 집을 한 채 빌리고 싶으며, 부부가 각방을 가질 수 있도록 방이 충분한 큰 집을 원한다고 썼다. 나는 또한 하인도 몇 명 필요하다고 했다. 하인들이 분별 있게 행동하고, 입이 무겁다는 조건하에 넉넉한 월급을 줄 요량이라는 것도 함께 적었다. 나와 내 아내는 일주일 후에 그곳에 도착할 것이며, 도착할 때는 모든 것이 준비되어 있기를 소망한다고 강조했다.

내가 이 편지를 쓰는 동안 밖에서는 수탉이 끈질기게 울어댔다. 나는 손에 잡히는 대로 책을 하나 집어 닭에게 던졌다. 그러나 그놈의 수탉은 몇 발짝 뒤로 물러서더니 또 울기 시작했다.

앙투아네트의 방을 힐끔힐끔 보며, 뱁티스트가 나타났다.

"이 유명한 럼이 더 있겠지?"

"아주 많이 있습니다."

"이게 정말 백 년 된 럼인가?"

그는 관심 없다는 듯이 고개를 끄덕였다. 백 년이 됐건, 천 년이 됐건, 자비로우신 하느님과 뱁티스트에겐 관심 없는 일인 것이다.

"저놈의 닭이 왜 저렇게 우는 거야?"

"날씨가 바뀔 거라고 우는 거죠."

뱁티스트의 눈이 앙투아네트의 방에 고정된 것을 보고 나는 소리쳤다.

"자는 거야, 자는 거."

그는 고개를 절레절레 흔들며 사라졌다.

그는 분명 내게 눈살을 찌푸렸어. 나는 생각했다. 그러나 변호사들에게 쓴 편지를 다시 읽으며 나도 눈살을 찌푸렸다. 내가 돈을 얼마를 주건 어떻게 자메이카 하인들에게서 분별력을 살 수 있겠는가? 그들은 나에 대해 주둥아리를 놀려댈 테고 노래를 지어 불러대겠지.(그들은 온갖 사람들에 대해 그리고 온갖 것들에 대해 노래를 지어 부른다. 주지사 사모님에 대해 그들이 만든 노래를 들어보면 알지.) 어디를 가든지 그들은 나에 대해 입방아를 찧을 거야. 나는 럼주를 더 마셨다. 술을 마시며 나는 그림을 그리기 시작했다. 나는 나무로 둘러싼 집을 그렸다. 아주 큰 저택이다. 나는 삼 층을 여러 개의 방으로 나누고, 그중 하나의 방에 서 있는 여자를 그렸다. 애들의 낙서처럼 점을 하나 찍어 머리를 만들고, 조금 큰 점으로 몸체를 만들고, 삼각형은 치마, 비스듬히 그린 선들은 팔과 다리가 됐다. 그러나 그것은 영국식 집이다.

영국의 나무들. 내가 다시 언제 영국을 볼 수 있게 되는지.

*

협죽도 나무 아래서…… 나는 엷은 안개로 가려진 산들을 바라보았다. 오늘은 선선한 날이다. 선선하고, 조용하며, 영국의 여름 날씨처럼 구름도 끼어 있다. 그러나 어떤 기후에서건 이곳은 아름다운 장소이다. 어떤 머나먼 곳으로 여행을 하더라도 이보다 더 아름다운 장소를 만나기는 힘들 것이다.

허리케인 철이 곧 시작되겠군. 나는 생각했다. 나무들이 뿌리를 깊게 박고 태풍과 싸울 준비를 하고 있는 것이 보인다. 그러나 무슨 소용이랴. 태풍이 오면 그들은 다 휩쓸려 날아가 버릴 것을. 그러나 대왕야자들은 굳건히 서서 버틴다고 한다.(앙투아네트가 말해 주었지.) 가지들을 모두 떨어뜨리고, 키 큰 갈색의 기둥처럼 당당히 서 있다고 한다. 괜히 대왕야자라고 불리겠어? 대나무들은 쉬운 방법을 택한다. 그들은 땅으로 몸을 굽히고 끽끽 소리를 내며, 살려 달라고 신음하고 울면서 몸을 납작 엎드리고 눕는다. 오만방자한 바람은 이런 비천한 것들을 거들떠보지도 않고 지나간다.(**살게 내버려 둬.**) 으르렁거리고, 소리치며, 웃어대면서, 거친 바람은 지나가 버린다.

그러나 그런 얘기는 다 몇 달 후의 일이다. 지금은 영국의 여름 날씨처럼 너무나 시원하고, 또 회색빛이다. 그러나 나는 나의 복수와 허리케인을 연관지어 생각한다. 온갖 단어들이 내 머릿속을 빠르게 스쳐간다. 연민이라는 단어가 그중 하나다. 그 단어가 내 마음을 편치 못하게 한다. 돌풍 속을 걸어가는 벌거숭이 갓난아이와 같은 연민.[17]

나는 아주 오래전에 이 구절을 읽었다. 나는 이제 시인도 그들이 쓴 시도 싫어한다. 한때는 좋아했지만 지금은 싫어하는 음악처럼. 네가 작곡한 노래를 불러보아라, 루퍼트. 네가 달콤한 목소리를 가졌다고 사람들은 말하지만, 나는 듣지 않으리니.

연민. 나를 위한 연민은 없는 것인가? 광녀에게 일생 동안 묶여서 살아야 하는 나. 술주정뱅이에다 거짓말쟁이인 광녀. 제 어미의 전철을 그대로 밟는 광녀.

'아가씨가 서방님을 얼마나 사랑한다고요, 얼마나. 서방님의 사랑에 목말라해요. 조금만 사랑해 주세요, 아가씨가 말했듯이. 서방님이 사랑해 줄 수 있는 만큼, 아주 조금만.'

끝까지 나를 조롱하는군, 크리스토핀. 악마 같으니. 내가 모르는 줄 알아? 그녀가 목말라 하는 것은 아무 남자의 사랑이야. 내 사랑이 아니라고.

그녀는 머리를 풀어헤치고 웃음을 날리며 남자에게 치근덕거리고 온갖 비위를 다 맞추겠지.(미친 여자, 사랑하는 상대가 누구인들 관심이나 있을까?) 그녀는 신음하고 흐느끼며 제 몸을 주겠지. 제정신을 가진 여자라면 절대 안 할 짓을. 절대 못할 짓을. 그렇다면 이 구름 낀 날처럼 몸을 낮추고 움직이지 말고 누워 있어라. 언제나 몸을 줄 시간은 알면서 몸을 삼가야 할 시간은 결코 배우지 못한 광녀.

너무도 그 놀음에 깊숙이 빠져 아무 때나 아무 상대와 즐겼기 때문에, 저질의 인간들도 그녀를 무시하고 조롱하게 되었지. 그리고 내가, 이 내가 그걸 알게 되었으니, 바로 내가. 나는 복수의 방법을 두어 가지 알고 있다.

'아가씨는 서방님을 정말로 사랑해요. 한 번만 더 아가씨를 사랑해 주세요.'

그녀는 아무도, 그 어떤 사람도 사랑할 수 없게 될 거야. 나? 나는 그녀를 건드리고 싶지도 않아. 허리케인이 나무를 휩쓸어 날리고 부러뜨리는 식으로가 아니라면. 내가 그녀를 열정적으로 격렬하게 사랑했다고 했지? 아니야. 그건 단지 사랑이라는 이름을 붙인 난폭한 불장난에 불과한 거지. 나는 허리케인이 하듯이 그녀를 다루겠어.

그녀는 태양 아래서 다시는 웃지 못하게 될 거다. 예쁜 옷을 걸쳐 입고 저주받을 거울 앞에서 너무도 만족해서, 너무도 즐거워서 미소 짓는 일은 이제 없을 거야.

허영에 찬 어리석은 인간. 사랑하도록 만들어졌다고? 그렇다고 치자. 그러나 너는 어떤 연인도 갖지 못하게 돼. 나는 너를 원하지 않고, 어떤 다른 사람을 만나게 될 기회는 없을 테니까.

나무들이 떨고 있다. 떨면서 있는 힘을 다 모으고 있다. 그리고 기다리고 있다.

(시원한 바람이 부는구나. 시원한 바람이 불어. 이 바람이 태풍 속을 걷도록 태어난 갓난아이를 원하는 곳으로 데려다 줄까?)

그녀는 이 장소를 사랑한다고 말했지. 그래. 이것이 그녀가 이 장소를 마지막으로 보는 기회가 되게 해주지. 그녀의 눈에서 떨어지는 눈물 한 방울을 쳐다보겠어. 눈물 한 방울. 나는 그 텅 비어 증오만 남은 광녀의 얼굴은 보지 않을 거다. 그녀가 안녕을 고하겠지. 그 소리를 들어야지. 그녀가 부르는 옛날 노래에서처럼 '아듀'라고 말하는 소리를 들어야지. 그들의 노래는 모두 아듀로 끝나더군. 만일 그녀가 이별을 고하며 울면, 내 품에 안아주어야지. 나의 광녀니까. 그녀는 미쳤지만 내 것이야, 내 것이야. 신들도, 악마들도, 운명도 다 관심 없다. 그녀가 웃건 울건 혹 두 가지를 다 하건, 그건 단지 나만을 위한 것이어야 해.

앙투아네타. 나도 부드러운 남자일 수 있어. 네 얼굴을 가려라. 내 품 안에서 네 몸을 숨겨라. 얼마나 부드러운지 너도 곧 알게 될 거야. 나의 광녀. 나의 미친 여자. 구름 낀 날이 너를 도와주겠지. 작열하는 태양은 없어.

태양은 없어…… 태양은. 기후는 변해 버렸다.

*

　뱁티스트가 우리를 기다리고 있었고, 말에는 안장이 이미 놓여 있었다. 조그만 사내 녀석 하나가 머리에 이고 다니던 광주리를 곁에 내려놓은 채 정향나무 밑에 서 있었다. 저런 광주리들은 아주 가볍고 물이 스미지 않는다. 꼭 필요한 옷가지를 담으려고 나도 그런 광주리 하나를 사용하기로 했다. 우리들의 소지품 대부분은 하루나 이틀 후에 오도록 되어 있었다. 마차가 우리를 매서커에서 기다리고 있었다. 나는 모든 것을 잘 챙기고 정리했다.

　그녀는 여행용 옷을 입고 '아주파'에 있었다. 여행을 위해 조심스럽게 의상을 고른 흔적이 눈에 띈다. 그러나 그녀의 얼굴에는 어떤 표정도 없다. 그저 텅 빈 얼굴이다. 눈물? 단 한 방울의 눈물도 흘리지 않는다. 두고 보면 알겠지. 뭘 기억이나 하는 건가? 뭘 느끼기는 하는 거야? ("저 푸른색 구름, 저 그림자, 저게 마르티니크예요. 지금은 청명하네요……." 그렇지 않으면 산의 이름들. "마운틴이 아니라 몬(morne)이에요. 마운틴이란 단어는 아주 보기 싫은 단어예요." 스페인 사람, 잭에 관한 이야기들. 아주 옛날이야기. 어떤 때는 "저것 보세요." 하고 소리치기도 했지. 에메랄드 드롭. "저걸 보면 행운이 온대요." 잠시 동안 하늘은 초록색이었다. 선명한 초록색의 황혼. 정말 신기하다. 그것보다 더 신기한 것은 이게 행운을 가져온다는 생각이다.)

어쨌든 나는 그녀가 보여 줄 무관심과 텅 빈 표정에 맞설 준비가 되어 있었다. 또한 나의 꿈들이 단지 꿈으로 끝날 것도 알고 있었다. 그러나 그 초라한 흰색 집을 바라보았을 때 나를 사로잡은 슬픔, 그것에 맞설 준비는 되어 있지 않았다. 전보다도 훨씬 격렬하게, 집은 뱀 같은 검은 숲으로부터 필사적으로 몸을 피하고 있었다. 전보다 더 크게, 더 맹렬하게 흰 집은 소리치고 있었다. 저를 좀 구해 주세요. 숲이 저를 파괴하고 폐허로 만들려고 해요. 저를 이 외로움에서 구해 주세요. 개미들에게 갉아 먹혀 천천히 긴 시간 동안 고통받으며 죽어가는 저를 구해 주세요. 그런데 이 바보야, 숲과 그리도 가까이서 무얼 하는 거야? 이곳이 위험한 장소인 줄 몰랐단 말이야? 검은 숲이 항상 승리한다는 것을 아직 몰랐단 말이야? 항상. 아직 몰랐다면 넌 곧 알게 될 거야. 너를 위해 아무것도 나는 할 수가 없어.

뱁티스트는 다른 날과 전혀 달라 보였고, 겸손한 하인의 흔적이라곤 조금도 찾아볼 수 없었다. 그는 테가 상당히 넓은 밀짚모자를 쓰고 있었는데, 어부들이 쓰는 모자와 흡사했다. 단지, 윗부분이 높거나 뾰족하지 않고 편편했다. 그의 벨트는 잘 닦여 광채가 났고, 날이 휜 단검을 넣은 칼집의 손잡이도 번쩍거렸다. 그가 입은 푸른색 무명 셔츠와 바지도 정갈했다. 그 모자도 내가 알기에는 방수 처리가 된 것이다. 그는 비가 올 경우를 대비해 준비가 되어 있었다. 비구름도 조만간 이쪽으로 이동할 모양이었다.

나는 그 잘 웃는 소녀, 힐다에게 인사를 하고 싶다고 말했다.

"힐다는 여기 없습니다."

그가 정확한 영어로 대답했다.

"힐다는 어제 여기를 떠났습니다."

그의 태도는 충분히 예의 바른 것이었지만, 나는 그가 나를 싫어하고 경멸한다는 것을 느낄 수 있었다. 그 악마, 크리스토핀이 내게 "제가 끓인 황소의 피를 마셔보세요."라고 말했을 때도 나는 지금 뱁티스트에게서 발견한 그런 경멸의 표정을 읽었다. 황소의 피를 마시고 어른이 되라는 뜻이었지. 그들이 나를 어떻게 생각하는가는 내 관심거리가 아니다. 그녀를 잠시 잊고 있었군. 그런데 갑자기, 당황스럽게도, 왜 그런 생각을 했는지 후에도 결코 이해할 수가 없지만, 나는 내가 진실이라고 상상했던 것들이 모두 거짓이라고 생각했다. 거짓. 단지 마력과 꿈만이 사실이다. 나머지 것들은 다 거짓이다. 그래, 그런

대로 두자. 여기에 비밀이 있다. 여기에.

(그러나 비밀은 사라졌다. 그 비밀. 그리고 비밀을 아는 자들은 그걸 말할 수가 없는 거다.)

아니야, 잃은 게 아니야. 나는 숨겨진 장소에서 그걸 찾았어. 나는 그걸 간직할 거야. 꽉 쥐고 놓지 않을 거야. 내가 앙투아네트를 놓아주지 않는 것처럼.

나는 그녀를 쳐다보았다. 그녀는 먼바다를 뚫어지게 바라보고 있었다. 그녀는 침묵 그 자체였다.

노래 불러봐, 앙투아네트. 당신의 노래가 이제 들리는군.

여기 바람이 말해요. 그래 왔다고, 그래 왔다고
그리고 바다가 말해요. 그래야만 한다고, 그래야만 한다고
그런데 태양이 말해요. 그럴 수도 있다고, 그렇게 될 거라고
그러면 비는……?

"당신이 저걸 꼭 들어야만 해요. 우리의 비는 모든 노래를 알거든요."

"그리고 모든 눈물도?"

"모든 걸 다. 다 알아요."

그래, 나도 비의 노래를 들어볼게. 나는 산새의 노래도 들을

거야. 그 고독한 새가 부르는 한 음. 높고, 달콤하고, 외로운 마력의 노래. 그것을 들으면 심장이 멎는 것 같아. 그 소리를 들으려면 숨을 쉬지 말아야 해…… 아니야…… 가버렸어. 내가 그녀에게 무슨 말을 하려고 했지?

　슬퍼하지 마. 이별이라고 생각하지 마. 절대 안녕이 아니야. 우리는 함께 황혼을 즐기게 될 거야, 여러 번. 어쩌면 우리는 에메랄드 드롭을 보게 될지도 몰라. 행운을 가져다준다는 초록색의 황혼. 금세 사라져버리는 신기한 황혼. 그리고 전에 그랬듯이 웃고 재잘거리기도 해야지. 생트 섬 주변에서 있었던 해전[18]에 대해서도, 마리 갈랑테에서의 피크닉에 대해서도 얘기해야지. 결국 싸움으로 끝나 버렸다는 그 유명한 피크닉 말이야. 해적 이야기, 매번 항해를 나갈 때마다 이것이 마지막일지도 모른다는 생각 때문에, 항해가 없을 때는 그들이 무얼 하는지도 말해 주어야지. 태양과 과즙을 섞어 만든 술을 마시면 몹시 취한다는 얘기도 해야지. 그리고…… 지진 얘기가 있었지. 사람들이 말하기를, 하느님이 해적들이 하는 짓에 화가 나셔서 자다 말고 일어나 숨을 확 불었더니 못된 해적들이 다 날아가 버렸다는 이야기. 그리고 하느님께서 다시 잠이 드셨다는 이야기. 날아간 해적들이 보물을 남기고 갔고, 금은보화는 물론 그보다 더 값진 것들도 남기고 갔다는 얘기. 그 보물 중

일부가 발견됐대요. 그걸 찾은 사람들은 입을 다물고 있겠죠? 왜냐하면 찾은 사람들도 찾은 물건의 삼분의 일밖에는 못 갖는 게 법이래요. 찾은 사람들은 전부를 차지하고 싶은 마음에 비밀을 지키는 거고요. 아주 귀한 것도 있대요. 보석도 있고요. 사람들은 계속 찾아냈고, 조심성 있게 입을 다물 사람들에게 살짝 팔았대요. 사는 사람들은 그것들의 무게를 달고, 치수를 재고, 그러면서 살까 말까 주저하기도 하고, 많은 걸 묻고, 파는 사람들은 그 질문에 대답을 하지 않고, 거래는 현금으로 했대요. 금화와 보물들이 스패니시타운에 나타난다는 것을 사람들이 다 안다던데요.(여기서도 나타나고요.) 서인도제도 모든 섬에서 나타나는데 도대체 어디서 나오는 건지 아무도 모른다고 해요. 보물에 대해 말하지 않는 게 좋아요. 그들에게 말하지 않는 게 좋아.

그래. 그들에게 말하지 않는 게 훨씬 좋아. 당신이 내게 들려준 이야기에 나는 거의 귀를 기울이지 않았다고 당신에게 말하지 않을 거야. 나는 밤이 오고 주위가 깜깜해지기만을 기다렸었지. 달맞이꽃들이 피어나는 시간만을 기다렸으니까.

달은 가리고,
별들은 따버리고.

어둠 속에서 나눈 사랑, 우리는 어둠을 위해 존재했지
그렇게 빨리, 그렇게도 빨리.

으스대며 걷는 해적들처럼, 우리가 가진 것을 최대로 최선으로 그리고 최악으로 활용하자. 삼분의 일이 아니라 전부를 다 주어라. 모두, 모두, 모두. 아무것도 뒤에 감추지 말고. 아니야, 내가 말하려는 것은…… 내가 말하려고 한 게 무언지 나는 안다. "정말 잘못을 저질렀어. 나를 용서해 줘."

나는 말했다. 그녀를 바라보며. 그런데 그녀의 눈에서 증오를 보았지. 그러자 나의 증오가 그녀의 증오에 대적하기 위해 솟아오르기 시작한 거야. 다시, 그 어지러운 감정의 변화가, 그 추악한 기억이, 그 메스꺼움이 나를 다시 증오의 세계로 돌려놓아 버렸어. 그들이 나를 샀어. 그 보잘것없는 천박한 돈으로. 네가 그렇게 하도록 도왔지. 네가 나를 속였지. 나를 배반했고, 기회가 주어진다면 너는 더 나쁜 짓도 할 수 있어…….(선생의 신부가 선생의 눈을 들여다보며 사랑스러운 말을 하지만, 그게 다 거짓말이에요. 그 애 엄마도 그랬어요. 사람들의 말로는 앙투아네트가 제 어미보다 나쁘대요.)

만일 내가 지옥으로 가게 되어 있다면, 그곳이 다른 곳이 아닌 철저한 지옥이기를. 더 이상 가짜 천국은 필요 없으니. 저주받을 마력도 이젠 그만. 그러나 우선, 우선, 네 증오를 파괴해야 해. 지금은 내 증오가 더 차고, 더 강해서, 너는 네 몸을 덥힐 증오도 없는 거야. 네게 남은 건 이제 아무것도 없어.

나는 그녀의 증오 역시 파괴했다. 나는 그녀의 증오가 그녀의 눈 밖으로 밀려 나가는 것을 보았다. 내가 강제로 밀어낸 것이다. 그리고 증오와 더불어 그녀의 아름다움도 내가 파괴했다. 이제 그녀는 단지 유령이다. 구름으로 가려진 잿빛 하늘 아래서 그녀는 단지 유령이야. 그녀에게 남은 건 아무것도 없다. 절망을 빼곤. 죽어라 이렇게 말씀만 하세요. 그러면 제가 죽을게요. 죽어라 하고 말하세요. 그리고 제가 죽는 모습을 보세요.

그녀가 눈을 들었다. 공허하고 아름다운 눈. 미친 눈. 미친 여자. 나는 그때 내가 무슨 말을, 무슨 행동을 했어야 했는지 모르겠다. 결국 나는 아마 모든 것을 다 했을 거다. 바로 그때 그 이름도 없는 꼬마 녀석이 정향나무에 머리를 대고 크게 소리 내어 흐느껴 울었다. 가슴 찢는 듯한 흐느낌이다. 나는 그저 재미로 그 아이의 목을 비틀어 죽일 수도 있었다. 그러나 나는 겨우 내 감정을 추스리고 그들 곁으로 걸어가 냉정한 태도로 물었다.

"이 아이가 왜 이러는 거야? 무엇 때문에 이리 우는 거지?"

뱁티스트는 대답하지 않았다. 색깔이 음침한 그의 얼굴이 한층 더 음침해 보였고, 그게 내가 뱁티스트에게서 받은 대답의 전부이다.

그녀가 내 뒤를 따르더니 대답했다. 나는 그것이 그녀의 목소리인지도 몰랐다. 온기도 없고 달콤함도 없는 목소리다. 인형이 인형의 목소리를 갖게 된 것이다. 숨이 가쁘고 이상할 정도로 무감각한 목소리였다.

"우리가 처음 여기에 왔을 때 저 아이가 물었어요. 우리가 떠날 때 혹 우리가, 혹 당신이, 자기를 데려갈 수 있냐고요. 저 애는 돈 같은 것은 전혀 필요 없다고 했어요. 그냥 당신과 같이 있게만 해달래요. 왜냐하면……."

그녀가 말을 끊었다. 그러더니 입술 위로 혀를 한 번 굴렸다.

"당신을 무척 좋아한대요. 그래서 제가 그렇게 하마고 말했어요. 당신이 자기를 안 데려간다고 뱁티스트가 말했더니 저 애가 저렇게 우는 거예요."

"물론 안 데려가지."

나는 화가 나서 대답했다.(하느님 맙소사! 반쯤은 아직도 야만인인 아이와 ……까지? ……둘씩이나?)

"저 애는 영어도 알아요."

그녀는 자신과는 아무 관계가 없다는 듯이 무감각하게 말했다.

"영어를 배우느라 아주 열심히 공부했대요."

"공부를 했으면 뭘 해. 내가 알아들을 수 있는 말은 하나도 없는데."

내가 말했다. 그녀의 새하얗고 경직된 얼굴을 보자 나는 다시 화가 끓어올랐다.

"당신이 무슨 권한으로 나 대신 약속을 했소? 도대체 나 대신 무슨 말이고 왜 하는 거요?"

"없지요. 제가 무슨 권한이 있겠어요. 미안해요. 저는 당신을 이해할 수도 없고, 당신에 대해 아는 것도 하나도 없고, 당신을 대신해 말을 할 수도 없지요……."

그리고 그것으로 모든 것은 끝났다. 나는 뱁티스트에게 작별 인사를 했다. 그는 뻣뻣하게, 맘에 없다는 태도로 절을 하더니 뭐라고 중얼거렸다. 즐거운 여행이 되기 바란다는 말을 했을까? 다시는 내 얼굴을 볼 기회가 없기를 바란다고 빌었을 것이다. 확실하다.

그녀가 말에 올라탔다. 그러자 뱁티스트가 그녀 곁으로 다가섰다. 그녀가 손을 내밀자 그는 그 손을 잡았다. 아직도 그 손을 놓지 못한 채, 그는 충심 어린 태도로 무어라 말을 건넸다. 나는 그가 무슨 말을 했는지 듣지 못했다. 그러나 나는 그 말을 듣고 그녀가 눈물을 보이리라고 생각했다. 그런데 아니었다. 인형의 미소가 입가에 번지더니 그녀 얼굴에 고정된 채 남아 있었다. 사실, 그녀가 막달라 마리아처럼 울었다 해도 내 감정에 무슨 변화가 있었겠는가? 나는 이제 지칠 대로 지쳤다. 환장을 할 정도로 나를 갈등으로 몰아넣던 온갖 감정의 소용돌이가 나를 떠나버리고, 지치고 공허한 상태로 만들었다. 그러나 최소한 내 정신은 말짱하다.

나는 이 사람들한테 정나미가 떨어졌다. 나는 그들의 웃음도 그들의 눈물도, 그들의 아첨도, 질투도, 간교도, 속임수도 다 싫다. 그리고 나는 이곳을 증오한다.

나는 산도 언덕도 강도 비도 증오하고, 그 색깔이 무엇이든 간에, 황혼도 증오한다. 나는 이곳의 아름다움도 마력도 그리고 내가 결코 알아낼 수 없는 비밀도 증오한다. 나는 이곳이 보여 주는 아름다움 속에 내재한 무관심도 잔인성도 증오한다. 무엇보다도, 나는 이 여자를 증오한다. 왜냐하면 이 여자는 그 마력과 아름다움의 일부이기 때문이다. 그녀는 나를 목마른 상태로 남겨 놓았다. 내 온 인생은, 발견하기도 전에 이미 상실한 것을 그리워하고 목말라하는 그런 인생이 될 것이다.[19)]

그렇게 우리는 말을 타고 그곳을 떠났다. 그 숨겨진 장소를. 그녀는 이제 길을 따라 먼 데까지 왔다.

곧 그녀도 비밀을 알지만 말하지 않는, 아니 말하지 못하는 다른 여자들의 대열에 낄 것이다. 그들은 말을 해보려고 노력하겠지만 결국 실패하고 만다. 그런 여인들의 모습은 두드러져 눈에 띈다. 하얀 얼굴, 멍한 눈빛, 허망한 몸짓, 고음으로 쏟아놓는 웃음. 그들은 괜히 왔다 갔다 하고, 재잘거리고, 비명을 지른다. 만일 그들을 조롱하면, 자살을 하거나 우리를 살해하려고 할 것이다. 맞아, 항상 그들을 감시해야 해. 때가 무르익어 그들이 우리를 죽이려고 할 수도 있어. 그러나 그렇게 되면 결국 그들은 사라지게 되는 거지. 그러나 다른 여자들이 그들의 자리를 대신 차지하려고 길고 긴 줄을 서 있는걸. 저 여자도 그중 하나인 거야. 나는 기다릴 수 있어. 그녀가 단지 피해야 하고 가두어버려야 하는 하나의 기억이 될 때까지, 그리하여 모든 기억처럼 결국 전설이 될 때까지, 혹은 거짓말로 치부될 때까지, 나는 기다릴 수 있어.

우리가 모퉁이를 돌 때 내가 뱁티스트를 생각했던 것이 기억난다. 그에게 뱁티스트라는 이름 외에 또 다른 이름이 있는지 궁금했었지. 한 번도 물어보지는 못했지만. 그리고 값을 부르는 대로 집도 팔아야겠다는 생각을 했던 것도 떠오른다. 그 집은 그녀에게 다시 돌려주어야겠다고 생각했었지만, 이제 그게 무슨 소용이 있단 말인가?

그 바보 같은 꼬마 녀석이 우리를 따라왔다. 머리에 인 광주리의 균형을 잘도 잡으며. 그 녀석은 흐르는 눈물을 손등으로 연신 닦아냈다. 그렇게 울며 따라오는 꼬마 녀석이 있으리라고 누가 생각이나 했겠는가? 별일도 아닌 걸 가지고. 아무것도…….

3장 손필드

"부친과 형님이 사망했을 때 그 사람은 자메이카에 살고 있었대."
그레이스 풀[1]이 말했다.

"모든 유산이 그의 몫이 되었지만, 유산을 받기 전에도 그는 벌써 아주 부자였다는군. 어떤 사람은 참 복도 많지. 그리고 그이가 영국으로 데려오는 여자에 관한 얘기도 많았지. 다음 날 에프 부인이 나를 보자고 했어. 그러고는 소문에 대해 불평을 하는 거야. 나는 뜬소문은 절대 허용 못 해요. 그레이스가 여기 처음 왔을 때 내가 말했지요? 하인들이 입을 놀리는 걸 어떻게 막습니까? 하고 내가 말했지. 거기다가 이런 상황에서 제가 일을 할 수 있을지 모르겠어요. 사람을 구한다는 광고에 응했을 때, 제가 돌봐야 하는 사람이 어린 여자라고 했지요? 제가 돌볼 사람이 늙은 사람이냐고 여쭈어보니 아니라고 답하셨잖아요. 이제 그이를 직접 보니 제가 어떻게 생각해야 할지 모르겠군요. 그 여자가 추워서 발발 떨며 앉아 있는데 어찌나 말랐던지. 만일 저 사람이 제가 돌보는 동안 죽으면 제가 그 책임을 져야 하지 않나요? 잠깐, 그레이스. 에프 부인이 말했어. 손에는 편지 한 통을 들고 있더군. 그레이스가 결정하기 전에 이 댁 주인이 이 문제에 대해 어떻게 생각하시는지 들어봐요. '만일 그레이스 풀이라는 여자가 적당하다고 생각한다면, 월급을 두세 배 올려주도록 하시오.' 에프 부인이 읽어주더군. 그러더니 편지를 잘 접어서 치우더라고. 그렇지만 나는 그다음 장에 쓴 글을 슬쩍 볼 수 있었어. '이 문제에 대해 내게 더 이상 묻지 마요.' 봉투에 붙인 우표를 보니 외국에서 온 거야. '돈을 많이 준대도 저는 악마를 위해서는 일 안 할랍니다.' 내가 말했지. '이 신사분을 위해 일하는 것이 악마를 위해 일하는 거라고 생각한다면, 그레이스는 큰 실수를 범하는 거예요.' 에프 부인이 말했어. '나는 이분이 소년이었을 때 보았고, 청년일 때도 보았지만, 아주 신사답고 너그럽고 용감한 분이셔요. 서인도제도에서 사시는 동안 도저히 알아볼 수 없을 정도로 변하셨지요. 머리는 희끗희끗해지고, 눈에는 비참함이 서리게 되었으니. 그분을 그렇게 만드는 데 관련된 사람을 가엾게 생각하라고 말하지 마요. 나는 이미 충분히 말했고, 어쩜 너무 많이 말한 것 같군요. 월급을 세 배씩 줄 의향은 없고 두 배는 주려고 해요. 그러나 입놀림은 안 돼요. 만일 소문이 나게 되면 즉각 해고하겠어요. 다른 사람을 쓰는 게 불가능한 일은 절대 아니니까. 이해가 됐겠지요?' 알았습니다. 잘 이해했습니다. 내가 말했지.

그리고 나서, 모든 하인들을 내보냈어. 에프 부인이 요리사와 허드렛일을 할 여자 하나, 그리고 너, 리아를 새로 고용한 거야. 먼저 있던 사람들을 다 내보냈지만, 어떻게 그들이 입방아를 찧는 걸 막을 수가 있겠어. 내 생각엔 아마 이 지방에 사는 사람들이 다 안다고 봐야 할 거야. 내가 들은 소문은 진실과는 많이 달라. 그러나 나는 그걸 반박할 의도는 없어. 아무 말도 하지 말아야 한다는 걸 잘 아니까. 어쨌든 이 집은 크고 안전해서 여성에게 어둡고 잔인할 수 있는 세상으로부터 안식처가 되어줘. 아마 그 이유 때문에 내가 계속 있는 거라고 말해야 할 거야."

이 두꺼운 벽들. 그레이스는 생각했다. 관리인의 집을 지나서 나무가 양쪽으로 늘어선 길을 따라 집 안으로 들어오면, 벽난로에서 불이 활활 타오르고 진홍과 흰색이 잘 조화된 방들이 있는 곳. 그러나 무엇보다도 두껍고 우람한 벽들이 우리가 일생 동안 싸워왔지만 더 이상 싸울 수 없는 모든 것들을 막아주는 곳. 그래, 맞아. 에프 부인, 리아, 그리고 나. 우리가 여기 남아 사는 이유는 그것 때문일 거야. 자기만의 어둠 속에서 사는 저 여자 말고는 우리 모두가 그래서 여기 사는 거지. 저 여자에게서 내가 발견한 사실은 저 여자가 아직도 혼을 잃은 것은 아니라는 거지. 아직도 사나워. 저 여자의 눈에서 그 격렬한 혼을 발견하면, 나는 저 여자를 모른 체하지 못하겠어. 내가 그걸 아니까.

이 방에서 나는 일찍 잠을 깼지만 너무 추워 벌벌 떨며 누워 있었다. 드디어 나를 돌봐 주는 여자, 그레이스 풀이 신문지와 쏘시개로 불을 지피고 석탄을 넣었다. 그녀는 무릎을 꿇고 앉아 풀무를 돌렸다. 신문지가 몸을 비틀고, 쏘시개로 사용한 나뭇가지가 탁탁 소리를 내고, 때로는 칙칙거리며 불을 내뿜기도 했다. 석탄에서 연기가 나더니 벌겋게 달아올랐다. 불꽃이 솟아올랐고 화염은 아주 아름다웠다. 나는 침대에서 나와 불꽃을 보려고 불가로 가까이 갔다. 그러고는 왜 나를 여기에 데려왔는지 생각했다. 무슨 이유 때문일까? 분명 이유가 있을 텐데. 내가 해야 하는 일이 도대체 무엇이란 말인가? 처음 여기에 도착했을 때 나는 하루나 이틀, 그렇지 않으면 일주일 정도 머무는 줄 알았다. 내가 그를 보게 되어 말할 기회가 생기면, 나는 뱀처럼 현명하고 비둘기처럼 양순하게 굴리라고 마음먹었다. "제가 가진 모든 것을 당신께 무조건 드릴게요."라고 말해야지. "저를 집으로 보내만 주신다면, 다시는 당신을 골치 아프게 하지 않을게요." 그러나 그는 한 번도 오지 않았다.

그레이스 풀은 나와 같은 방에서 잠을 잔다. 밤중에 나는 그녀가 식탁에 앉아 돈을 세는 것을 볼 수 있다. 그녀는 금화를 손에 들고 미소를 짓는다. 그녀는 돈을 범포 천으로 만든 주머니에 넣고 끈을 잡아당긴 후 목에 걸어 옷 속에 감춘다. 처음에는 돈을 주머니에 넣기 전에 나를 꼭 쳐다보았지만, 내가 항상 자는 척했더니 이젠 나에게 신경 쓰지 않는다. 그녀는 식탁 위에 있는 술병을 입에 대고 마시고는 침대에 들거나, 그렇지 으면 팔을 식탁에 올려놓고 팔을 베개 삼아 잠들어 버린다. 그러나 나는 누운 채 불이 꺼져가는 것을 지켜본다. 그녀가 코를 골 때, 나는 일어나 무채색의 술을 마셔보았다. 처음 술을 입에 댔을 때 뱉어버리고 싶었지만 억지로 꿀꺽 삼켰다. 잠자리로 돌아와 누우니 나는 더 많은 것을 기억하고 다시 생각할 수도 있었다. 이제 춥지도 않다.

한쪽 벽 높은 곳에 창문이 딱 하나 있다. 그러나 창문을 통해 밖을 볼 수는 없다. 내가 자는 침대에는 원래 문이 있었지만, 그들이 문짝을 떼어버렸다. 방에는 볼 것이 별로 없다. 그녀가 잠을 자는 침대가 있고, 검은색의 옷장이 있고, 중앙에는 식탁이 있으며 과일과 꽃들이 조각된 까만 의자가 두 개 있다. 의자의 등받이는 높고 팔걸이 부분은 없다. 화장실은 아주 작고, 옆방에는 태피스트리가 걸려 있다. 어느 날 태피스트리를 바라보고 있자니 맨발에 파티복을 입은 어머니의 모습이 나타났다. 어머니는 나를 외면했고 항상 그랬던 것처럼 내 머리 너머로 시선을 옮겼다. 그레이스에게는 이 말을 하지 않을 거다. 그녀의 이름이 그레이스여서는 안 돼. 이름이라는 건 중요하니까. 그 남자가 나를 앙투아네트라고 부르지 않자, 나는 앙투아네트가 창문을 통해 슬그머니 날아가 버리는 것을 보았어. 앙투아네트의 향기도, 옷도, 거울도 모두 사라져버리는 것을 나는 보았거든.

이 방에는 거울이 없다. 그래서 나는 지금 내가 어떤 모습인지 알지 못한다. 나는 내가 브러시로 머리를 빗던 모습과 거울 속의 내가 나를 쳐다보던 눈길을 기억한다. 내가 본 그 거울 속 여자가 나 자신이다. 그렇다고 정확히 나 자신이라고 말할 수는 없다. 오래전 일이지만 내가 어린 소녀였을 때, 나는 너무나 외로워 거울 속의 나에게 입을 맞춘 적이 있었다. 그러나 유리가 우리를 가로막았다. 유리는 딱딱하고 차디찼으며, 내 입김 때문에 뿌옇게 안개가 꼈다. 이제 그들이 모든 것을 다 가져가 버렸다. 나는 도대체 이곳에서 무얼 하고 있는 건가? 나는 누구란 말인가?

태피스트리가 걸려 있는 방의 문은 항상 잠겨 있다. 그러나 나는 안다. 그 문을 열면 복도로 연결된다는 것을. 거기서 내가 한 번도 보지 못한 또 다른 여자가 그레이스와 서서 얘기를 한다. 그 여자의 이름은 리아다. 나는 그들의 대화에 귀를 기울이지만 무슨 뜻인지 이해할 수 없다.

지금도 내 귀에서는 내가 일생 동안 들어온 속삭임이 들린다. 그러나 이번 속삭임은 완전히 못 듣던 목소리다.

밤이 되고, 그레이스가 술 몇 잔을 마신 후 잠이 들면, 그녀에게서 열쇠를 빼내는 것은 어렵지 않은 일이다. 나는 이제 그녀가 어디에 열쇠를 감추는지도 안다. 그러면 나는 문을 열고 그들의 세상으로 걸어 들어간다. 그 세상은 뻣뻣하고 누런 마분지로 만든 세상이다.[2] 나는 이런 마분지의 세상을 어디선가 본 적이 있다. 그 세상의 모든 것은 갈색이거나 짙은 빨강, 그렇지 않으면 노란색으로 칠해져 있고, 밝은 햇빛은 도무지 찾아볼 수가 없다. 복도를 걸으며 나는 그 마분지들 뒤에 무엇이 있을까 궁금해진다. 사람들은 이곳이 영국이라고 하지만 나는 그들의 말을 믿을 수 없다. 우리가 영국으로 가는 도중 길을 잃은 거다. 언제 길을 잃었지? 어디서? 기억할 수는 없지만, 길을 잃은 것은 확실하다. 그날인가? 그날 여객선 선실로 한 젊은이가 내게 먹을 것을 가지고 들어왔던 그 저녁인가? 나는 그 남자의 목에 양팔을 감고 제발 나를 좀 도와달라고 부탁했었지. "제가 어떻게 해야 하는지 몰라서요, 선객님." 그 사람이 말했다. 나는 선실의 둥근 유리창에 접시와 유리잔을 던져 그걸 깨보려고 했다. 내 소망은 유리창이 깨지고 바닷물이 밀려 들어 오는 거였다. 여자 하나와 나이 들어 보이는 남자 하나가 들어오더니 깨진 조각들을 다 치웠다. 그러는 동안 그 사람들은 나를 전혀 쳐다보지 않았다. 세 번째 남자가 들어와 내게 말했다. "이걸 마셔보세요. 그리고 잠을 좀 주무세요." 그걸 마시자 느낌이 이상해졌다. "뭐가 다 달라 보여요." "알아요, 전과는 완전히 다르지요." 그 사람이 말했다. 그리고 나는 잠에 빠져버렸는데, 눈을 뜨니 우리는 모르는 바다에 와 있었다. 바닷물이 훨씬 차디차던 걸 기억한다. 내 생각에는 바로 그날 밤, 영국으로 가는 길을 잃은 거다. 내가 밤이면 나와서 돌아다니는 이 마분지로 만든 세계는 영국이 아니다.

어느 날 아침 잠을 깨니 온몸이 다 아팠다. 감기가 왔을 때 몸이 쑤시는 것과는 전혀 다른 아픔이다. 내 손목이 빨갛게 부어 있었다.

"어젯밤에 있었던 일을 하나도 기억 못 한다고 말할 참이지요?"

그레이스 풀이 말했다.

"어젯밤이라니? 그게 언젠데요?"

내가 말했다.

"어제라니까요."

"나는 어제 일을 기억 못 하는데."

"어젯밤에 신사 한 분이 찾아왔잖아요?"

"어떤 남자 말이에요?"

이 집에는 내가 알지 못하는 남자들이 여럿 있기 때문이다. 내가 열쇠를 훔쳐 복도로 나갔을 때 먼 곳에서 남자들의 웃는 소리가 났다. 마치 새들이 지저귀는 소리처럼. 내가 있는 곳의 아래층에는 불이 환하게 켜져 있었다.

복도 모퉁이를 막 도는데, 침실 문이 열리더니 소녀가 나왔다. 흰옷을 입은 그 소녀는 콧노래를 부르고 있었다. 나는 소녀가 나를 보는 걸 원치 않았기 때문에, 벽에 몸을 바짝 붙였다. 소녀가 발을 멈추더니 주위를 살폈다. 그녀는 그림자 외에 아무것도 보지 못했다. 나를 볼 수 없게 잘 처신했으니까. 그러나 그 소녀는 층계까지 걸어가는 대신 막 뛰어갔다. 어린 소녀와 또 다른 아가씨가 층계 가까이서 만났다.[3] 두 번째 여자가 말했다.

"유령을 보았니?"

"본 건 아무것도 없는데 웬일인지 느낌이 이상했어요."

"그게 유령이야."

두 번째 아가씨가 말했다. 그들은 함께 층계를 내려갔다.

"어떤 남자가 나를 보러 왔었지, 그레이스 풀?"

그는 분명 오지 않았다. 내가 아무리 잠들어 있었다 해도, 그가 왔었다면 나는 곧 알아차렸을 것이다. 그는 아직 한 번도 온 적이 없다.

"내가 생각하기에는 말하는 것보다 훨씬 많이 기억하는 것 같은데요?"

그레이스가 말했다.

"손님 앞에서 조용하고 분별 있게 행동하겠다고 약속했는데, 왜 그런 짓을 했어요? 다시는 잘해 줄 수가 없겠어요. 오빠가 오셨어요."

"내가 오빠가 어디 있어?"

"그분 말씀이 분명 오빠라고 했는데."

내 기억력이 먼 옛날의 사건들로 손을 뻗치고 있었다.

"그 사람 이름이 리처드라고 합디까?"

"자기 이름은 말하지 않던데."

"나 그 사람 알아요."

나는 갑자기 침대에서 뛰어내렸다.

"여기 있었는데, 여기 있었는데. 내가 그레이스의 야수 같은 눈을 피해 모든 것을 숨기듯 여기 숨겨 놓았어. 그런데 어디 갔지? 내가 어디에 숨겼더라. 신발 밑창에? 매트리스 밑에? 옷장 위에? 그렇지 않으면 내 빨간 드레스 주머니에? 내 편지가 어디 갔지? 내가 짧게 편지를 썼는데. 리처드는 긴 편지 읽는 것을 싫어하거든. 리처드 오빠, 제발 나를 이곳에서 빼내 주세요. 이곳은 너무 춥고 어두워서 나는 죽어가고 있어요."

"방을 헤매며 찾아봤자 소용없어요. 그분은 가버렸고, 다시는 오지 않을 테니까. 나라도 오지 않겠어요."

그레이스 풀이 말했다.

"나는 하나도 기억이 안 나. 무슨 일이 벌어졌는지 기억에 없어."

"그분이 여기 왔을 때, 전혀 동생을 알아보지 못하시더라고요."

"불을 좀 피워요. 너무 추워요."

내가 말했다.

"갑자기 오빠라는 분이 이곳에 오셔서 동생을 보겠다고 조르는 거예요. 그런데 그런 식으로 고마움을 표시했으니, 원. 칼을 들고 그분에게 덤볐잖아요. 칼을 뺏으니까 이번에는 그분의 팔을 이빨로 물었어요. 아마 다시는 오빠를 볼 수 없을 겁니다. 어디서 칼을 구했지요? 내 칼을 훔친 거라고 말은 했지만 내가 그렇게 허술한 사람이 아니거든요. 나는 잘 알아요. 내게서 훔친 게 절대 아니지요? 지난번 우리가 산보를 나갔을 때, 그날 산 거지요? 내가 에프 부인에게 바깥 공기를 가끔 쏘이게 해달라고 했거든요."

"우리가 영국에 갔던 날 샀어요."

"바보, 여기가 영국이에요."

"그렇게 말해도 나는 안 믿어. 절대 믿지 않을 거야."

(그날 오후 우리는 영국에 갔다. 잔디도 있고 물은 올리브 색깔이었다. 키가 큰 나무들이 물 위로 그림자를 드리우고 있었다. 이곳이 영국이야. 나는 생각했다. 여기서 살 수 있다면 나는 건강해질 텐데, 그리고 내 귀에서 들리는 소리도 멈출 거야. 좀 더 놀다가 가자고 내가 졸랐더니 그녀는 나무 밑에 앉아 곧 잠이 들어버렸다. 좀 떨어진 곳에 말과 마차가 있었다. 마차의 주인은 여자였다. 그 여자가 내게 칼을 판 사람이다. 나는 칼 값으로 내 목에 걸고 있던 목걸이를 주었다.)

그레이스 풀이 말했다.

"그래서, 오빠를 칼로 공격한 걸 기억 못 한다는 말이에요? 내가 그분에게 손님 앞에서는 차분히 행동할 거라고 말했는데. '동생과 꼭 대화를 나누고 싶어요.' 그분이 말했죠. 내가 주의를 주었지만 내 말을 듣지 않더군요. 나도 방 안에 있었지만 무슨 말을 그분이 했는지는 못 들었어요. 단지 '너와 네 남편 사이의 일은 법적으로 내가 간섭할 수가 없단다.'라는 말밖엔. 그가 바로 '법적으로'라는 말을 했을 때, 바로 그 순간에 갑자기 날아가듯 칼을 들고 덤비더군요. 칼을 뺏기니까 이번에는 이로 물어뜯었지요. 이걸 하나도 기억 못 한다는 말입니까?"

이제 나는 리처드가 나를 알아보지 못했던 걸 기억해 냈다. 날 처음 보았을 때 시선을 한쪽으로 돌리더니, 다음엔 또 다른 쪽으로 돌리며 어디를 봐야 할지 몰라 절절매던 모습이 기억난다. 그가 드디어 나를 똑바로 보더니 마치 내가 처음 보는 사람이라도 되는 양 말을 꺼냈다. 그런 대우를 받았을 때 그레이스 같으면 어떻게 행동하겠어요? 왜 비웃는 거예요?

"내 빨간 드레스도 감추었어요? 내가 그 옷을 입었더라면 리처드가 나를 알아보았을 텐데."

"아무도 감춘 사람 없어요. 옷장에 걸려 있어요."

그레이스가 나를 보더니 말했다.

"얼마나 오래 여기서 살았는지 알지도 못하는 것 같아, 가엾은 사람."

"아니, 그 반대지. 내가 얼마나 오래 이곳에 있었는지 나는 아니까. 밤이 지나고, 낮이 지나고, 또 밤이 가고, 또 낮이 가고, 수백 날들이 내 손가락 사이로 빠져 달아났어. 그게 무슨 문젠가? 시간은 내게 아무 의미도 없어. 단지 내가 만질 수 있고 손에 들고 있을 수 있는 것, 예를 들면 내 빨간 드레스 같은 게 내게 의미가 있는 거야. 그 옷이 어디 있지?"

그녀는 옷장을 향해 고개를 까딱했고, 동시에 입술 양 끝은 아래로 축 처졌다. 옷장의 열쇠를 돌리자 화염과 황혼의 색깔을 닮은 그 옷이 옷걸이에 걸려 있었다. 타는 듯 눈부신 꽃들의 색깔.

"만일 죽어서 봉황목 밑에 묻히면, 그 나무가 꽃 피울 때 죽은 사람의 영혼이 하늘로 올라간대요.[4] 누구나 그러길 바라지요."

내가 말했다.

그녀는 고개를 끄덕였지만 몸을 움직이지도 나를 건드리지도 않았다.

옷에서 풍겨오는 향기가 처음엔 아주 희미했지만, 점점 짙어졌다. 창포, 협죽도, 계피, 라임이 꽃 피울 때 나는 향기가 흘러나오더니, 태양의 냄새와 비의 냄새까지 뿜어져 나왔다.

……샌디가 나를 마지막으로 만나러 왔을 때 나는 이 빨간 드레스를 입고 있었다.

"나와 함께 갈래?"

그가 물었다.

"아니, 나는 갈 수 없어."

내가 대답했다.

"그럼 이게 이별이군."

"맞아, 이별이야."

"그렇지만 너를 이렇게 두고 내가 어떻게 떠나지? 너는 불행하잖아."

"이건 시간 낭비야."

내가 말했다.

"우리에게 별로 많은 시간이 남은 것도 아닌데."

그 사람이 집에 없을 때, 샌디가 가끔 나를 보러 왔었다. 혹 마차를 타고 나갈 때면 나는 샌디를 만나곤 했다. 그때만 해도 나는 마차를 몰고 나가곤 했으니까. 하인들이 다 알았지만 아무도 알은체하지 않았고 모두 함구했다.

이제 시간이 거의 없어서 우리는 그 우스꽝스럽게 생긴 방에서 키스를 했다. 펼쳐진 부채들이 벽을 장식하고 있는 방이었다. 우리는 가끔 키스를 했지만 그날처럼 열정적으로 한 적은 없었다. 그건 죽음과 생명을 가르는 그런 입맞춤이었다. 시간이 한참 지난 후에야 그것이 죽음과 생명을 가르는 키스였음을 나는 알게 되었다. 하얀 여객선이 뱃고동을 세 번 울렸다. 한 번은 경쾌하게, 두 번째는 선객들을 부를 목적으로, 그러나 세 번째는 이별을 고하는 고동 소리였다.

나는 빨간 드레스를 옷장에서 꺼내 몸에 대보았다.

"이 옷을 입으면 내가 무절제하고 품행이 나쁜 여자로 보여요?"

내가 물었다. 그 사람이 내게 그렇게 말했기 때문이다. 그 사람이 샌디가 집에 왔던 것도, 내가 나가서 그를 만났던 것도 모두 알게 되었다. 누가 얘기를 했을까? "품행 나쁜 어머니의 품행 나쁜 딸이군." 그가 내게 말했다.

"저리 치워요."

그레이스 풀이 말했다.

"와서 식사나 하세요. 여기 회색 숄이 있으니 몸에 둘러요. 좀 더 좋은 음식을 주면 안 되나. 나는 그걸 이해할 수가 없어. 그렇게 잘살면서."

그러나 나는 옷을 다시 들여다보았다. 혹 그들이 내게 마지막으로 최악의 행위를 하지나 않았나 하고. 내가 보지 않을 때 그들이 이 빨간 드레스를 '바꾸어놓은' 것은 아니겠지. 만일 그들이 이 옷을 다르게 고쳐놓았다면, 그래서 이 옷이 내 옷이 아니라면? 그렇다면, 그들이 어떻게 향기를 이 옷에 넣었지?

"거기 서서 떨지 말고, 어서 이리로 와요."

그녀가 말했다. 그녀의 말투치고는 아주 친절하고 부드럽다.

나는 빨간 드레스를 바닥에 흘려놓았다. 그러고는 옷에서 불로, 불에서 옷으로 시선을 옮겼다.

나는 회색 숄을 몸에 둘렀다. 그레이스에게 배가 고프지 않다고 말했지만, 그녀는 전과 달리 억지로 내게 먹이려 하지 않았다.

"어제저녁 일을 기억하지 못한다니 기가 막혀서. 이 방에선 비명 소리가 계속 나오고, 피는 여기저기 튀고, 그 신사분은 기절을 했는데. 나는 손님을 공격하게 놔뒀다고 야단을 맞았어요. 주인님이 며칠 있으면 오신다고 하던데, 어쩌지? 이제 다시는 도와주지 않을 거야. 당신은 내가 도울 수 있는 경지를 넘어섰다고요."

"내가 만일 빨간 드레스를 입고 있었더라면, 리처드는 나를 알아보았을 텐데."

"그 잘난 빨간 드레스 말이죠."

그레이스가 비웃었다.

바닥에 흐트러진 내 빨간 드레스를 보고 있자니 불이 바닥 여기저기로 퍼져 나가는 듯 느껴졌다. 그 모습은 너무도 아름다웠다. 화염은 내가 무엇을 해야만 하는지를 가르쳐주려는 듯했다. 내가 무엇을 해야만 하는지 나는 곧 기억하게 될 거야. 나는 생각했다.

내가 세 번째 꿈을 꾼 것은 바로 그때다. 그러나 꿈은 거기서 끝이 났다. 팔베개를 하고 잠이 든 여자를 바라보며, 나는 내가 누워 있는 이 방으로 올라오는 층계가 있다는 것을 이제 안다. 세 번째 꿈에서 나는 그레이스가 코를 골 때까지 기다리다 침대에서 일어나 열쇠를 훔쳐 방을 나왔다. 내 손에는 불 켜진 초가 하나 들려 있다. 이번에는 그 어떤 때보다도 쉽게 방을 빠져나올 수 있었다. 나는 날아가듯 복도를 걷고 있었다.

그동안 이 집에 머물고 있던 사람들이 모두 떠났고 침실의 문들은 모두 닫혀 있었다. 그러나 나는 누가 내 뒤를 따라오는 것같이 느꼈다. 누가 내 뒤를 쫓아오며 웃는 것 같았다. 때때로 나는 좌우로 고개를 돌렸지만, 뒤는 절대 돌아다보지 않았다. 이 집에 가끔 나타난다고 사람들이 말하는 그 유령 여인을 보고 싶지 않았기 때문이다. 나는 층계를 내려가 여태 가보지 못한 곳까지 구경하기로 했다. 늘어선 방들 중 하나에서 사람이 말하는 소리가 들렸다. 나는 그 방을 소리 내지 않고 살짝 지나쳤다.

드디어 나는 램프가 켜진 넓은 통로까지 왔다. 내가 처음 이곳에 도착했을 때 본 기억이 났다. 램프가 켜져 있고, 어두운 계단이 있었으며 나는 얼굴에 베일을 쓰고 있었다. 기억하지 못하는 줄 알지만 나는 기억한다. 오른쪽에 문이 하나 있었다. 나는 그 문을 열고 안으로 들어갔다. 붉은 카펫과 붉은 커튼이 달린 아주 큰 방이다.[5] 커튼과 카펫을 제외한 모든 것이 흰색이었다. 나는 소파에 앉아 방을 둘러보았다. 내겐 이 방이 제단이 없는 교회처럼 춥고, 슬퍼 보이며, 휑하게 느껴졌다. 방을 자세히 보기 위해 나는 모든 초에 불을 밝혔다. 초는 많기도 했다. 나는 그 많은 초를 하나하나 조심스럽게 내가 가지고 나온 초로 점화했지만 천장에 달린 샹들리에에는 손이 닿지 않았다. 나는 혹 제단이 있을까 하고 주위를 살펴보았다. 너무도 많은 초가 있었고 온통 빨간색 천지라서 꼭 교회처럼 보였기 때문이다. 나는 금시계가 재깍거리는 소리를 들었다. 금은 그들이 숭배하는 우상이다.

내가 앉아 있는 소파는 푹신하여 몸이 편안히 파묻히는 것 같았지만, 그 방에서 나는 갑자기 비참해졌다. 내가 잠이 들면 어쩌지? 그때 발소리가 들린 것 같았고, 만일 사람들이 나를 이 방에서 발견하면 나는 뭐라고 말할 것이며, 어떻게 할까 상상했다. 나는 왼손으로 오른쪽 손목을 잡고 기다렸다. 그러나 아무 일도 없었다. 그 후 나는 무척이나 피곤했다. 정말 너무나 피곤했다. 그 방에서 나오고 싶었다. 내가 가지고 나온 초가 거의 다 닳았다는 걸 발견하고 그 방에 있는 촛불 하나를 집어 들었다. 갑자기 나는 코라 이모 방에 있었다. 창문을 통해 햇빛이 들어왔다. 정원에는 나무들이 울창했고, 나무 잎사귀들이 만들어내는 그림자가 마루에 누워 있었다. 그러나 밀랍 초들이 내 눈에 띄었고, 내가 그것들을 싫어했기 때문에 나는 초를 모두 넘어뜨려 버렸다. 대부분의 초는 꺼졌지만, 촛불 하나가 두꺼운 붉은 커튼 뒤에 있던 얇은 흰색 커튼으로 옮아 붙었다. 아름다운 화염이 솟아오르고 삽시간에 불이 퍼져나가자 나는 큰 소리로 웃었다. 그러나 곧 그 방을 나왔다. 바로 그때, 내가 그 여인을 본 것이다. 그 유령 여인을. 물결치는 듯한 머리가 치렁거리는 그 여인을. 유령 여인은 금칠한 프레임 속에 갇혀 있었다. 그러나 나는 그 여인이 누구인지 안다. 나는 놀라 초를 떨어뜨렸고 불은 식탁보에 옮겨 붙었다. 곧 화염이 높이 솟아올랐다. 내가 뛰었는지 둥둥 떠갔는지 아니면 날아가고 있었는지는 몰라도 나는 도와줘요, 크리스토핀 하고 외쳤고, 뒤를 돌아보니 나는 크리스토핀으로부터 도움을 받아왔다는 사실을 알 수 있었다. 불로 된 벽이 나를 보호하고 있었다. 그러나 어찌나 뜨거운지 불은 나를 태울 것 같았고 나는 거기서 빠져나왔다.

테이블 위에는 더 많은 촛불이 켜져 있었다. 나는 그중 하나를 집어 들고 계단을 뛰어올라 그다음 층으로 올라갔다. 이 층에서 나는 초를 집어던졌다. 그러나 불이 어떻게 퍼져가고 있나 보려고 그곳에서 기다리지는 않았다. 나는 마지막 계단을 뛰어올라 복도를 따라 뛰어갔다. 그들이 처음 나를 이곳에 데려왔을 때 잠시 쉬었던 방을 지났다. 그게 어제였나 그제였나, 기억이 나지 않았다. 내가 이 집에 대해 이렇게 잘 알고 있는 것을 보면, 아마도 훨씬 오래전 일인가 보다. 나는 이제 열기와 사람들의 아우성 소리를 피하는 방법을 안다. 내가 지붕 위로 올라갔을 때, 시원한 바람이 불었고 사람들의 고함도 거의 들리지 않았다. 나는 조용히 거기 앉아 있었다. 얼마나 시간이 지났는지 알 수가 없었다. 나는 몸을 돌려 하늘을 보았다. 하늘은 붉은색이었고 내 모든 인생이 그 안에 있었다. 나는 할아버지의 시계 그리고 코라 이모의 알록달록한 조각 이불을 보았다. 나는 양란 그리고 덩굴식물들 그리고 재스민 그리고 생명의 나무가 불타오르는 것을 보았다. 나는 샹들리에 그리고 아래층에 있던 붉은 카펫 그리고 대나무 그리고 양치식물인 황금색 고사리 그리고 은색 고사리, 정원 담을 덮은 벨벳처럼 부드러운 초록색 이끼들을 보았다. 나는 인형의 집 그리고 책들 그리고 밀러 씨의 딸이라고 이름 붙은 그림도 보았다. 나는 앵무새가 모르는 사람을 보면 항상 그랬듯이 거기 누구세요? 거기 누구세요? 라고 묻는 소리를 들었다. 나를 증오하는 남자가 나를 부르고 있었다. 버사! 버사! 바람이 내 머리에 닿으니 머리칼은 마치 날개처럼 물결치며 펄럭였다. 내가 만일 저 아래 단단한 돌바닥으로 뛰어내리면 내 머리칼이 날개가 되어 나를 둥둥 뜨게 하겠지.[6] 나는 생각했다. 그러나 내가 지붕의 끝자락 너머로 눈을 돌리니 쿨리브리에서 수영하던 작은 강이 보였고, 거기 티아가 서 있었다. 티아가 나를 보고 손짓을 했다. 내가 주저주저하자 티아가 웃었다. 티아가 나를 향해 소리치는 것을 들었다. 무서워서 그래? 다시 나는 그 남자의 목소리를 들었다. 버사! 버사! 이 모든 것을 나는 순간이라는 시간의 파편 속에서 듣고 보았던 것이다. 하늘은 너무도 붉었다. 누군가가 비명을 질렀고 나는 생각했다. '왜 내가 소리 지르지?' 나는 티아! 하고 소리치며 지붕에서 뛰어내렸다. 그리고 꿈에서 깼다.

그레이스 풀은 식탁에 앉아 있었다. 그러나 그녀도 그 비명을 들었던 모양이다. 왜냐하면 그녀가 "이게 무슨 소리지?" 하고 말했기 때문이다. 그녀가 자리에서 일어나더니 내게로 걸어와 나를 뚫어지게 쳐다보았다. 나는 죽은 듯이 누워 눈을 감고 고른 숨을 내쉬었다. "내가 꿈을 꾼 모양이야." 그녀가 말했다. 그러더니 이번에는 식탁으로 가지 않고 침대로 향했다. 나는 아주 오랜 시간 동안 기다렸다. 그녀가 코를 고는 소리를 들은 후, 나는 침대에서 일어나 열쇠를 집어 들고 잠긴 문을 열었다. 그리고 촛불을 들고 복도로 나왔다. 이제 드디어 나는 내가 왜 여기에 끌려왔는지를 알게 되었고, 무엇을 해야만 하는지도 알았다. 바람이 어디서 불어왔는지 촛불이 깜박거렸고, 나는 촛불이 꺼졌다고 생각했다. 그러나 내가 손으로 바람을 막아주자 촛불은 다시 살아나 타오르기 시작했다. 내가 가는 이 캄캄한 길을 밝혀 주기 위하여.[7)]

작품해설

 샬롯 브론테의 『제인 에어』를 읽은 사람들에게 그 소설에서 가장 기억에 남는 것이 무엇이냐고 물으면, 대개 로체스터와 제인이 나누는 지고지순한 사랑의 얘기거나, 고아인 제인이 주체적 자아를 획득한 훌륭한 여성으로 성장하여 결혼에 골인하는 과정이라고 말한다. 로체스터의 저택, 손필드의 다락방에 감금돼 있는 '광녀' 버사 메이슨을 명확히 기억하는 사람은 별로 없다.
 『제인 에어』를 자세히 읽은 사람이라면 이 소설에 이해되지는 점들이 많다는 사실을 알게 될 것이다. 브론테의 관심은 분명 가부장 세계가 여성에게 가하는 여러 가지 병폐를 지적하고, 그것에 맞서 꿋꿋하게 자신을 지키는 여성의 모습을 제인을 통해 표현하려는 것이라고 생각한다. 그렇다면, 브론테의 꿈은 세계의 모든 여성을 위한 것이 아니라 오직 영국 여성만을 위한 것이었단 말인가? 브론테는 여성이 자기만의 목소리를 가져야 하고, 가부장 체제에 순응하는 것만이 능사가 아니라, 남성 세계가 요구하는 정형화된 이미지에서 벗어나 독자적 자아를 구축해야 한다고 강조한다. 그럼에도 브론테는 버사 메이슨에게 단 한마디의 인간적 목소리도 허락하지 않았으며 오로지 광녀의 웃음소리와 으르렁거림만을 주었다. 버사 메이슨이 왜 미쳤으며, 왜 감금당했으며, 왜 손필드에 방화하는지에 대한 브론테의 대답은 간단명료하다. 즉 버사가 자메이카의 크리올이며 그 가계에 광기가 있었고, 광기의 극치에서 방화가 발생했다는 것이다. 로체스터는 광녀 아내를 버리지 않고 끝까지 돌보았으며, 버사로 인해 인생을 망친 인물로 그려진다. 제인의 눈을 통해 묘사된 버사는 몸집이 로체스터와 맞먹고, 얼굴은 보랏빛이 감도는 검은색이며, 두꺼운 입술의 여인이다. 로체스터는 버사가 광기를 가졌을 뿐 아니라 색정증 환자요 술주정뱅이라는 점을 들어 감금의 이유가 타당함을 주장한다. 즉 가냘프고, 남성에게 절대적으로 의존하며, 복종과 침묵을 미덕으로 삼고, 신앙심이 투철하고, 희생 정신을 지닌 그 시대의 이상적 여성과는 완전히 다른 이미지의 여성이 버사라는 것이다. 버사는 영롱한 눈빛에 자그마하고 검소한 처녀 제인과 로체스터의 결혼을 저해하는 걸림돌에 불과하다. 제인과 로체스터가 결혼으로 맺어지기 위해 버사는 가장 편리한 시간에 죽어서 사라지는 인물이다. 버사의 광기가 강조되는 바람에 로체스터가 왜 크리올 상속녀와 결혼하게 되었는지에 대한 사회 경제적 문제는 희석되며, 아내의 재산을 송두리째 빼앗고도 아내를 가둔 그의 행위는 독자들의 의문을 전혀 자극하지 않고 당연한 일로 넘어가 버리고 만다.

버사가 영국의 식민지, 자메이카의 크리올로 설정되어 있는 이유도 독자들의 관심을 끌지 못한다. 가난하고 일가친척 하나 없던 제인은 어느 날 알지도 못하는 삼촌에게서 이만 파운드의 유산을 받아 부유하고 '독립된' 여자가 된다. 여성이 독자적인 인생을 살지 못하는 이유는 경제적 의존 때문이다. 그러나 제인은 유산 상속으로 남성의 부속물처럼 살지 않아도 되는 독립된 여성이 된다. 텍스트에서 제인은 자신이 이제 경제적 능력을 지닌 여성으로서 독자적 판단이 가능한 인물이라는 사실을 거듭 주장한다. 제인은 손필드 화재로 한 눈이 빠져버리고, 또 한 눈은 실명했으며, 팔 하나가 잘려 나간 로체스터를 남편으로 맞이하는 것이 자신의 자유의지에 의한 선택임을 주장한다. 제인이 "독자여, 내가 그를 나의 신랑으로 맞았습니다."라고 자신만만하게 말하는 것도 바로 그런 의미이다. 남자에 의해 선택된 것이 아니라 여성인 자신이 남편을 선택했다는 뜻이다. 그녀의 삼촌은 드메라라에서 포도주 사업으로 재산을 모았다고 설명된다. 영국의 식민지 드메라라에서 노예들의 노동 착취로 벌어들인 돈이 영국 여인 제인을 부자로 만들며, 역시 식민지인 자메이카의 크리올 상속녀 버사는 결혼 지참금으로 삼만 파운드를 로체스터에게 건네주고 다락방에 갇힌다. 자메이카와 드메라라에서 일어났던 노예 반란과 그 진압 과정에서 발생한 잔혹한 학살은 결국 식민지 국가에서의 노예해방을 불러온다. 그렇다면 식민지와 제국 사이에서 벌어지는 경제적, 정치적 문제와 소설의 구성 및 인물 설정은 어떤 밀접한 관계를 가지고 있음에 틀림없다.

어린 제인은 사촌 존 리드에게 반항했다는 이유로 게이츠헤드의 '붉은 방'에 갇힌다. 그 방에서 나올 수 있는 조건은 단 두 가지, '절대적 침묵과 절대적 복종'이다. 그러므로 붉은 방은 곧 19세기의 가부장 제도와 성 이데올로기를 상징한다고 말할 수 있다. 어린 제인은 이성이 수반되지 않은 열정과 반항은 단지 갇힘과 모욕을 가져온다는 사실을 어린 시절에 이미 터득한다. 버사는 불행하게도 자신의 열정을 통제하지 못한

죄로 그리고 19세기 가부장 체제가 원하던 여성형이 침묵하고 복종하는 여성이라는 사실을 몰랐기 때문에 손필드 다락방에 갇혀 인간 이하의 위치로 추락한다. 그뿐만 아니라 버사는 소설의 곳곳에서 마치 흑인 여인처럼 묘사되기도 한다. 19세기 이데올로기가 요구하는 여성의 모습이 아닐 때 얼마나 가혹한 형벌이 여성을 기다리고 있었는지를 설명해 주는 부분이다.

광녀인 버사는 자신의 남편을 빼앗아 간다고 생각할 수도 있는 제인을 해치지 않는다. 로체스터의 방에 불을 지르거나, 자기를 찾아온 오빠를 이로 물어뜯는 광기를 보이지만, 제인의 결혼 전날 제인의 방에 몰래 들어온 버사는 제인의 베일을 찢을 뿐 그녀에게 해를 가하지 않는다. 버사가 위해를 가하는 두 인물은 모두 남성이다. 결혼 베일을 찢으며 버사가 제인에게 전하려 했던 메시지는 무엇인가? 버사는 제인이 완벽한 자아 정체성을 구축하기 전에 로체스터와 결혼하게 될 경우 나이도 경험도 많은 남성 로체스터의 정체성 속에 제인이 함몰돼 그 시대의 성 이데올로기가 처방 내린 여성의 이미지로 희생되리라는 경고를 하기 위해 제인의 베일을 찢는다. 가부장 제도하에서 결혼 후 여성이 겪게 될 많은 고통의 상황을 이런 식으로라도 설명해 주고 싶었던 것이다.

제인을 '정신적 동반자'요 '동등한 영혼'이라고 치켜세우던 로체스터는 구혼이 받아들여지자 갑자기 변하여 제인을 마치 그의 소유물처럼 대한다. 그녀를 자기의 안목대로 치장시키려고 하고, 그녀를 '하렘의 성 노예'와 비교하며, 심지어 '순사'를 노래하기도 한다. 소설의 후반부에서 제인의 사촌으로 판명된 세인트존은 사랑하지도 않는 제인에게 결혼해서 인도로 선교 사업을 가자고 보채고 있으며, 그런 제의를 거부하자 '지옥의 불'을 들먹이며 제인을 위협한다. 하렘의 성 노예, 순사, 인도, 선교 사업 등으로 표현된 제국주의적 발상은 에드워드 사이드의 '동양은 서양에 의해 만들어졌다.'는 주장을 상기시킨다. 『제인 에어』에서 브론테가 식민지 국가를 묘사할 때 사용한 왜곡된 이미지와 가부장 제도하에서 여성이 겪는 억압의 양상은 수잔 메이어가 주장한 국외적 제국주의와 국내적 제국주의의 문제를 우리에게 제시한다.

메이어는 국외적 제국주의를 제국과 식민지의 관계로, 국내적 제국주의를 가부장 제도 속에서 남성과 여성 사이의 힘의 역학 관계로 설명하며, 식민지 국민과 여성 사이에는 '착취'와 '억압'이라는 공통성이 존재한다고 설파한다. 제국에게 국가적 정체성을 빼앗긴 식민지 국민이 그 이름은 물론, 문화, 언어, 종교를 잃고, 노동과 자원을 착취당하며 노예처럼 부려지는 모습과, 여성들이 '가정의 천사'라는 이미지에 부합되도록 정형화되는 과정에서 상실하는 인간적 정체성은 물론, 결혼과 더불어 모든 재산을 남편에게 넘겨주어야 하고, 남편에게 상속자를 낳아주고 제국에 이바지할 인재를 생산해 바치는 임무를 수행하는 과정에서, 몸의 정체성과 성의 정체성을 남편에게, 사회에게, 국가에게 양도하는 모습이 곧 식민지 국민과 다를 바 없다는 주장이다.

퍼더스 아짐은 유럽 열강들이 영토 확장에 박차를 가하던 시기에 소설이라는 장르가 시작되었다는 사실 자체가 소설을 '제국주의적 장르'로 만들어준다고 말한다. 그런 이유로 인해 소설의 가장 중심적 주제는 주로 타자의 존재를 삭제하는 방향으로 나가고 있다는 주장이다. 식민지 정책은 백인이 세계의 주인이 되어야 하며 식민지 국민들을 전멸시킴으로써 백인 혈통의 순수성을 더욱더 지킬 수 있다는 의식을 낳았다. 스피박은 영국 국민에게 영국이 제시하는 문화의 가장 중요한 핵심이 제국주의라는 사실을 이해하지 못하면 소설을 읽을 수 없다고까지 말한다. 브랜트링어는 『어둠의 통치』에서 위의 두 학자들의 이론을 뒷받침해 줄 만한 주장을 펴고 있다. 즉 빅토리아 시대의 지성인들 대부분은 제국에 대한 충성심, 유럽 백인의 인종적 우월성에 대한 절대적 신념, 그리고 식민지 국민을 개화시켜야 한다는 사명감 등 제국주의적 이데올로기로 무장되어 있었다는 것이다.

18세기 말부터 시작해서 특히 19세기에 이르러 인종의 우열 문제는 과학자들의 관심사가 되어왔다. 인체의 특수 부위를 재거나, 기후나 임신이 피부에 미치는 영향들은 과학자들의 흥미를 자극했다. 인종을 구분하는 이론 중 오랫동안 큰 영향력을 발휘해 온 것은 1770년대 네덜란드 과학자 캠퍼(Petrus Camper)가 소개한 얼굴 각도를 재는 방법이다. 이마에서 시작해 윗입술까지 그어진 수직선이 턱 선과 나란히 그려진 수평선과 만나는 지점의 각도를 재는 방법이다. 그 각도가 크면 클수록 머리통의 모양이 발달하며, 이런 식으로 말한다면, 고대 희랍인들이 가장 우수한 인종이고 검은 종족은 유럽인과 오랑우탄의 중간에 온다는 것이다. 검은 종족이란 누구인가? 녹스(Robert Knox)에 의하면, 집시, 유태인, 중국인, 이집트인, 에티오피아인, 몽골족, 미국 인디언, 에스키모, 아프리카와 호주의 원주민들이 검은 인종에 속하게 된다.

녹스의 이론에서 여성은 흥미로운 위치에 자리한다. 그는 여성의 모습에서 자연의 업적의 완벽성을 극찬하지만, 여성에게 지적인 능력을 부여하지는 않는다. 인간 종족의 두뇌는 여성과 무관하며 아름다운 여성의 외적인 모습은 두뇌를 가진 남성에게 육체로 호소하기 위한 것이라고 정의 내린다. 여성은 인간 종족의 진정한 본체인 남성과 비교할 때 이차적 존재이며 부수적 존재라는 것이다. 그렇지 않아도 유럽 백인 남성이 진화 단계의 최고의 위치에 놓여 있는 데 비해 백인 여성들에게서는 열등한 유색 인종과의 동질성이 발견된다는 주장이 오랫동안 존재해 왔다.

산부인과 의사였던 화이트(Charles White)는 임상 경험을 통해 영국 여성의 육체에서 흑인과의 유사점이 발견됐다고 발표했다. 임신한 백인 여성의 유두와 유륜 그리고 항문 언저리에서 검은 색소의 침착을 발견하게 되며, 이것은 사모아 여인의 검은색과 유사하다는 것이다. 영국인이 '눈처럼 흰' 육체를 가졌음에도 불구하고 유독 영국 여성의 몸에는 열등한 인종과 유사한 인자가 숨어 있다고 화이트는 믿고 있었다. 보그트(Carl Vogt)는 여성의 뇌가 남성의 뇌보다 가볍고, 흑인이나 어린이의 머리통과 흡사한 형태라고 주장하며, 여성이 출산 시 엄청난 고통을 참아내고, 치과 수술 같은 신체적 고통은 물론, 정신적 고통을 남성보다 훨씬 더 잘 참아낸다는 점을 지적해 여성이 흑인이나 인디언, 혹은 어린이들과 발달 정도가 비슷하다고 주장한다. 19세기의 과학은 남성 중심적이며 매우 가부장적이었다고 볼 수 있다. 여성의 지적 능력에 대한 견해는 완전히 부정적이며 남성보다 하위에 있는 골칫거리요 우려의 근원처럼 취급되었다. 이것은 '미개한' 식민지 국민들이 제국의 통치와 보호를 요하는 것처럼 여성은 남성의 보호와 지배를 필요로 한다는 이론을 정당화해 주는 것이다.

19세기의 '악성적' 남성 우월주의와 여성 억압은 어떤 이유에서 초래되었을까? 첫째는 빅토리아 시대의 사회 체제 그 자체에서 기인한 것이다. 모글렌(Helen Moglen)이 샬롯 브론테의 전기에 서술한 내용은 당시의 '성의 정치학(sexual politics)'이 어떻게 행사되었는지를 설명한다.

산업화의 도래와 중산계급의 성장은 그 어느 때보다 악성적인 가부장 제도를 확산시켰다. 남성들이 가족의 생계를 책임지는 유일한 인물이 되었기 때문에 여성들은 '소유물'로 전락하게 되었으며, 남편의 재력을 과시하는 도구가 되었다. 남편의 위치는 아내가 얼마만큼 여가를 즐길 수 있는가, 혹은 정서적으로 육체적으로 얼마나 남편에게 의존하는가에 따라 결정되었다. 성적 관계도 지배와 복종이라는 유사한 패턴을 쫓게 되었다. 남성의 능력은 독선적이고, 저돌적이며, 심지어 폭력적인 성행위로 가늠되었으며, 여성의 성은 수동적이며 자아 거부의 양태를 취하였다. 여성들은 남성이 내린 여성에 관한 정의를 그대로 반영하여 자신을 기꺼이 '희생자'라고 불렀다. 남녀 간의 상호 협조 의식은 일반적으로 아주 불가능한 것은 아닐지라도, 성취하기 매우 어려운 것이었다.

이 시대를 살던 모든 남성들은 여성 억압이 제도화되다시피 한 이 체제 속에 깊숙이 자리 잡고 그 체제의 영향을 크게 받고 있었기 때문에 이 당시에 쓰인 소설 속의 남자 주인공들이 이러한 이데올로기를 대표하는 것은 아마도 당연한 것이라고 생각할 수 있다.

여성 억압 혹은 타자 억압의 또 다른 이유는 당시 국내외에서 발생한 사회적, 정치적 혼란과 연관된다고 할 수 있다. 19세기와 20세기 초는 여성과 노동자들의 권익 문제로 인해 혼란했던 시기였다. 버지니아 울프가 '제국의 완성을 위한 대가는 여성들이 치렀다.'고 말했듯이 묵묵히 제국의 이익을 위해 일해 온 여성들은 19세기 중엽에 들어 그들이 정치적으로, 법적으로 소외되었음을 발견하고 분노한다. 불만에 싸인 노동자 계급과 여성의 투쟁은 대영제국의 이익에 위협적인 것이었다. 그러므로 이제까지 신봉되어 오던 계급적, 성적 위계질서를 유지시켜 사회적 안정을 지키기 위해 기존 이데올로기에 도전하거나 전복의 가능성이 있는 위협적인 존재들은 비난받고 억압되었다. 특히 인도, 자메이카, 드메라라 등 식민지에서 발생한 노예 반란과 1833년에 실시된 식민지에서의 노예해방, 그리고 연이은 식민지의 독립선언은 앵글로 색슨의 영구한 존속을 저해할 수 있다는 공포를 수반했기 때문에 여태까지 억눌려 잠잠했던 세력의 융기를 철저히 막는 것이 제국을 지키는 길이라는 의식이 팽배했다.

그러므로 19세기 중엽 여성의 필독서가 패트모어(Coventry Patmore)의 『가정의 천사(The Angel of the House)』였음은 당연한 것이었다고 생각할 수 있다. 주인공 오노리아는 이기심이란 찾아볼 수 없는 우아하고 인자하며 고상하고 단순한 여인이다. 복종, 겸손, 과묵, 예의 바름, 순결, 상냥함 등의 미덕을 가진 빅토리아 시대 숙녀의 모델이며 지상의 천사이다. 그녀의 존재 이유는 남성을 기쁘게 해주는 것, 남성을 위대하게 느끼게 해주는 것일 뿐, 남에게 들려줄 만한 자신만의 이야기가 없는 여인이다. 이 시대 여인의 유일한 가치는 어머니이자 아내로서 가부장 사회의 이익에 공헌할 수 있어야 하며, 제국에 기여할 훌륭한 자식을 낳아 키우고, 가정을 남편의 안식처로 만들며, 제국에 충실한 남편에게 영적인 힘을 주는 것이다. 이런 당연한 여성의 역할을 소홀히 하거나 거부할 때 여성은 지탄의 대상이 되었으며 유색인종들과 한 부류로 묶여 억압되었다.

위에서 열거한 여러 이론과 시대 상황을 이해하면 진 리스의 『광막한 사르가소 바다』[1]를 읽는 데 도움이 되리라고 생각한다. 리스는 브론테가 왜 크리올 여성을 광녀로 묘사했는지 이해할 수 없었으며, 왜 그녀를 '옷을 입은 하이에나'로, 혹은 '네 발로 기어 다니는' 인간 이하의 동물로 그려야만 했는지 『제인 에어』를 처음 읽고 분노를 금치 못했다고 적고 있다. 리스는 버사 메이슨에게 '생명'을 주기로 작정하고 그녀를 아름다운 앙투아네트로 탄생시킨다. 리스는 또한 브론테의 소설에서 침묵했던 주변화된 인물들에게 목소리를 부여하여 『제인 에어』가 못다 해준 이야기를 들려준다. 그것은 분명 여성의 이야기이며 또한 식민지의 담론이다. 리스는 앙투아네트를 따라 그녀의 어린 시절로 돌아가 그 시대의 정치적, 경제적, 문화적 상황을 고찰하고 로체스터와의 결혼 생활은 물론, 앙투아네트가 손필드로 끌려오기까지 발생한 사건들, 로체스터가 앙투아네트를 광녀로 몰아가는 이유, 그리고 앙투아네트가 다락방에 감금된 상태에서 자신이 누구인지 인식하게 되는 과정을 상세히 설명한다. 『제인 에어』가 제인의 자아 구축의 테마를 가졌다면 『광막한 사르가소 바다』는 한 여성이 처참히 파멸되는 과정을 통해 제국주의와 가부장 제도가 근간하는 남성 우월주의와 백인 우월주의의 악성을 고발한다. 뿐만 아니라 리스는 소설을 억압당한 타자들의 시각에서 보아주기를 독자에게 부탁한다. 리스는 광기와 꿈을 통해 앙투아네트가 오히려 자신을 찾고 보복의 행위를 감행하며, 해방을 맛보는 과정을 또한 제시한다.

『광막한 사르가소 바다』의 시대적 배경은 1839년에서 1845년 사이이다. 1833년에 영국 국회에서 노예해방령이 선포되었지만 자메이카에서 노예해방이 이루어진 것은 1834년이다. 노예가 해방되면서 자메이카에서 사탕수수 재배로 대농장을 경영하던 많은 백인 노예주들은 죽임을 당하거나 하루아침에 가난으로 추락했다. 노동 집약적 사업인 사탕수수 재배가 노예들의 노동력 없이는 이루어질 수 없었기 때문이다. 영국 정부가 보상금을 약속했으나 그 약속은 지켜지지 않았다. 헐값에 나온 대농장들을 사려고 영국에서 부유한 백인들이 몰려들었고, 궁핍해진 앙투아네트 식구들은 새로 온 백인들과 비교되었다. 이들은 백인 사회와 흑인 사회 어디에도 소속되지 못한 채 고립된다. 앙투아네트는 동네 어린이들에게 '백색 바퀴벌레'라고 손가락질을 당한다. 자메이카는 1838년 드디어 영국으로부터 완전히 독립하게 된다.

　식민지가 성립되면 계급사회인 영국에서 제대로 행세하지 못했던 영국인들이 식민지로 와서 인종 사회를 구축하고 주로 대농장을 경영했으며 원주민의 노동력으로 부호가 되었다. 그들이 벌어들인 돈이 제국을 부강하게 했지만 영국에서는 이런 새 부호들이 정치적으로 힘을 갖게 되는 것을 원치 않았기 때문에 그들의 도덕성을 내세워 배척했다. 식민지에서 태어난 영국계 순수 혈통을 크리올이라고 불렀다. 크리올들은 식민지 문화에 동화되어 본토에서 주지하는 많은 가치관이나 이데올로기에 부합하지 못했으며, 원주민들에게는 제국을 대표하는 백인으로 역시 배척받았다. 소설 초반부에서부터 앙투아네트의 애매모호한 정체성이 논란의 대상이 되는 이유가 바로 이 때문이다. 노예들은 사유재산으로 치부되었기 때문에 대농장주들과 여자 노예 사이에서 태어난 자식, 즉 노예들은 재산 증식의 도구로 사용되었고, 백인 농장주들은 '노예 생산자'로 악명을 떨쳤다. 그런 문제로 인해 영국 본토에서는 크리올의 혼혈 문제가 논란이 되었다. 크리올들의 얼굴이 하얗다 해도 실질적으로는 혼혈일지 모른다는 우려 때문에 크리올 여인과의 결혼은 자랑스러운 것이 아니었다고 한다. 앙투아네트의 첫 번째 꿈에서 앙투아네트에게 접근하는 남자의 걸음걸이가 '무거웠다'고 묘사된 것은 로체스터가 삼만 파운드의 지참금에는 관심이 있었지만 크리올 여인과의 결혼은 내켜 하지 않았음을 설명해 준다.

아내가 영국인도 유럽인도 아닌 제3국, 그것도 영국 식민지의 크리올이라는 사실은 정치적, 문화적 주종 관계 의식에 젖어 있는 로체스터로 하여금 저급한 인종과 결혼했다는 수치심을 갖게 한다. 앙투아네트가 흑인 여인들과 영어가 아닌 '천박한' 파투아어로 대화할 때, 크리스토핀과 포옹을 하거나 입을 맞출 때, 로체스터의 불쾌감은 극도에 달한다. 그는 심지어 아내가 흑인이 아닌가 하고 의심하게 된다. 텍스트에서 로체스터가 아내를 '이방인'이라고 지칭하는 것도 그 때문이다.

로체스터가 앙투아네트의 정체성을 말살하고 감금해야 한다고 생각하는 것은 복잡한 이유들이 혼합된 결과이다. 우선 대니얼의 편지와 그와의 면담을 통해 지적된 코즈웨이 가문의 문제를 짚어보아야 한다. 대니얼은 코즈웨이 가문을 대표로 한 대부분의 백인 크리올 가문에는 광기가 유전병으로 전수된다고 지적한다. 그리하여 앙투아네트의 생부 코즈웨이는 물론 앙투아네트의 어머니 아네트도 광기로 사망했다는 것이다. 뿐만 아니라, 아네트는 성적으로 방종하여 흑인 남성과도 성관계를 즐긴 용서할 수 없는 여인으로 묘사된다. 대니얼은 앙투아네트의 남동생이 태어날 때부터 백치라고 말하며, 앙투아네트는 양쪽 부모로부터 나쁜 기질들과 광기를 유전으로 물려받았을 뿐 아니라 결혼 전 흑인 사촌 샌디와 불미스러운 관계를 즐긴 여인으로서 어머니의 인생을 답습할 것으로 예측하고 있다.

19세기의 인종 이데올로기는 흑인들을 성적 방종과 연관시켰으며, 광기나 백치도 진화의 미발달 단계에서 발생하는 일종의 유전적인 것으로 치부하여 흑인과 결부했다. 그러므로 부모나 동생의 상황은 앙투아네트에게서 건실한 상속자나 제국의 이바지할 인재를 얻을 수 없다는 결론을 내리게 한다. 뿐만 아니라 대니얼이 제공한 정보는 그동안 로체스터를 괴롭혀온 앙투아네트의 혈통에 관한 의심을 더욱더 짙게 만드는 계기를 제공한다. 앙투아네트는 '가정의 천사'가 될 수 없는 여인이다. 그렇다면 대니얼이 원하는 것은 무엇이며, 코즈웨이 가문을 향한 대니얼의 인신공격은 어디에서 기인하는 것인가? 왜 로체스터는 대니얼의 편지나 면담을 통해 얻게 된 정보의 진위를 파악할 의도가 없는가?

모든 재산이 장자에게 상속되도록 법적으로 정해진 가부장 체제에서 불행하게도 작은 아들로 출생한 로체스터는 결혼 전에 누렸던 풍부한 생활을 지속하기 위해 지참금을 두둑이 가져올 상대를 아내로 맞아야 하는 상황에 봉착하며 그의 아버지와 형님의 계획에 따라 앙투아네트와 결혼하게 된다. 앙투아네트는 양부 메이슨 씨가 사망할 때 그의 재산의 반을 그녀에게 유산으로 남겼기 때문에 상당한 부를 소유한 여인이다. 그러나 로체스터는 삼만 파운드에 자신의 영혼이 저당 잡혔다는 저당 콤플렉스에 시달리게 된다. 저당 콤플렉스를 심화하는 기제는 아내가 크리올 여성이라는 사실이다. 게다가 자메이카와 그랑부아에서 그가 느끼는 감정은 자신이 주체가 아니라 오히려 앙투아네트가 헤게모니를 쥔 주체이며 자신은 타자가 되고 있다는 의식이다.

시몬 드 보부아르는 『제2의 성(The Second Sex)』에서 주체가 자기를 본질적인 존재로 주장하고 타자를 비본질적 존재로, 즉 객체로 봄으로서 자기를 확립해 나가기 때문에, 주체는 자기를 확립하려고 할 때 반드시 '타자'를 필요로 하게 된다고 말한다. 즉 주체는 자기와 대립된 곳, 곧 객체에서 자기를 세우게 되는데, 그 이유는 자기 이외에 실체를 통해서만 주체가 자기에게 도달할 수 있기 때문이다. 왕성한 성욕으로 침상의 주도권을 잡은 인물은 앙투아네트이며, 돈을 가진 물주도 앙투아네트이다. 그에게는 두렵기만 한 자연 세계에서 가장 편안히 본능대로 생활하는 여인을 볼 때 로체스터는 자신을 주체로 세우기 위해 앙투아네트를 타자로 만들어야 하는 필요성을 느꼈을 것이다. 로체스터는 손상된 영국인의 자존심을 되찾고, 그가 그동안 주지해 온 이데올로기가 옳은 것임을 증명하기 위해서도 앙투아네트를 복종시키고 침묵시켜야 한다고 생각한다. 크리스토핀은 앙투아네트의 몸에 '태양'이 들어 있다고 말했다. 로체스터는 그 태양을 죽이기로 한다. 그녀의 몸속에 든 정열, 본능 및 자연을 닮은 특질들을 완전히 빼앗기로 한 것이다. 로체스터는 노예주가 노예의 이름을 함부로 바꾸어 부르듯 앙투아네트의 이름을 버사로 개명하여 그녀의 정체성을 말살한다. 앙투아네트는 인간적 정체성은 물론 문화적 정체성, 장소의 정체성까지 빼앗기고 감금당한다.

아네트가 빈곤에서 탈출하고 강력한 소속감을 갖기 위해 결혼한 영국인 메이슨 씨는 제국이 항상 식민지 국민을 대할 때 취하던 우월적 위치를 고수하여 '아버지'나 '큰형님' 혹은 '어른' 같은 태도로 일관해 식민지 국민들을 '어린애' 취급하고, 해방된 노예들이 어떤 위험한 일을 저지를지 모른다는 아네트의 계속된 경고를 무시한다. 그는 심지어 동인도제도에서 '쿨리'를 노동자로 수입하겠다는 계획을 함부로 발설해 원주민들의 분노를 초래하기도 한다. 로체스터와 메이슨 씨는 제국주의가 식민지 국민에게 가한 착취의 양상을 이해하지 못한다. 그들은 제국이 식민지 국민을 개화하는 데 총력을 기울였으며, 크리올 대농장주들의 비도덕적이고 비인간적인 행위를 노예해방을 통해 응징하였기 때문에 식민지 국민의 호의를 사고 있다고 믿는다. 식민지 국민들의 마음속에 어떤 분노가 축적돼 있는지, 그것이 기회가 무르익었을 때 어떤 보복의 양상으로 나타나게 될지 전혀 가늠하지 못한다. 백인 대농장주이며 노예주였던 코즈웨이를 향한 대니얼의 분노가 자신과 앙투아네트를 타깃으로 잡고 있으며, 대니얼이 원하는 것이 돈이라는 사실을 올바로 인식하지 못했기 때문에 로체스터는 앙투아네트를 희생시키는 결과를 낳는다. 아네트나 앙투아네트는 가부장 제도와 제국주의에 의해 무참히 희생된 여성의 전형적인 예를 보여 주고 있다.

진 리스가 『광막한 사르가소 바다』를 쓰게 된 또 다른 동기는 그가 고향 도미니카를 다시 방문했을 때 무시할 수 없는 수의 크리올 상속녀들이 영국 남자와 결혼한 후 '광녀'로 낙인찍혔다는 사실을 알게 되었기 때문이다. 도대체 무슨 이유로 크리올 여성이 광녀라는 이름을 부여받고 감금될 수밖에 없었을까? 앙투아네트는 왜 버사라는 이름으로 『제인 에어』에 등장하는 것일까? 누가 왜 무슨 권한으로 한 여성의 이름을 빼앗고 개명할 수 있나? 리스는 이 질문에 대한 대답을 백인과 흑인, 주체와 타자, 남성과 여성, 자연과 문화, 제국과 식민지, 그리고 상징계와 기호적 코라의 세계 간에 다리를 놓을 수 없는 망망한 사르가소 바다가 존재하고 있기 때문이라고 결론내리고 그 갈등의 양상을 캐는 것에 초점을 맞추기로 한다. 그런 과정에서 또한 리스는 광기에 대한 새로운 정의를 내리고 있다. 여성의 광기가 여성 전용의 유전적 요소가 아니라 '성의 정치학'이 만들어낸 사회적 참상이라는 정의이다. 필리스 체슬러(Phyllis Chesler)는 「환자와 가부장」이라는 글에서 19세기 영국 남성들은 정신 문제에 대해 이중적 기준을 적용했다고 말한다. 즉 남성에게는 정상적이고 바람직한 것으로 권장되는 행위도 여성이 행했을 때는 노이로제나 광기라고 몰아세워졌다는 주장이다. 여성의 광기는 정치적 문제로 해석되기도 한다. 여성이 광녀로 낙인찍히는 것은 여성의 생물학적, 성적, 문화적 거세를 의미할 뿐 아니라 자기 발전을 추구하는 여성의 노력이 말살됨을 의미하기 때문이다. 그러므로 이 소설에는 아네트와 앙투아네트 모녀의 광기가 발현하는 과정이 상세히 묘사되어 있고, 리스는 광기의 이해를 다자관점으로 처리하여 광기가 그것을 정의하는 사람에 따라 다른 의미를 지닌다는 사실을 증명한다.

    진 리스는 배경을 자메이카로, 그랑부아로, 그리고 영국으로 옮기고, 서술 주체를 앙투아네트, 로체스터, 앙투아네트로 옮겨 가면서, 주체와 타자의 문화적, 이데올로기적 차이를 여실히 드러내 보여 준다. 그렇게 함으로써 리스는 제국주의와 가부장 제도가 그것을 행사하는 주체인 백인 남성도 궁극적으로 그 이데올로기의 희생자로 만들고 있다는 사실을 보여주고 있다.

윤정길

참고문헌

Angier, Carole. *Jean Rhys*. Middlesex: Penguin Book Ltd., 1985.

Azim, Firdous. *The Colonial Rise of the Novel*. London and New York: Routledge, 1993.

Brontë, Charlotte. *Jane Eyre*. Ed., Richard J. Dunn, 2nd Edition, New York: W. W. Norton & Co. Inc., 1971.

Dijkstra, Bram. *Idols of Perversity: Fantasies of Feminine Evil in Fin-de Siecle Culture*. Oxford: Oxford UP, 1986.

Emery, Mary Lou. "Obeah Nights", *Jean Rhys at "World's End": Novels of Colonial and Sexual Exile*. Austin: U of Texas P, 1990, pp. 35~62.

Felman, Shoshana. *Getting Specific: Postmodern Lesbian Politics*. Minneapolis: U of Minnesota P, 1994.

Frankenberg, Ruth. *White Women, Race Matters: The Social Construction of Whiteness*. Minneapolis: U of Minnesota P, 1993.

Harrison, Nancy. "The Other side", *Jean Rhys and the Novel as Women's Text*. Chapel Hill: U of North Carolina P, 1988, pp. 194~247.

Jones, Leroi. *Blues People*. New York: Morrow Quill Paperbacks, 1963.

Madan, Sarup. *Jacques Lacan*. New York: Harvester, 1983.

Maurel, Sylvia. *Wide Sargasso Sea: The Woman's Text*. New York: New York UP, 1998.

O'Connor, Teresa F. *Jean Rhys: The West indian Novels*. New York: New York UP, 1986.

Phelan, Shane. Diacritics[1975], quoted in K. K. Ruthven. *Feminist Literary Studies: An Introduction*. Cambridge: Cambridge UP, 1984.

Rhys, Jean. *Wide Sargasso Sea with Essays in Criticism. Annotated with a Critical Introduction by Junggil Yoon*. Seoul: Hanshin Publishing Co., 1997.

Rutherford, Jean Ritzke. *Light and Darkness in Anglo-Saxon Thought and Writing*, Vol. 17. Frankfort: Peter D. Lang Publishing Inc., 1979.

Stanley, Thomas F. "Wide Sargasso Sea", *Jean Rhys: A Critical Study*. London: MacMillan Press, Ltd., 1979.

Vreeland, Elizabeth. "Jean Rhys: The Art of fiction LXIV", *Paris Review 21*, No. 76(Fall 1979): p. 235.

주해

1장 쿨리브리

1) 1839년 당시 마르티니크는 프랑스의 식민지였고, 자메이카는 영국의 식민지였다. 이 두 곳은 정치, 경제, 문화, 종교 면에서 경쟁적 위치에 있었다.
2) 1525년에 스페인 사람들이 거주하기 시작하며 형성된 도시이기 때문에 스패니시타운이라는 이름을 갖게 되었다. 1534년 수도가 킹스턴으로 바뀔 때까지 스패니시타운은 자메이카의 수도였다.
3) 원문은 "Now we are marooned." 이것의 원뜻은 "이제 우리는 기동성을 상실했다.", "이제 우리는 고립되었다."이다. maroon은 스페인어 cimarron에서 파생된 단어이다. 야생동물을 잡아 가축으로 사용하기 위해 길들여 놓으면 동물은 산(cima)으로 도망가 버리곤 했고, 따라서 cimarron은 산으로 도망간 동물이라는 뜻이다. 자메이카에서 영국의 식민지 정책이 실시되면서 원주민에 대한 압박과 착취가 극심해지자 이에 반대하는 용맹한 청년들이 산으로 피신하여 그들만의 공동체를 구성했고, 영국 관리나 백인 대농장주, 영국인에게 아첨하는 종족들을 독살시켰다. 이들이 마룬족으로, 폭동, 암살 등을 주도했다. 아네트가 "Now we are marooned."라고 한 말을 "우리는 이제 마룬족이 되었다.", "이제 우리는 마룬족처럼 사회에서 고립되었다."로 해석한다면 앞으로 전개될 손필드 방화와 같은 앙투아네트의 반란 행위를 예견하는 중요한 단서가 된다.

4) 식민지의 언어와 제국의 언어가 만나서 이룩된 독특한 형태의 방언. 교육을 통해 배운 표준어가 아닌 영어나 프랑스어를 말한다. 주로 식민지의 하층계급 사람들이 사용하는 언어이다.
5) 캐나다에서 수입하는 소금에 절여 말린 대구를 말하는 것으로, 주로 노예들의 음식으로 알려져 있다. 도제제도에 따라 노동하는 식민지 노동자에게 말린 대구를 봉급으로 지급했다고 한다. '소금에 절인 생선'은 항상 하층민과 연관되어 있었다.
6) 오베아에 관해서는 2장 전반에 걸쳐 언급되고 있으며, 특히 155~156쪽에서 자세히 설명되어 있다.
7) "Goodnight white pappy." 자메이카의 노예들은 백인 주인들을 'father' 혹은 'big pappy'라고 불렀다. 존경의 표시가 아니라 억압자에 대한 도전의식을 은근히 표현한 놀림의 말이었다. 그 숨은 의미를 모르는 백인들은 그 호칭을 즐겼다고 한다.
8) 셰익스피어, 『리어 왕』, 4막 1장 36~37행. "As flies to wanton boys, are we to th'gods: They kill us for sport." 신 앞에서 인간의 운명은 심술궂은 소년들 손에 달린 파리의 목숨과 같다. 신은 우리를 재미로 죽인다.
9) 원래는 식민지에서 출생한 영국인이나 유럽인의 순수 혈통을 의미하는 말이었지만, 간혹 아프리카에서 오지 않고 식민지에서 태어난 흑인 노예를 가리키기도 했다. 19세기에 들어와서는 식민지의 백인과 원주민, 백인과 흑인 사이에서 태어난 혼혈도 크리올이라고 부르면서 의미가 혼란스러워진다.

2장 그랑부아

1) 로체스터의 서술로 시작하는 2장은 '성의 정치학' 안에서 발생하는 남녀의 갈등은 물론, 제국과 식민지, 흑인과 백인, 자연과 문화, 자연신앙과 기독교, 본능의 발산과 절제 등 양극을 이루는 가치관들이 대립하는 장

이다. '전진과 후퇴'는 전투 용어로서 그 갈등의 심각성을 예고한다고 할 수 있다.
2) 뱁티스트의 이름은 1831~1832년 사이에 있었던 침례교 전쟁(Baptist War)에서 온 것이다. 이 노예 반란은 열흘간 계속되었고, 원주민과 침례교 목사 새뮤얼 샤프(Samuel Sharpe)가 주동자였다고 한다. 이 반란으로 열 명의 백인 대농장주가 살해되었으며, 수백 명의 노예들이 영국군의 즉결심판으로 처형당했다.
3) 나폴레옹 보나파르트와 1796년에 결혼하여 1804년에 왕후가 된 조세핀 보나파르트는 마르티니크 출신이며 크리올이고, 그녀의 아버지는 대농장의 주인이며 노예주였다. 조세핀은 1809년에 나폴레옹으로부터 이혼당하게 되는데, 앙투아네트나 그녀의 어머니 아네트의 운명과 유사한 점이 많다.
4) 두 가지 해석이 가능하다. 갈리아 신화에 의하면 로빈(울새)은 '거세되지 않은 숫양' 혹은 '남근'을 상징한다. 동시에 성의 희열과 희생을 의미하기도 한다. 로빈의 죽음은 여왕과의 성 접촉 후 발생할 복종과 죽음, 거세를 설명한다. 다시 말하면 앙투아네트의 왕성한 성욕을 두려워하게 될 로체스터의 고민을 예고하는 것이다. 또 다른 해석은 손필드에 불을 지르고 머리칼이 날개가 되어 불사조처럼 날아오를 앙투아네트의 모습을 예고한다고 보는 것이다.
5) '내 의미로의 죽음'이란 성적 오르가슴의 은유이다.
6) 1870년 '기혼 여성의 재산에 관한 법률(Married Woman's Property Act)'이 발령되기 전까지 여성이 혼인 전에 가지고 있던 일체의 재산은 결혼과 더불어 남편의 재산이 되었다. 부모가 사망 전 딸이 매해 받을 수 있도록 수입원을 만들어놓았다 해도, 그 꼬박꼬박 들어오는 수입을 남편이 받도록(심지어 이혼 후에도) 법적으로 규정되어 있었다.
7) 부활절 직전의 일요일로 예수가 예루살렘에 입성한 기념일.
8) 이삭과 레베카 사이에서 태어난 아들 에사오는 쌍둥이 동생 야곱에게 장

자권과 아버지의 축복을 빼앗긴 인물이다. 그럼에도 불구하고 성경을 근간으로 한 문헌에서, 에사오는 질투심이 많고 사악한 성격과 비행으로 하느님에게 거부당한 인물로 그려진다.

9) 1760년 자메이카에서 노예 반란이 일어난 후 오베아는 강력히 탄압되었다. 오베아의 무녀와 박수들이 반란을 주도했다는 의심을 받았기 때문이다. 오베아는 자메이카의 토착 신앙으로서, 무속인들은 정신적인 리더로 존경받았다. 그들은 주로 독살을 이용해 백인들을 해쳤다. 오베아를 행한 것이 발각되면 추방당하거나, 그 죄질이 심각할 경우는 처형당하기도 했다.

10) 앙투아네트가 쿨리브리(Coulibri)를 신성한 장소라고까지 말하는 데는 이유가 있다. Coulibri는 프랑스어의 Cou와 libre의 합성어에서 다시 변형된 말이다. Cou가 목이라는 뜻이며, libre가 자유, 해방, 자주, 본능대로의 삶, 훈련되거나 길들여지지 않은, 갇히지 않은, 도전적인, 용기 있는, 대담한의 뜻이므로 Coulibri가 의미하는 바는 쉽게 짐작이 가능하다. 뿐만 아니라 그 정원은 에덴동산과 비교되며, '생명의 나무'가 자라는 곳이다.

11) 대니얼과 만난 이후, 그리고 앙투아네트에게서 장모인 아네트의 비극을 전해 들은 후, 로체스터는 연민의 정을 느끼기보다 아네트와 흑인 감호자의 관계에만 신경을 쓰고 있다. 그것은 앙투아네트를 버사라고 부르는 것으로 증명된다. 로체스터는 흑인 감호자의 행위가 식민지 국민의 축적된 분노에 근간한 보복의 행위라는 것을 이해하지 못한다. 사랑하는 아들 피에르를 잃은 상실감과 노예였던 흑인들에게 지속적으로 겁탈당하는 모욕과 분노가 아네트를 실성하게 했다는 사실도 로체스터에게는 관심 밖의 일이다. 아네트의 비극은 제국주의와 가부장 제도가 만들어낸 참상이다. 그럼에도 불구하고 그런 어머니의 딸을 아내로 삼았다는 사실이 로체스터의 자존심을 심히 훼손했기 때문에 아내는 이제 더 이상 대우해 주어야 하는 존재가 아니다. 로체스터가 아내를 버사라

고 부르는 것은 몇 가지의 해석이 가능하다. 우선 앙투아네트의 인생이 어머니의 경우와 유사해지리라는 것을 의미한다. 또한 마치 노예주가 노예에게 이름을 지어주듯 아내의 이름을 고쳐 부른다는 점의 중요성이다. 이렇게 함으로써 로체스터는 앙투아네트의 정체성을 말살하고, 그녀를 흑인처럼 억압받아 마땅한 대상으로 추락시킬 수 있기 때문이다.

12) 크리스토핀이라는 이름은 앙리 크리스토프와 연관된다. 그는 나폴레옹의 군대와 맞서 싸워 승리한 흑인 군단의 리더로 1804년에 카리브 지역 역사상 최초로 흑인이 통치하는 국가 아이티를 세운 인물이다. 크리스토핀은 또한 자메이카에서 생산되는 과즙이 많은 과일의 이름이다. 이 과일은 후에 마룬족의 영웅 조셉 샤토예의 이름을 따 샤토예로 개명되었다고 한다. 크리스토핀의 성씨가 뒤부아(Dubois, '숲의'라는 뜻)라는 것도 의미가 있다. '숲의 여인' 크리스토핀은 숲에서 살던 마룬족의 기상을 닮은 여자이며, 앙투아네트에게 불복의 정신을 가르치는 여인이다. 또한 그녀는 상징계, 제국, 가부장 제도, 기독교, 그리고 유럽 문화를 대표하는 로체스터와의 투쟁에서 그 반대의 가치관을 대표하는 존재이기도 하다.

13) 전통적 아프리카 사회에서 이름은 상상할 수 없이 중요한 의미를 지니기 때문에 이름을 바꾼다는 것은 그 사람의 인생을 바꾸는 것으로 인식되었다. 한 인간을 좀비로 만드는 예식에서는 희생자에게 새 이름을 주는 것이 일반적이었다고 한다.

14) "A Benky foot, a Benky leg/For Charlie over the water/Charlie, Charlie." 여기서 'benky'는 스코틀랜드의 방언으로 '굽은, 꼬부라진'이라는 뜻이다. 1745년에 있었던 찰리 에드워드의 실패한 반란을 조롱하기 위해 만들어진 노래의 하나며, 찰리는 제임스 2세의 손자다. 'Over the water'는 제임스 2세가 영국의 종교를 영국국교에서 가톨릭으로 환원하려고 노력했을 때 그를 지지한 왕당파들이 지지의 암묵적 표현으로 유리로 된 핑거볼을 연회석에서 옆으로 돌렸던 것을 의미한다.

15) 프린스 루퍼트는 왕당파로서, 영국 내란 중 의회파와의 전투를 지휘했지만 실패한 뒤에 서인도제도에서 해적 생활을 했다고 한다. 루퍼트 더 라인은 가난한 흑인 작곡가다.
16) 이 문장은 앙투아네트의 서술이다. 이런 식으로 로체스터의 서술은 여러 번 침범을 당하고 있다.
17) "Pity like a naked new-born babe striding the blast." 셰익스피어의 『맥베스』 1막 7장 21~22행에서 발췌된 것으로, 로체스터는 자신을 맥베스 같은 비극의 주인공으로 생각하며 이 구절을 읊고 있다.
18) 1782년 4월 12일에 있었던 영국과 프랑스 사이의 해전.
19) 남성우월주의, 백인우월주의, 삼만 파운드에 영혼을 팔았다는 강박관념, 가부장적 사고방식, 제국주의, 이 모든 것이 합세하여 로체스터로 하여금 그 섬이 품은, 그리고 앙투아네트가 알고 있는 '비밀'을 보지 못하게 가로막는다. 자연에서 느끼는 공포, 혐오, 식민지 국민과 그들의 문화를 무조건 배격하는 행동도 여기에 근간한다. 비밀은 어머니 세계가 내포하는 것, 기호적 코라 세계의 특징들, 혹은 오이디푸스 이전 단계를 의미한다. 남근은 초월적 기의로 고정된 가부장적 구조인 상징계에 속하므로 남성성을 대표하는 로체스터는 근친상간의 터부 때문에 어머니적 요소를 대표하는 세계 속으로 들어가지 못하며, 그곳의 비밀은 로체스터가 결코 알아낼 수 없는 비밀로 남는다. 곧 상징계에 진입하지 못하고 주변화된 여성적(자연적)인 것이 가진 비밀을 말하는 것이다.

3장 손필드

1) 그레이스 풀은 『제인 에어』에서 미친 여인을 지키는 사람으로 등장하며, 여기에서는 하녀인 리아에게 말하는 중이다. 에프 부인(Mrs. Eff)은 『제인 에어』에서 페어팩스 부인(Mrs. Fairfax)으로 등장한다.
2) '마분지로 만든 세상'에 대한 해석은 여러 가지가 가능하다. 우선 여태까

지 독립적으로 진행되던 앙투아네트의 이야기는 이제 『제인 에어』의 광녀 버사의 운명과 합일되어야 한다. 브론테에 의해 결정된 버사의 운명 안으로 들어가기 위해 『제인 에어』라는 책 속으로 들어가야 한다. '마분지의 세상'은 곧 브론테의 소설이다. 또 다른 해석은 자메이카의 건축양식과 영국의 건축양식이 갖는 차이에서 비롯된다. 영국의 돌집과 그 내부의 컴컴함은 햇빛을 충분히 끌어들이게끔 지어진 자메이카의 건축양식과는 다르고 내부 장식과 채색도 다르게 나타난다. 어둡고 답답하며 누런 채색이 많은 내부를 보고 앙투아네트가 느끼는 감정의 표현이 '마분지의 세상'인 것이다. 세 번째 해석은 이 장소가 앙투아네트가 재탄생을 맞이하는 곳이라는 점에 초점을 맞추고 있다. 어머니의 자궁처럼 어둡고, 갇혀 있어야 하는 곳. 거기서 그녀는 자아 정체성에 대한 대답을 얻고, 무슨 일을 해야 하는지 알게 된다. 마지막 대목에서 그녀가 걸어 나오는 '캄캄한 길'은 그러므로 아기가 탄생할 때 거치는 산도를 의미한다.

3) 첫 번째 소녀는 제인 에어가 가정교사로 가르치고 있는 아델이고 두 번째 여자는 제인이다.

4) 자메이카의 원주민 아라와크 족은 적의 침략을 받아 용감히 맞서 싸웠지만 이길 수 없자, 항복하는 대신 봉황목 위로 모두 올라갔다고 한다. 적군은 이들을 내려오도록 설득했으나 실패하였고 그 나무에 불을 질렀다. 나무 위에 있던 사람들은 모두 불타서 재가 되었다. 다음 해 봉황목이 전례 없이 많은 꽃을 피웠는데, 이 꽃과 함께 죽은 사람들의 영혼이 하늘로 올라갔다는 전설이다.

5) 어린 제인이 사촌 존 리드에게 반항했다는 이유로 갇혀 있던 '붉은 방'과 유사하다. 그때 리드 부인은 제인에게 '절대적 침묵과 절대적 복종'만이 그녀를 붉은 방에서 나올 수 있게 할 것이라고 말했다. 침묵과 복종은 19세기가 여성에게 요구하던 미덕이다. 제인과 앙투아네트/버사는 로체스터가 아니라 갇힘과 모욕을 공통분모로 하여 자매 관계로 묶이고 있다.

6) 『제인 에어』에서 브론테는 손필드 저택에 불을 지르고 떨어져 자살하는

버사의 모습을 광녀의 광기로 처리했으며, 돌바닥에 떨어져 죽은 그녀의 모습을 처참하게 묘사했다. 그러나 진 리스는 이를 머리칼이 날개가 되어 그녀가 소망하는 제3의 쿨리브리를 향해 날아가는 모습으로 변형시킨다. 앙투아네트/버사의 자살이 패배와 죽음이 아닌 반항이요 보복이며 해방이라는 것을 표현하기 위함이다. 제국주의와 가부장 제도를 상징하는 손필드를 불태우고 로체스터를 불구로 만든 이유는 제국주의와 가부장 제도가 근간하는 남성우월주의, 백인우월주의를 파괴하기 위해서이다. 제1의 쿨리브리는 해방된 노예들의 폭동으로 불탔으며, 그랑부아에서 제2의 쿨리브리를 이룩하려던 앙투아네트의 꿈은 로체스터의 존재로 인해 실패했다. 제3의 쿨리브리는 평화와 안전이 있고 조화와 자유가 있는 곳, 여성에 대한 억압도 타자에 대한 억압도 없는 곳, 자매 관계가 성립되는 아름다운 자연의 세계여야 한다.

7) 여성을 억압하는 세상에서 여성이 가야 하는 길, 여성의 주체성을 지키고 억압에 대항하는 길은 모두 '캄캄한 길'이다. 손필드의 화재는 아직 발생하지 않았지만, 『제인 에어』에서 그리고 앙투아네트/버사의 세 번째 꿈에서 이미 발생했으며 이제 곧 발생하게 될 것이다. 꿈과 현실을 연결하는 고리는 광기이다.

'로체스터가 대표하는 것'에 대한 앙투아네트의 작은 불복과 항거의 행위는 바람 앞에 깜박이는 연약한 촛불 같은 것이지만, 그 불은 꺼지지 않고 다시 살아나 험난하고 캄캄한 여성의 길을 밝혀 준다.

작품해설

1) 서인도 제도 북쪽에 위치하고 있으며 무역풍의 발상지인 사르가소 바다는 그 지역의 역사에서 중요한 역할을 했다. 그러나 사르가소 바다는 물흐름이 느리고, 바람이 거의 불지 않는 지역인 데다 '사르가숨'이라는 해초 뭉치들이 엄청난 양으로 자유롭게 떠다니는 곳으로 이 해초로 인해 많은 배들이 비극적 운명을 만난 곳이기도 하다. 이 바다는 조난선의 표

류물이나 바다의 온갖 잡동사니가 모이는 곳으로 변모하여 죽은 바다가 되었다. 이 소설에서는 'wide'라는 단어의 첨가를 통해 로체스터와 앙투아네트가 대표하는 문화와 이데올로기 사이에 화합할 수 없는 차이점을 설명한다. 이해의 결핍 속에서 만들어진 불모와 죽음의 간극이 곧 건널 수 없는 망망대해 사르가소로 표상되기 때문이다.

광막한 사르가소 바다

초판 1쇄 발행 2024년 10월 11일

지은이 진 리스
옮긴이 윤정길

발행인 이봉주 **단행본사업본부장** 신동해
편집장 김경림 **책임편집** 송보배
디자인 최희종 **마케팅** 최혜진 이인국
국제업무 김은정 김지민 **제작** 정석훈

브랜드 웅진지식하우스
주소 경기도 파주시 회동길 20
문의전화 031-956-7358(편집) 031-956-7089(마케팅)
인스타그램 www.instagram.com/woongjin_readers
페이스북 www.facebook.com/woongjinreaders
블로그 blog.naver.com/wj_booking

발행처 ㈜웅진씽크빅
출판신고 1980년 3월 29일 제406-2007-000046호

Wide Sargasso Sea
Copyright © 1966 Jean Rhys
Korean Translation Copyright © 2008, 2024 by Woongjin ThinkBig Co., Ltd
Korean edition is published by arrangement with Sheil Land Associates, London through Duran Kim Agency, Seoul.
이 책의 한국어판 저작권은 듀란킴 에이전시를 통한 Sheil Land Associates와의 독점계약으로 웅진씽크빅에 있습니다. 저작권법에 의하여 한국 내에서 보호를 받는 저작물이므로 무단전재와 무단복제를 금합니다.

한국어판 ⓒ 웅진씽크빅, 2024

ISBN 978-89-01-28828-4 03840

* 웅진지식하우스는 (주)웅진씽크빅 단행본사업본부의 브랜드입니다.
* 책값은 뒤표지에 있습니다.
* 잘못된 책은 구입하신 곳에서 바꾸어드립니다.